みんな邪魔

真梨幸子

目次

エミリー（41）

漫画家に憧れる主婦。
夫のＤＶに悩む

ジゼル（42）

セレブ妻。
まさかの高齢出産に
希望と不安を抱える

シルビア（53）

バツイチ子持ち。
母子家庭の暮らしに
借金がかさむ

ガブリエル（32）

アイドル的存在。
会の調和に努める

ミレーユ（49）

無職、独身。
実母の介護に追われる

マルグリット（46）

会のリーダー。
家族不和と胃痛に苦しむ

青い六人会

みんな邪魔

【青い瞳のジャンヌ】

一九七六（昭和五十一）年二月から一九七七（昭和五十二）年十二月まで『少女ジュリエット』（水陽社）で連載された少女漫画。秋月美有里《あきづきみゆり》作。

十八世紀のフランスを舞台に、伯爵令嬢ジャンヌの波乱に満ちた半生を描いた歴史大河ロマン。海賊、修道女、旅芸人、オペラ座の女優と流転しながらも、友情と愛と希望を信じ逞《たくま》しく生きるジャンヌの姿に、日本中の少女たちが熱狂した。

しかし物語は未完のまま打ち切られ、原作者の秋月美有里はその後、漫画界から姿を消す。

青い六人会

「うちの息子が、最近、反抗期で」

「あら、そうなの？　うちの娘もそう。ろくに目も合わさないのよ」

「反抗期なんて、麻疹《はしか》みたいなものよ。そのうち、収まるわよ」

「だと、いいんだけど」

「最近の子供は、親に依存しすぎなのよ。自分の力じゃ一日だって生きられないのに、口だけは達者で。私なんて、クソババァ呼ばわりよ」

「あら、おたくも？　うちもよ。女の子なのに、いったい、そんな汚い言葉、どこで覚えてくるのかしら」

子供の話が続く。が、子供を持たない枝美子《えみこ》は、話に入っていけない。そんなことより。

あ、また、息がかかった。……これで三回目。

枝美子のフォークから、ぽたりと、ソースが落ちる。

「エミリーさん」

ハンドルネームを呼ばれて、枝美子は視線をテーブルに戻した。

「美味《おい》しそうね、そのオマール海老のポワレ。私も、それにすればよかったかしら？」

「え？」言われて、「はい、とても美味しいです。……よろしかったら、いかがですか？」

「え？　いいの？　悪いわ。……じゃ、ちょっとだけ」

テーブル向こうからフォークの先が伸びてきて、それは枝美子の胸の前で、一瞬、止まった。咄嗟《とっさ》に、体を引く。

しかしフォークは枝美子の胸をかすめ、皿から海老をごそりと掬《すく》い取っていく。……ほとんど、残ってない。まだ、一口しか食べてないのに。

「私のもどうぞ。この鴨肉のローストも美味しくてよ。オレンジソースが、特に素敵」

枝美子の目の前に、皿が差し出される。

「ありがとうございます」

皿から鴨肉の欠片《かけら》をソースごと掬い上げてみるも、それは、口に運ばれる前にはらりと落ち、白いテーブルクロスを汚した。じわじわと広がるオレンジ色。

「あら」誰かが、鈴《りん》を鳴らした。すると給仕が音もなくやってきて、哀れな鴨肉の欠片を、ソースごと拭き取っていく。

みんなの視線が、一斉にこちらに向けられる。

マルグリット様、ガブリエル様、ジゼル様、ミレーユ様、そして、枝美子のオマール海老を口に運ぶ、シルビア様。

「まあ。本当に美味しいわ、このオマール海老」シルビアが、唇をぺろりと舐《な》める。その唇には、よれよれの長い髪の毛が一本、貼りついている。シルビアはそれもするすると舌で搦《から》め捕り唇の中に吸い込んだ。「この歯ごたえが、なんとも素晴らしいわ」

「いやだわ、シルビアさん。そんなに褒めたら、もうひとついかがですか？　と言わざるをえなくなるじゃないの。ね、エミリーさん？」

左隣に座るマルグリットに呼ばれて、枝美子は、「あ、はい。もうひとつ、いかがですか？」と、急いで応えた。拍子に、眼鏡が少しだけ、ズレ落ちる。

「あら、いやよ」シルビアが、不揃いに波打った長い髪をかきあげた。「私、そんなに食い意地、張っていませんわ」そして、その豊満な胸を、女芸人のように激しく揺さぶった。

「いやだ、シルビアさん」マルグリットの眉間に深い皺《しわ》が刻まれる。そのやせすぎな首には、痛々しいほどの筋が数本。白髪交じりのひっつめ髪が、さらに神経質な印象を強調している。が、「ほんと、シルビアさんって、おもしろいわね」と、笑うのも忘れなかったので、テーブルからは、さまざまな笑い声が上がった。枝美子も、それに紛れて、笑ってみる。でも、ちょっとだけ、頰が強張ってしまった。

「エミリーさん、今日は元気がないようですね。どうしたんですか？」

右隣に座るガブリエルに問われて、枝美子は、再度、大急ぎで応えた。

「いいえ、そんなことございません。元気です。ただ、このお店の雰囲気があまりに素敵で、うっとりとしていただけなんです」顔を伏せながら右の人差し指と中指を使って、枝美子は眼鏡を元の位置に戻した。

「それならいいんですけれど」

あ、また、息が。これで四回目。

「もしかして、何かお気に召さないことでもあったのかと、心配してしまいます」

ガブリエルの指が、ふと、太腿《もも》に触れる。枝美子の心臓が、どきんと大きく波打つ。

ちらりと視線を送ってきたのは、テーブル向こうのジゼル。カラーリングの見本のようなきれいな栗色の髪を優雅に揺らしながら、パンを力任せに引きちぎる。パンの欠片が、なにかの嫌がらせのようにテーブルに飛び散る。

「あら、いやだ」ジゼルが鈴《りん》をかき鳴らすと、先ほどの給仕がふたたび現われた。ジゼルが顎《あご》で指図する。「パンのくず、はらってくださるかしら？」

それを合図に、ここぞとばかりに一斉にリクエストが上がる。

「それと、パンを追加してくださる？」

「あ、私はバターのお代わりをお願い」

「私はお冷や」

「お絞りはあるかしら？」

「そうだ、デザートの変更はできるかしら？」

「あら、変更できるの？　だったら、私、シェフお任せの焼き菓子と冷たいお菓子の盛り合わせにして。あと、お紅茶じゃなくて、ローズヒップのハーブティーにして。ローズヒップはお肌にいいのよ」

「あら、お肌にいいの？　じゃ、私もそれで」

「あ、じゃ、私も」

こんな姦《かしま》しい様子を、この若い給仕は、どんな気分で見ているのだろうか。その心中をうかがい知りたいところだが、残念なことに、彼のポーカーフェイスは崩れそうになかった。躾《しつけ》が行き届いている。さすが、ランチ五千円のレストランだ。このあと行くティールームは、確か、一番安い紅茶が千五百円。急激に、懐具合が気になってきた。

それでも、枝美子にとっては、大切な時間であることには違いなかった。ようやく見つけた安らぎの時間、慰めのひととき。いやな日常から解放される、唯一の時間。この時間を継続させるためなら家計が赤字になっても、いっそ、破綻してもかまわないと思う。そしたら、夫はどうするかしら？

　家のことはちゃんとしろ。夫の口癖だ。以前はそんなことは言わなかった。でも、枝美子が楽しみを見つけてからは、なにかと攻撃してくるようになった。まったく、偉そうなことを言うほど、稼ぎもないくせに。ああ、煩《うるさ》い。夫の仏頂面《ぶっちょうづら》が、小バエのように頭の中を飛び回る。でも、夫を怒らせると面倒だ。あの人は、手が早い。だから、今は我慢している。

「エミリーさん、本当に大丈夫ですか？」

　ガブリエルの息が、枝美子の頬をくすぐる。……これで、五回目。

「はい、大丈夫です。すみません。本当に、なんでもないんです」

　枝美子は言ったが、頬が嘘のように熱い。

「そう？　なら、いいんだけど」

　ガブリエルの笑顔が、すぐそこまで近づいてくる。いつもの、いい匂い。心臓が、どうしようもないくらい、高鳴る。向こう側に座るシルビアが、ぷっくりと太った指で髪を弄《もてあそ》びながら、ちらちらとこちらを見ている。落ち着かなくちゃ、落ち着くのよ。枝美子は口元を拭《ぬぐ》う素振りで、ナプキンで顔の半分を隠した。

　メインの皿が下げられて、デザートの皿がテーブルに置かれていく。

「そういえば、こんなことがございましたのよ」

シルビアが、そろそろ私の出番とばかりに話をはじめた。

彼女は、醜聞、噂話、笑い話まで、話題のネタを豊富に持っている。しかし、教養には少し欠けていてどこか下世話なので、このデザートの時間まで、彼女の出番は封印される。

ちなみに、オードブルにはジゼルの軽い蘊蓄《うんちく》、スープにはガブリエルのお芝居と音楽の話、メインにはマルグリットの社会情勢についての見解、そして、デザートになってシルビアの与太話。彼女の軽口で場は大いに盛り上がり、ミレーユの取るに足らない世間話で締めとなる。この流れは絶対的なもので、皆それぞれ自分語りがしたくてしかたないのに、自分だけが注目されたいのに、それを抑えて、それぞれ平等に見せ場を設けているのだ。

では、枝美子の出番はというと、まだ新参者の枝美子には、観客という役割が今のところ与えられていた。それぞれの話をひたすら聞き、ときには拍手を送り、頷《うなず》き、笑い声を上げて、演者たちのモチベーションを上げる。または、質問されれば、可もなく不可もない無難な回答をする。一見、おもしろみのない役柄のように思えるが、枝美子には、それがとても性に合っていると思われた。

シルビアの話が佳境に入る。

枝美子は頷きながら、公平にまんべんなく、テーブルの面々に視線を巡らせた。

女帝のマルグリット。女教皇のジゼル。道化師のミレーユ。奇術師のシルビア。そして、恋人のガブリエル。

枝美子は、秘《ひそ》かに、みんなにニックネームをつけている。もちろん、自分にも。自分は……愚者のエミリー。

タロットがその由来だ。いつだったか、職場の同僚がタロット占いをしてくれたとき、並べられたカードがこの六枚だった。はじめにめくられたのは、愚者のカード。荒野をさまよう旅人の哀れな絵柄に、枝美子は自分を重ねた。まさに、自分の姿だ。そこに崖があるのに気づかず、ズボンの破れにさえ無頓着で、ただ流され放浪する愚者。さらにカードはめくられ、ここにいるみんなの顔が重なった。そして最後にめくられたのは、『恋人』という名のカード。枝美子はガブリエルの顔を思い浮かべ、ひとり顔を赤らめた。

枝美子は、右隣のガブリエルに、そっと視線を送った。

なんてきれいな横顔。この額、この鼻梁《びりよう》、この顎。非の打ちどころのない理想的な曲線だ。そして、この肌の若さ。

ガブリエルは、このグループの中で一番若かった。なのに、グループの中で、最も理性的で理知的だった。まるでお芝居に出てくるような中性的な雰囲気で、実際、美しかった。サラサラの髪は自然な艶《つや》で覆われているし、肌も娘のようにきめ細やかで、白い。なんでも、祖父がロシア系フランス人なのだという。その美貌を活かして劇団にも在籍していたが、体を壊したのをきっかけに退団、今はシナリオの仕事をしているという。……これらは、すべて他の人に教えられたプロフィールで、本人は自身のことをなにひとつ語ることはなかったが、そこがまた、ガブリエルの神秘さを引き立てているように思えた。ロシア系フランス人の血を引いたクォーターも素敵だけれど、ガブリエルには、もっともっと高貴なプロフィールが似合うと枝美子は考えている。ガブリエルこそが、あのジャンヌを最後まで支えて、そして、ジャンヌを守るために下品きわまりない下衆《げす》どもに惨殺されてしまった、誇り高き紅薔薇の君。枝美子は一度、ガブリエルにそんなことを言ってみた。ガブリエルは、切れ長の目を細めて、応えた。「ありがとう。ならば、あなたは、真っ白な薔薇が似合う、ジャンヌですね」。そんな、私なんか……と、たじろぐ枝美子の眼鏡をそっと外しながら、ガブリエルは続けた。「エミリーさんは、眼鏡をとったほうが、素敵ですよ」

そのとき、枝美子の中に、生涯で二度目の嵐が吹きぬけた。

一度目は、薄暗い、勉強部屋。

小学校四年生の新学期。クラス替えがあった翌日、友達作りに周囲が躍起になっていた中、どこのグループにも属していなかった枝美子はまだ名前も覚えていない級友に呼び止められ、誘われるがまま、彼女の家に上がりこんだ。玄関には季節外れのクリスマスツリーが埃を被《かぶ》り、新聞が崩れんばかりに積まれていた。それを崩さないように慎重に運動靴を脱ぎ、級友の後に従って子供部屋に入る。畳の湿った臭い。たったひとつの窓の隙間から、四月とは思えない北風が吹き込む。何か心細くなって理由を見つけて帰ろうとしたとき、学習机の上に漫画誌をみつけた。

「少女ジュリエット。読んでる？」

問われて、枝美子は、頭を横に振った。枝美子が定期購読していたのは学年誌だけだった。学年誌にも漫画は載っていたが、母を捜すバレリーナと魔法少女のお話が大半で、少々退屈を感じはじめていた。もっと違う刺激が欲しいと思っていたが、母親は漫画誌の購読を許してくれなかった。

「少女ジュリエット、読んでいるの？」枝美子は、それをそっと、手にしてみた。

「うん。三年のときから、ずっと読んでいるよ」

「ちょっと、読んでみていい？」

枝美子は、表紙に描かれた華やかな絵に、すでに心奪われていた。

金色の髪と青い瞳、そして、飛び交う真っ赤な薔薇。こんな華やかな漫画は、はじめてだ。

「青い瞳のジャンヌ。それ、おもしろいよ。十八世紀のヨーロッパが舞台のお話で、貴族のお屋敷に生まれたジャンヌが、海賊たちに誘拐されて、で、海賊の頭《かしら》の娘として育てられるの、男の子として」

「へー、おもしろそうね……」

枝美子の心臓はすでに、徒競走を五回ほど繰り返したときのように、痛いほどにどくどくと暴走をはじめていた。

そしてページをめくった瞬間、それまで経験したことのないような熱風が、吹き抜けた。冷たく湿った部屋が、たちまちのうちに豪華けんらんな宮殿になる。枝美子は、我を忘れて、ページをめくり続けた。


りん、りん、ちりりりん。

女帝のマルグリットが、顎をきゅっと上げて、鈴《りん》を鳴らした。給仕がやってくると、両手の人差し指で×を描く。

あ、もうお開きだ。枝美子はナプキンを折り目に従って折りたたみ、そっとテーブルに戻した。

テーブルを挟んだ向こう側では、女教皇のジゼルが電卓を叩いている。「ランチとワイン、そして消費税で、一人頭、六千四百三十二円よ」

テーブルにつく自称貴婦人たちは、それぞれのバッグからそれぞれの財布を取り出すと、六千四百三十二円をきっちり、それぞれの前に置いた。給仕が伝票を持って戻ってくる。伝票の合計金額は、ジゼルが叩きだした金額とぴったりだった。千円札と五千円札、そして大量の小銭を摑《つか》まされて、ここで、給仕のポーカーフェイスがようやく崩れた。

「それでは、ご馳走様。おいしかったわ」

マルグリットを先頭に、レストラン入り口に預けておいたキャリーバッグを六人が次々とピックアップする様に、給仕のポーカーフェイスは、もう原形を止《とど》めないほどに崩壊した。この若い男は、この光景を、おもしろおかしく他に伝えるのだろう。

「今日さぁ、おばちゃん軍団がやってきて。おフランスのマダムあたりを気取って、『あらいやだわ。パンのくず、はらってくださる？』なんて、抜かしやがるわけですよ。なんかの罰ゲームかよって。ま、これが、それなりの容姿ならまだ許せるけど、どこのスーパーで買ったんだよって感じの地味なんだか派手なんだかよく分からない服に、ぱっとしない田舎顔。ま、一人だけ、黒木瞳ばりの美人もいたけどさ、それは例外。ほとんどは、デブスなおばちゃん連合。臭い臭い、加齢臭でうげーって感じ。で、挙句に、キャリーバッグをみんなして引きずって帰っていきやがりましたよ。あれは、間違いなく、ヲタおばだな。え？　知らないの？　いい歳《とし》してオタクをやっている、おばちゃんたちのことだよ。池袋で働いていると、ときどき遭遇すんだよね、ああいう珍獣に。大笑い」

若い給仕は侮蔑の笑いを飲み込みながらドアを開ける。そんな若い彼を見ながら、不思議と後ろめたい気分にならない自分に、枝美子は居心地のいい優越感を覚える。笑いたければ笑えばいいわ。馬鹿にしたければ、うんと馬鹿にすればいい。でも、私たちは人の目なんか気にしない。私たちは、私たちの世界で好きなように生きていく。なんて素晴らしい決意なのだろう。枝美子は、眼鏡をくいと押し上げると、下ろしたての靴を進めた。

乾いた初夏の風がスカートの裾をなでる。流行りのフレアスカートにしてみたけれど、ちょっと派手だったかしら？

後ろからは自転車のヒステリックなベル。しかし、誰もそれに応えず、「歩道で自転車に乗るほうが悪いのよ」とばかりに、自分のペースを崩そうとはしない。枝美子も、それに倣《なら》った。自転車はとうとう車道に降り、追い越し様に「死ね、クソババァ」と、吐き捨てた。学生服の男の子、そのギラギラした悪態は夫を連想させた。枝美子の背中にちくりと痛みが過《よ》ぎったが、しかし、ガブリエルの手が肩に触れたので、それはゆっくりと散っていった。

「ね、さっき、布ナプキンをきれいにたたんで、テーブルに置いたでしょう？」ガブリエルが、囁《ささや》く。枝美子の頬に熱が蘇《よみがえ》った。「はい」と、小さく、頷く。

「あれは、マナー的には、駄目なんですよ。お料理が美味しくなかったというサインなんです。ああいうときは、無造作にテーブルに戻すのが正解ですよ」

「あ、すみません。私、ああいうところ、慣れていなくって」必要以上に動揺する枝美子に、ガブリエルのほうが慌てた。「あ、気にしないでくださいね。他の人も、きちんとたたんでいましたし。やっぱり、もっと気軽なところがよかったですね。……あそこ、ちょっと高いし」

あのレストランを選んだのはガブリエルだった。行き付けの店ということだったが、やっぱり、仕事で利用するのだろうか？　そうだ、きっと、あそこで芸能人とか有名プロデューサーとかと打ち合わせしたりしているんだ。……すごい。さすがは、業界人。この人だけは、他の人とひと味もふた味も違う。見た目も身のこなしもスマートだ。じゃ、他の人たちはどうだろう？

見ると、他の四人はまるで小学生のようにはしゃいでいる。ウキウキと、キャリーバッグまでもが飛び跳ねている。お世辞にも、スマートとは言いがたい。……ただの、中高年のおばさんだ。もちろん、自分もそのひとりだ。ゴムウエストに食い込む脂肪は、どうしたって隠し切れない。でも、それがなんだっていうの？

池袋西口、立教大通り。新緑の香りがむせ返る六月。通行人たちのいくつもの好奇の視線が通り過ぎる。あのときと、同じ。

「ねぇ、ねぇ。本当？　今日も行っていい？」

「うん、おいでよ。うち、誰もいないから。一緒に、ジャンヌ、読もう」

「ねぇ、ねぇ。今週のジャンヌ、どんなかな？」

「先週は、アルベールがジャンヌに愛の告白をしたところで終わったんだよね。だったら、今週はきっと、ラブシーンからはじまるんだよ」

「ラブシーン？　……キスシーンとかもあるかな？」

「あるよ、あるに決まっているよ！」

『少女ジュリエット』の発売日の帰り道は、ランドセルをがたごと揺らしてひたすら級友の家に向かって走った。あのときも、こうやって、何人もの通行人の舌打ちを食らったものだ。でも、そんなの全然気にならなかった。どんな目で見られても、どんなことを言われても、ジャンヌを読む興奮を抑えることなんかできなかった。だって、ジャンヌを読むために、ただそれだけのために、一週間、生きてきたんだから！

池袋駅に戻ってきたところで、キャリーバッグを転がす二人の女性と、すれ違った。たぶん、お仲間だ。歳は若いが、バッグはかなり年季が入っている。どこかでイベントでもあったのだろう。さすがは、池袋だ。枝美子は、以前、〝女性オタクの聖地、池袋〟というテレビ番組を見たことがある。まさか、その聖地に、自分も足を踏み入れようとは。

「今のご覧になった？　髪が長いほう。あのビーズのネックレス、紅薔薇の君がジャンヌに上げたものとデザインが似ていますわね」シルビアが、若い二人を振り返る。「あれ、どこで売っているのかしら？」

「たぶん、手作りじゃない？　ビーズ雑誌に載っていたサンプルと同じだったから、それじゃないかしら？」ミレーユも、遠慮のない視線を若い二人にぶつける。

「私も、ビーズ、挑戦してみようかしら。アルベールがしていたブレスレットを作ってみたいわ」

「きゃー、あれは素敵だわよね。あたしも欲しい！」

奇術師のシルビアと道化師のミレーユが、互いの腕にじゃれつくように、腕をからませる。この二人はぱっと見、印象が似ている。無造作に伸ばした髪に個性的な服装、そしてふくよかな体型。でも、性格はまるで違った。シルビアは多弁で誰より目立ちたがり屋だが、ミレーユは薄気味が悪いほどマイペースでいつでも心ここにあらず状態だ。しかし、興味をひく対象に出会うと、その話をいつまでもいつまでも繰り返す。要するに、極端に空気が読めない人だった。空気が読めないといえば、シルビアにもそういうところがある。話術はあるが、人の話は聞かない。……いずれにしても、枝美子はこの二人が少々苦手だった。なにかつかみどころがない。

一方、先頭を行くのは、女帝のマルグリットと女教皇のジゼル。この二人が、実質上、このグループのリーダー格だ。話をまとめるのも、それを実行に移すのも、この二人。しかし、そのせいか、少々とっつきにくいところがあった。マルグリットのひっつめ髪は融通のきかない教師のようだし、ジゼルの隙のないメイクとファッションは慇懃《いんぎん》無礼な客室乗務員のようだし、……枝美子は、いまだにこの二人の前だと緊張してしまう。

そして、斜め前を歩く、恋人のガブリエル。若く、美しく、人当たりがよく、性格も温厚なガブリエルは、このグループのアイドルだ。どのメンバーもほどよい距離を保ちながら常にガブリエルの動向を気にしている。枝美子も、もちろん例外ではなかった。

マルグリットとジゼルの足が止まった。目的の場所に着いたようだった。サンシャインシティにほど近い喫茶室。ここは少々値が張るが、個室を予約することができるので、思い切り会話を楽しむことができる。

席に着き、飲み物を注文し終えると、六人それぞれのキャリーバッグが次々と開けられた。

中からお宝が続々と現われる。枝美子も、昨日仕上げたばかりの原稿を取り出した。

「皆様。準備はよろしいかしら？」女帝のマルグリットの声が上がった。「それでは、これから、サークル〝青い伝説〟恒例の、会報原稿チェック会を行います。皆様、くれぐれも、お原稿は大切に扱ってくださいませね。これから入稿する大切なお原稿なのですから」

マルグリットの挨拶もそこそこに、原稿の交換がはじまる。ここからは無礼講だ。ランチ時のようなルールはない。誰が誰と話そうと、誰が誰の隣をキープしようと、基本的には自由だ。

枝美子の隣には、ガブリエルが座っていた。枝美子は、初心《うぶ》な小間使いのような上目遣いで、自分の原稿をガブリエルに手渡した。二ヵ月かけて描いた、十五枚の漫画だった。ペンを持つのは二十年振りで、はじめは失敗の連続だったが、どうにか昨日、最後のスクリーントーンを貼り終えることができた。

「楽しそうな絵ですね。コメディ？」

ガブリエルの息が、また、頬にかかる。枝美子の脇の下に、汗がじわりと広がる。

「はい。ジャンヌとアルベールが現在の会社で働いていたら……という設定で、描きました」

「パラレルストーリーですね。素敵ですね」

今度はガブリエルが自身の原稿を、枝美子の膝《ひざ》に載せた。「小説なんです。どうでしょうか？」

枝美子は、ハンカチで指の先を拭うと、膝の上の原稿を一枚、慎重に拾い上げた。

『ジャンヌは、自身の下腹部にそっと、手を添えた。かすかに、鼓動がする。神よ！　ジャンヌの頬に涙が流れた……』

その一文を読んだだけで、腰から力が失われていくようだった。

ああ、やっぱり、ガブリエル様のお書きになる文章は素晴らしいわ。素晴らしすぎる！

枝美子の頬は、焦げ付くほどに熱を帯びていた。心拍数も上がる一方で、呼吸は、切ないため息になるばかりだった。自分がどうしても言葉にすることができなかったジャンヌに対する思い、ジャンヌに出会って三十余年、心の奥底に燻《くすぶ》っていたやるせないまでのジャンヌへの思い、もどかしいこの気持ち、それを、どうしてガブリエル様はここまで的確に表現することができるのかしら。本当に素晴らしいわ。枝美子は、震える手で、原稿を丁寧にめくっていった。

「今回、ガブリエルさんは、小説をお書きになっているのよね」マルグリットの筋張った首が、鶏のようにテーブル向こうから伸びてきた。ガブリエルが、微笑《ほほえ》みながら応える。

「はい、四百字詰めの原稿用紙でいえば、三十枚ほどの短いものですけど。ジャンヌがアメリカに渡って、フランスに帰るまでの空白の五年間を、小説にしてみました」

まぁ。

ため息があちらこちらから、漏れた。

「あの空白の五年は、ジャンヌの中でも最大の謎。原作者が、どうしてその部分を描かなかったのか、今までいろいろと議論されてきていますが――」

「思うに、ジャンヌは、子供を出産しているんだと思うんです。いろいろ考えて、それが一番しっくりくるんです」

「まぁ、ガブリエル様は、出産説をお取りになるのね。で、もちろん、その父親は――」

「もちろん、アルベールです」

ああ。再び、色とりどりのため息が漏れた。

そんな中、ミレーユが場違いな雄叫《おたけ》びを上げた。

「アルベール！　おお、アルベール！　どうしてあなたは私の心をこんなにもかき乱すの？このもどかしい思いはなに？　これが愛？　そうね、これが愛なのね！　会いたい、会いたい、今すぐに会いたい！　でなければ、愛の痛みで、私は死んでしまうわ！」

ジャンヌがアルベールへの愛に目覚めるシーンのセリフだ。数々の名ゼリフの中でも最も人気のあるセリフで、ファンならば、これを聞くと自然と鼓動が速くなる。

室内のテンションが一気に上がった。

「ジャンヌの幼馴染《おさななじみ》で、そして運命の恋人、アルベール。そう、ジャンヌの子供の父親は、アルベールでなくては！　アルベールだけが、ジャンヌの恋人だわ！」ミレーユが、アジ演説のように声を荒立てた。それが起爆剤となり、皆が一斉にしゃべりだした。

「それなのに、一部では、クロードなどという気障《きざ》男の子供を産んだなどという人もいて」

「ジャンヌとクロードだなんて、まったくの邪道です。原作を陵辱しているようなものです。まったく、あんな妄想をして、しかもそれを小説や漫画にして人様に売るなんて、これほどの罪はございません」

「本当に。そりゃ、確かに、妄想するのは勝手でしょうよ。でも、それをあたかも正道とばかりに、いけしゃあしゃあと本にして売るなんて、こんな恥知らずなことはございません。はしたない、嫌らしい、ひとでなし」

「ジャンヌの恋人はアルベール。これ以外のカップリングはありえません。……まさか、この中に、他のカップリングに傾倒している方なんか、いらっしゃらないわよね」

「まさか、いるはずがございませんわ。ね、エミリーさん」

「え？」突然振られて、枝美子は一瞬、固まった。十個の視線が、一斉にこちらを見ている。

「はい、もちろんです。ジャンヌの相手はアルベールだけです」

「その通り！　で、エミリーさんは？　お原稿は？」

「今、拝見しているところです」ガブリエルが、枝美子の原稿を高く掲げた。「相変わらず、とても素敵なお話。絵も、とてもきれいですよ」

「見せて、見せて」

ジゼルが、手にしていた原稿を横に投げ置いた。それはシルビアが持ってきたイラストで、シルビアの不揃いの眉がひょいと吊りあがる。しかしジゼルはそんなことはお構いなしに、枝美子の原稿を手にとった。

「まあ、本当にお上手。すごいわ、エミリーさん。昨日、お絵描き掲示板にアップされたイラストも素敵だったけれど、これはそれ以上に素敵だわ！　……そういえば、エミリーさんは、漫画家を志していたことがあったとか？」

「ええ、もう昔の話ですけれど」

「この才能、どんどん発揮するべきよ。今度は、長編を描いてみて」

「ありがとうございます。でも、私、絵はなんとかなるんですが、ストーリーが……」

「なら、エミリーさん。ガブリエルさんの小説に、挿絵を付けてみてはいかが？　ね、ガブリエルさんもそう思わない？」マルグリットが、いつものリーダーシップで、話をぐいぐいと進める。

「それはいいアイデアですね。是非」

ガブリエルに言われて、枝美子は、大きく、肩を震わせた。「そんな、私なんかで、……いいんですか？」

「なにを言っているんですか。こちらこそ、よろしくお願いします」

「じゃ、善は急げ。今回の会報に是非、載せましょうよ。あとは、台割りね。ジゼルさん、調整できるかしら？」

マルグリットが言うと、ジゼルは台割り表を見ながら早口で応えた。

「大丈夫だと思うわ。イラストのページを少しずつ削れば。このページ、これ、今回は割愛しましょう」そしてジゼルは、台割りに赤ペンで抹消線を引いた。「でも、締め切りは、変えられないわよ？　少しでも遅れると、印刷料金が割高になってしまうわ。できたら、来週には、原稿を上げてほしいのだけれど」

「大丈夫ですか？　エミリーさん」ガブリエルの甘い息が、頰に当たる。枝美子は、「はい」と、初夜のベッドを前にした若妻のごとく頷いた。

「それにしても、ガブリエルさんの小説に、エミリーさんの挿絵。これは、すごい本ができそうね。こうなったら、表紙も凝らないと」

マルグリットが、いつものぶ厚い手帳から印刷所の料金表を抜き出した。

「箔押しって、いくらぐらいするの？　できたら、金箔を使いたいわね」料金表をのぞき込みながら、ジゼル。栗色の巻き毛が軽快に踊っている。「遊び紙も、いつもの印刷屋任せのものじゃなくて、もっと凝りたいわね」

「なら、口絵をつけるっていうのはどう？」

「それは、いいアイデア。製作費がちょっと上がるけど、かまわないわよね、みんな」

焼いた石をいくつも投じたように、個室の熱気は天井無しに上がり続ける。枝美子の首に、脇の下に、細かな汗がじっくりと広がる。上着を脱ぐと、ガブリエルの湿った二の腕が僅《わず》かにあたった。枝美子は、躊躇《ためら》ったあと、自身の二の腕を、そっと押し付けてみた。ガブリエルが、幽《かす》かに応える。

この甘く切ない感覚はどうしたことだろう。性欲とは違う、この、素晴らしい感触。きっと、同じ心と同じ魂を持った友人どうしにしか味わえない、唯一無二の、高潔な契りの悦びだ。枝美子は、隣に座る、〝友〟の横顔を盗み見た。つくづく、きれいな人。その革のチョーカーも白いシャツも、なにもかもが、洗練されている。枝美子は、もう何度も心の中でつぶやいている言葉を、ガブリエルの耳元で囁いてみたくなった。

「好きです、私の運命の友」

駄目。そんなこと、言えない。枝美子は、両手で頬を挟むと、目を伏せた。でもでも。一度は言ってみたい。その、柔らかそうな耳に唇を近づけて……。

「でも、シルビアさんも、漫画家を目指していたんですよね」

ミレーユが、ぼそりとつぶやいた。みんなの視線がシルビアに集まる。そこには、吊りあがったまま固定されたシルビアの太い眉があった。その手には台割り。ジゼルが入れた抹消線が赤々と強調されている。

「あ、削られたこのページ、シルビアさんのイラストじゃない？」ミレーユが、台割りをのぞき込みながら、のんびりと言った。「でも、仕方ないか。あたしもエミリーさんの漫画のほうがいいもん」

ミレーユが、ずるずると紅茶を飲みほす。そして軽くゲップを吐き出すと、にかりと笑った。


「気にしないほうがいいわよ」

池袋駅。枝美子は、改札まで一緒になったマルグリットにそんなことを言われた。

二人っきりになると、それまでのマルグリットとは雰囲気がまるで違う。グループでいたときは、神経質なリーダー。実際、〝代表〟という肩書がついている。でも、こうやって日常の空間で向き合うと、お節介焼きの普通のおばさんだ。そのチュニックワンピースはひとつ間違えるとアッパッパーのようだし、イヤリングもネックレスもあからさまなイミテーション。十代、二十代なら許されるが、この歳では、少しきつい。

「でも、……大丈夫でしょうか？　シルビアさんのページを削っちゃって」枝美子はぼそりと吐き出した。

「うん、シルビアさんには、私からうまく言っておく。……それにしても、ジゼルさんには困ったものだわ。もっとうまくやればいいのに。あんなに露骨にやったら、ぎくしゃくしちゃうじゃないね。ジゼルさん、仕事のできるしっかりした人なんだけど、ちょっと気配りが足りないのよね」

「は……」そうですね、と肯定していいものかどうか分からず、枝美子は曖昧《あいまい》に相槌を打った。

「ミレーユさんにも困りものだわ。あの人、いっつもあんな調子。ぼぉーと自分の世界に行っているかと思ったら、突然、言わなくていいことを言うのよ。それで、毎回、場が白けちゃうの。注意しようと毎回思うんだけど、あの人、一応、ファンクラブの最古参でしょう？　だから、誰も注意できないのよね」

「は……」枝美子は、今度も曖昧な笑みを浮かべた。

「ほんと、問題児ばかりで、いやんなっちゃう。胃が痛いわ」マルグリットは、鳩尾《みぞおち》を押さえた。胃が痛い、というのが、この人の口癖だ。「でも、一番の問題児は、シルビアさん。あの人、幹事スタッフになってそんなに経《た》ってないのに、まるで創立のときからいますって態度でしょう？」

「あ、はい。私も、ずっと、古い人なんだって思ってました」

「でしょう？　ま、確かに、うちのファンクラブの中では最年長だけど、でも、ファンクラブに入って三年も経ってないのよ。本当に、困ったものだわ、あの人には。……でもね、一番気をつけなくちゃいけないのは、ガブリエルさん」

「え？」枝美子の心臓が、どくんと鳴った。「気をつけたほうがいいって。……どういうことですか？」

「ううん、ガブリエルさんじたいはいいの。あの人は、いい人よ。ただ、あの人、ほら、人気者でしょう？　だから、あの人をめぐって、いろいろとね」

「つまり、……どういうことでしょうか？」

「ガブリエルさんとは、ある程度距離をもったほうがいいってこと。このファンクラブで末永くやっていきたいならば。……もしかして、ガブリエルさんに、個人的に誘われたりした？」

マルグリットの目が、一瞬、ゴミ袋を狙うカラスのように険しくなった。「ね。誘われた？」

「いいえ」枝美子の上半身が、自然とのけぞる。

「そ。なら、いいのよ」

マルグリットの窪《くぼ》んだ目が、ほっと安堵《あんど》する。そして、枝美子の腕に自身の腕をからみつけると、囁いた。

「私、エミリーさんのこと、大好きよ。あなたの描く絵も大好き。だから、末永く、仲良くやっていきたいの。いつまでも仲間でいたいの。ジャンヌとその仲間たちのように、いつまでも。ジャンヌがなにより仲間を大切にしたように、私たちも。……あなたはどう？　どう思っている？」

「はい、私も、みなさんと、末永く……」

「あら」

マルグリットの足が止まった。改札前の小さなブックショップ。

「なに、これ」マルグリットが手にしたのは、『アングラカングラ』という情報誌だった。どちらかというとマニアックな情報を扱っている雑誌だが創刊は古く、枝美子も学生時代にはよく購入していた。

「あら、いやだ」マルグリットの首に、いくつも筋が浮き上がる。しかし、その指先は興味津々といった具合で、なんの躊躇いもなく、次々とページをめくっていく。

枝美子も、手に取ってみた。表紙には、『秋月美有里《あきづきみゆり》の謎を追う』というロゴが躍っている。

秋月美有里の謎？　秋月美有里っていったら、……〝青い瞳のジャンヌ〟の原作者。

「まったく、馬鹿馬鹿しいわ」

しかし、枝美子が特集ページにたどり着く前に、マルグリットは雑誌を乱暴に元に戻した。

枝美子も慌ててそれに倣った。

×　×　×

S「ところで、秋月美有里って、デビューはいつ？」

W「資料によると……昭和四十六年、〝マリアンの赤い靴〟でデビュー。『少女ジュリエット』の新人賞佳作に選ばれたのがデビューのきっかけ。デビュー当時、現役高校生」

S「現役高校生？　なら、当時、結構騒がれたんじゃない？」

W「そうでもないみたい。高校生デビューは、少女漫画では珍しくないしね。それに、デビュー後数年はあまりヒット作に恵まれていなくて、読み切り専門だった。ずばり、売れない漫画家だったんだよ」

S「じゃあ、〝青い瞳のジャンヌ〟が、出世作？」

W「うん、そう。はじめは読み切りだったみたいだけど、評判がよくて、連載に昇格されたらしい。秋月美有里にとって初の連載だ」

S「その読み切りバージョンって、単行本に入っているんだっけ？」

W「いや、入ってない。でも、読み切り掲載時の『少女ジュリエット』ならある。コレクターの某氏に頼んで、借りてきた」

S「（『少女ジュリエット』をめくって）あれ？　絵が違うじゃん？　似せてはあるけど、連載本編より数段上手《うま》いよ。というか、本編の後半と同じ絵だね？」

W「そう。それが、謎なんだよ。で、秋月美有里二人説っていうのが出てくるんだ」

S「仮に二人いたとして、ま、どっちかがゴーストなんだろうけど、本物の秋月美有里の絵はどっちなの？　上手いほう？　下手なほう？　……って、上手いほうに決まっているか」

W「いや、そうともいえない。この『少女ジュリエット』を見て。〝青い瞳のジャンヌ〟の連載がはじまる直前に描かれた、秋月美有里の短編が掲載されている」

S「うわー、下手だな。あれ？　ということは……」
W「そう。下手なほうが本物なんじゃないかと思うんだ」
S「じゃ、上手いほうは？」
W「それが、謎なんだよな」
S「当時のこと、知っている人とかいないの？　『少女ジュリエット』の編集者とか」
W「当時の編集者は、秋月美有里二人説をきっぱりと否定しているらしい。秋月美有里は、間違いなく、一人だって」
S「ま、確かに、秋月美有里は一人だろうけど、ゴーストの存在については？」
W「アシスタントの存在は認めていたけどね」
S「アシスタントがゴーストってこと？　アシスタントが漫画を仕上げていたと？」
W「いやいや。アシスタントが漫画を仕上げるのは珍しいことじゃないよ。作家本人はコマを切るだけであとはアシスタントが……なんていうのはよくあるわけだし。それはゴーストとは言わないよ」
S「ま、それは言える。アシスタントにゴーストうんぬん言いはじめたら、ほとんどの漫画家にゴーストがいることになる。ということは、秋月美有里には、下手なアシスタントと上手なアシスタントがいたということなんじゃない？」

W「まあ、それも否定できないけどね。ただ、こんな噂もある。秋月美有里には姉妹かまたは親しい友人がいて、一緒に暮らしていたと。しかし、二人が一緒にいたところを見た者はいないと」
S「なに、それ？」
W「実は、秋月美有里の素顔を見た者はほとんどいないんだそうだ。一度だけ、ファンクラブの会合に顔を出したきり。で、原稿の受け渡しなんかは、代理の女性を通じて行っていたと。しかし、その女性と秋月美有里の関係はよく分からない」
S「ミステリアスな展開になってきたな」
W「しかもだ。秋月美有里というのはペンネームなんだけど、秋月という名前の女性が他にいたというんだ。これは秋月美有里失踪後に明らかになったんだけど、秋月美有里は高校を卒業後、同級生とともに九州から上京している。昭和四十八年のことだ。その同級生の苗字が秋月っていったらしい。ちなみに、秋月美有里の本名は、山田《やまだ》保子《やすこ》」
S「山田保子？　びっくりするほどフツーだな。少女漫画家としては、致命的にフツーだ。……なるほど、それで、その友人の名前を拝借したってことか。〝秋月〟って、きれいだもんな。……っていうか、一緒に暮らしていた人って、まさに、その同級生なんじゃないの？」

W「うん。そう考えるとしっくりいくね」
S「じゃ、あるいは、もう一人の秋月美有里っていうのも……」
W「まあまあ、慌てるなって。ここで結論を出すのはまだ早いよ。現在、その辺の取材を続けているところだから、もう少し待って」
S「じゃ、この続きは、次号ということで」

〈月刊『アングラカングラ』（二〇〇七年七月号）より〉

エミリーとシルビア

──だから、末永く、仲良くやっていきたいの。いつまでも仲間でいたいの。……ジャンヌがなにより仲間を大切にしたように、私たちも。……あなたはどう？　どう思っている？

末永く、仲良くやっていきたい。それは、紛れもない本音だ。だって、ファンクラブの活動は、唯一の息抜きの時間。自分自身に戻れる時間。多少、面倒臭いルールがあったとしても、そんなことぐらいで失いたくない大切な時間だ。多少、面倒臭い人間関係があったとしても、夫とのそれよりは数倍ましだ。

アパートが見えてきた。枝美子は、ため息を吐き出した。住んで、もう十五年が経つ。入居したときは新築だったが、今となっては、すっかり朽ち果てている。壁はいたるところヒビだらけカビだらけだし、この階段だって、サビだらけだ。バブル時代の名残りのようなおしゃれな出窓が痛々しい。二階角部屋の玄関ドアを開けたところで、枝美子は、さらに大きなため息を吐き出した。まるで自分だけを拒絶しているような、寒々しいにおい。夫のにおいだ。

夫と結婚したのは、十五年前、二十六歳のときだった。付き合いだしたのはその五年ほど前からだから、彼此《かれこれ》二十年の腐れ縁だ。

出会ったのはパチンコ屋。枝美子は店員で、夫は常連客だった。夫は、当時、マスコミ関係の仕事に就いていると言い、実際、着ている服はいつもおしゃれで時計も高級ブランド品で、羽振りのよさがあちこちから匂っていた。が、それらはまったくの嘘で、マスコミはマスコミでも地元の小さな広告代理店。しかもテレクラの宣伝用チラシを街のあちこちに貼るアルバイト。それでも働いていてくれればまだいいのだが、結婚したとたん、夫は働かなくなった。その分、枝美子が、働かなくてはいけなくなった。四年前からパチンコ屋だけではなく小さな建設会社で事務のパートもしている。夫の金遣いがさらに荒くなったからだ。朝から夜まで働いて、なのに、夫は家事も完璧にやれと言う。まったく、なんていう男なのだろう。

それでも去年までは、そんな男でも夫として必要としていた。なんの甲斐性もない男だが、いてくれれば、それだけで安心する。横暴な男だが、どうにかすると優しいときもあるし、頼りになるときもある。なにより、子供もなく、四十も過ぎた今、独りになるなんてとても考えられない。あんな男でも、いないと寂しい。それに、そもそも、結婚は自分のほうが積極的だった。夫には他に好きな人がいたが、泣いて騒いで女と別れさせ、強引に夫のもとに押しかけた。

どうかしていたんだ。まるで見る目がなかった。そりゃ、確かに、二十年前は夫も優しく、男前だった。でも今は、その面影はひとつもない。どこかで人間が入れ替わったのではないかと思うほどの別人だ。

できるなら、二十年前に戻って、人生をやり直したいと思う。二十年前に戻れたらパチンコ屋を辞めて、漫画家になる勉強を本格的にしよう。そうだ、私は、漫画家になりたくて、上京してきたのだ。なのに、なんで、その夢を諦めてしまったのだろうか。投稿しても投稿しても落選、持ち込みに行った編集部には、「国へ帰ったほうがいいよ」と、追い返された。なんで、そんなことぐらいで、諦めてしまったのだろう。小さい頃からの夢だったのに。今からでも遅くはない？　いや、何事にもタイミングと時期というものがある。カレーひとつ作るのだって、それを無視したら、酷い出来になってしまう。玉葱を入れ忘れたからといって、辻褄《つじつま》あわせのように最終の段階でぶち込んでも無駄なのだ。無駄どころか、玉葱なんか入れるんじゃなかったと後悔するような結果となる。

要するに、失敗だったのだ。あの男と出会ったことが。

「枝美子、あの男だけはやめなさい。今は優しいかもしれないけど、根っからのヤクザ男よ」

そう言ったのは母だった。「酒癖だって悪いんでしょう？」

「お酒は、止《や》めさせたもん。それに、覚せい剤とかにハマるより、全然マシでしょう」

当時はそんなことを言って反抗して、母に見せ付けるように結婚もしたが、この歪《ゆが》んだ頑《かたく》なさは誰に似たんだろう？　本当に、自分が厭になる。変わりたい、……でも、変われない。

「いいんですよ、変わらなくても。あなたはあなたのままでいいじゃないですか。ありのままのあなたが、好きですよ」

枝美子は、ガブリエルの言葉を思い出していた。ガブリエルから初めて電話があったのは三ヵ月前。そのときガブリエルは、枝美子が漏らした弱音をまるごと包み込んでくれた。それがあまりに優しくて、枝美子は、ずっと抑えこんできた涙を、一気に解放した。

それ以来、泣き上戸が身についてしまった。頬に触れると、今も涙で濡れている。

ガブリエル様、ガブリエル様、私は私のままでいいんですよね？

でも。今の暮らしの中では、私のままではいられない。今の暮らしのままでは、私はますます自分を見失う。

ああ、こんな生活から逃げ出したい。今日も夫は酔っ払って帰ってきて、あれやこれやと小言を言って、私を疲れさせるのだ。特に、今日のように楽しい時間を過ごした日は、執拗に責めてくる。

もやもやした気分をもてあましながら、枝美子はパソコンの電源を入れた。この部屋で、唯一、自分が自分だということを確認できる場所。

パソコンが立ち上がると、枝美子は早速、ファンサイト〝青い伝説〟にアクセスした。昨日、お絵描き掲示板にアップしたイラストに、さらにコメントがついている。

『エミリーさんの絵はいつも素晴らしいですね！　感動しました』

『エミリーさんは、すでに原作を追い越していますね！　ぜひ、エミリーさんに、ジャンヌの続きを描いてもらいたいです！』

『本当に、秋月先生よりお上手だと思います。私も、エミリーさんが描いたジャンヌの続きが読みたいです！』

やだ、秋月美有里より上手だなんて。もう、みんな褒めすぎ。

枝美子は、両の手で頬を挟んだ。かっかと熱い。……でも、もしかして、私、秋月美有里を超えちゃった？

電話が鳴っている。枝美子は、はっと我に返り、電話台に急いだ。

電話は、シルビアからだった。枝美子のもやもやが一気に吹き飛び、代わりに、胃がきりきりと泣き出した。どうしよう、きっと、あのことだ。私のせいで、シルビアさんの持ちページが削除されてしまったことだ。ああ、どうしよう。

「あ、……シルビアさん。あの……、ごめんなさい、あの」

「いやだ、なんで謝るんですの？」

「だって、……あの、私のせいで……」

「いやだ、台割りのこと？　そんなの、全然気にしてませんわ」


奇術師のシルビア。枝美子がこっそりとそう呼んでいるこの人は、漏れ聞いた話だと、確か、今年で五十三歳。枝美子より十歳とちょっと年上だ。〝青い瞳のジャンヌ〟が連載されていた当時、すでに二十二、三歳。そのせいか最古参のような風情だが、実際には、幹事スタッフ内の序列は下から数えて三番目、もちろん、明確な序列なんていうのはないが、暗黙の了解で、古い参加者ほど発言力があった。最古参はミレーユで、マルグリット、ジゼル、シルビア、ガブリエル、そして、エミリーこと枝美子と続く。この幹事スタッフは会員三百人を擁するファンクラブ〝青い伝説〟の中核で、誰かが抜けると一般会員の中から補充されるという具合に、この三十年間運営されてきたという。一般の会員は、幹事スタッフのことを〝青い六人会〟と呼んでいる。つまり、スタッフに選ばれるということは名誉なこととされていて、その順番待ちをしている会員も多かった。なのに、〝青い六人会〟に枝美子が選ばれたのは三ヵ月前、〝青い伝説〟の会員になってからようやく半年という新参のときだった。

「どうして、私が？」

戸惑いもあったが、枝美子は〝青い六人会〟の参加を快諾した。きっと、これが『転機』というやつなんだ、このチャンスを逃したら、私は、また、あのじめじめした精神状態に戻ってしまう。

枝美子が〝青い伝説〟を知るのは、さらに遡《さかのぼ》ること半年前。慢性的な鬱《うつ》状態に悩まされていたときだった。更年期障害の時期に差し掛かっていたのかもしれない。それとも、仕事に倦怠を感じていたのかもしれない。いずれにしても、生きている実感がまるでなく、気がつくと虚ろなため息を吐《つ》いている毎日。パチンコ屋の店員と建設会社の事務を掛け持ちしていたが、特に事務のバイトはパソコンと向き合っていることが多く、肩も目もそして神経も、疲労が募るばかりだった。

「たまには、息抜きしなさいよ」

占い好きの同僚が、タロットをめくりながらそんなことを言う。「私なんか、ときどき、ゲームしてんだから。前に座っているバイトの子も、真剣そうにキー叩いているけど、あれ、ブログを更新しているのよ。みんな、仕事している振りして、適当にネットで遊んでるんだから」

「そうなの？」

「そうよ。あなたは、真面目すぎるのよ。社長だって、一日の大半はエロサイトをのぞいてんだから。だから、あなたも、遊んじゃいなさいよ。でも、出会い系にはハマらないようにね。あなた、色情トラブルの相が出ているから」言いながら、同僚は悪魔のカードを摘み上げた。

本当に、みんなネットで遊んでいるんだろうか？　社長も前に座っている若いバイトの子も、真剣な顔をしてディスプレイを睨《にら》んでいる。半信半疑だったが、「遊んじゃいなさいよ」とさらに同僚が言うので、試しに、検索サイトを表示させると単語を入力してみた。

私用で検索するのははじめてだった。入力したのは、〝青い瞳のジャンヌ〟。小学校の頃夢中で、この漫画の影響で、漫画家になりたいという夢を持ったこともある。でも、古い漫画だし、なにもヒットしないんじゃないかと思っていたところ、十万を超えるページがヒットした。上位にあったのが、〝青い伝説〟というファンサイトで、枝美子は何げなくクリックしてみた。

そのトップページが表示されたとき、枝美子の憂鬱は、一瞬にして吹き飛んだ。栄養剤を血管に直接注入されたかのようにカッカと体は火照《ほて》り、心臓の鼓動ははちきれんばかりに速くなった。カッカとドキドキで失神しそうになるも、その手前で踏ん張り、枝美子はその場で会員登録を済ませた。

三十年振りの〝青い瞳のジャンヌ〟は、枝美子に大きな活力を与えた。その日の帰りに家電量販店に寄り、へそくりをはたいてノートパソコンを購入するほどだった。

もちろん夫に小言をもらったが、「仕事で使うのよ」と言うと、意外とあっさりと認めてくれた。じめじめと鬱状態な妻よりは、なにかに興味を持った妻のほうがまだ扱いやすいと思ったのかもしれない。しかし、枝美子の降ってわいたような活力は、夫の想像をはるかに超えるものだった。

枝美子はその日から積極的にサークルに参加した。

掲示板には一日三回は書き込み、お絵描きソフトで描いたイラストも毎日投稿した。枝美子のイラストは評判になり、「原作者の絵を最も忠実に再現できる人」として、半年後には、相当な注目を浴びるまでになっていた。それがきっかけで、三ヵ月前、〝青い六人会〟の招待状が届いたのだ。

推薦してくれたのは、ガブリエルだった。

ガブリエルからはじめてメールをもらったときの嬉しさは、いまだに忘れられない。

なにしろガブリエルはサイトに数多くのレポートと創作小説を発表しているファンサイト内のアイドルだった。ガブリエルの作品はどれも素晴らしく、中には原作を凌駕《りようが》しているという会員までいるほどだった。〝青い瞳のジャンヌ〟のファンクラブであるにもかかわらず、ガブリエルの小説目当ての、ガブリエル信奉者が日に日に増えている。枝美子も、その一人だった。

その憧れのガブリエルから直接メールが届いたのだ。枝美子は、子供のようにはしゃいだ。半日かけて書いた返信メールには、携帯の番号を記しておいた。その甲斐あって、その翌日、早速ガブリエルから電話があった。想像していた通りの穏やかな声、優しい対応、枝美子はその声をいつまでも独り占めしたくて、あれこれと話を続けた。自分の生い立ち、悩み、そして、誰にも言っていない秘密。なんでこんなことまでしゃべっているんだろう？　と思いながらも、止まらなかった。しゃべっているうちに心が徐々に解放されていき、涙が次々と溢《あふ》れ出す。電話を切る頃には、感動の嗚咽《おえつ》でちゃんとさよならが言えない有様だった。

「でも、ガブリエルさんには、お気をつけたほうがいいですわよ」

受話器の向こう側、シルビアは言った。

「あの人、いろいろ嘘ついていますから。芸能関係の仕事してるって言ってますけど、大したことないんですのよ。主な仕事は再現ドラマ。ほら、実際にあった事件をしょぼいドラマで再現するじゃないですか。あれですわ、あれ」

豊満な体を揺さぶりながら、早口でまくし立てる姿が浮かぶ。だらしなく伸ばした髪は細かく波打ち、なにかというと大振りで髪をかき上げるのが癖だ。その様子が不潔な感じがして、枝美子はシルビアとは距離を置いていた。しかし、彼女はその仕草がお気に入りのようで、今日のランチでも、始終、手を髪にやっていて、左手には髪の毛が何本か絡みついていた。それでも彼女の話はおもしろく、身振り手振りも大袈裟で見ていて飽きない。標準語を話そうと懸命だが、どうしても滲《にじ》み出すお国言葉のイントネーション。それを隠そうとするあまり、時代掛かった変な言葉遣いになることも多かった。まるで喜劇のお芝居に出てくる山の手夫人のようで、これがまた聞いていて愉快なのだ。お国言葉には、聞き覚えがあった。九州の、しかも南のほうの人だなと、枝美子は直感した。枝美子も、南九州出身だった。

「エミリーさん。あなた、本当になにもご存知ないんですもの。なんだか、おかわいそうになって」

シルビアは核心に触れることなく、ただ意味深な言葉を、いつもの時代掛かった妙な調子で、ばら撒《ま》き続けた。

「この世界、いろいろとございますのよ。サークルどうしの確執とか、ご存知？」

もちろん、知っていた。〝青い伝説〟以外にも、私設ファンクラブ、同人誌を発行しているサークル、ネットのファンサイトなど、数多くある。しかし、〝青い伝説〟だけは特別だった。一応は私設ファンクラブとなってはいるが、実質上の公認で、その昔、『少女ジュリエット』を発行していた出版社が作者を顧問に設立したファンクラブがそのルーツだ。〝ジャンヌ〟打ち切り後、いったんファンクラブは解散したが、スタッフたちはそのまま残り運営は引き継がれた。それが、〝青い伝説〟だった。しかし、サークル内での喧嘩別れや、分裂など、どの世界にも生じるようなことがここでもたびたび起こっているという。サークル間の確執もひどいと聞いた。いずれにしても、最老舗の〝青い伝説〟は、その長い歴史の分、多種多様なトラブルを常時抱えている。普段は鳴りを潜めているが、同人誌即売会《イベント》の時期が近づくとごそごそと蠢《うごめ》きはじめ、怪文書や嫌がらせファクスなどが、出回るという。

「今は、ファクスでの嫌がらせはなくなったけれど。その代わり、ネットがありますからね――」

シルビアは、ようやく核心に近づいてきた。

「ネットの匿名掲示板。ご存知？」

匿名掲示板。もちろん、知っている。匿名ということをいいことに、ありとあらゆる罵詈雑言が書き込まれている。

「匿名掲示板には、〝青い瞳のジャンヌ〟のトピックスもあるんですけれど。見たことございます？」

厳密にいえば、見たことがある。でも、それは一度きり。知っているハンドルネームが名指しで悪口を書かれていた。その内容があまりに醜悪で、あまりにおぞましくて、それきり、アクセスしていない。枝美子は、「いいえ」と小さく応えた。

「あなたの悪口、いっぱい書かれてますわよ」

え？

全身の力が一気に蒸発し、膝が、がくんと落ちた。

あの匿名掲示板に、私の悪口が？

膝が、がくがくと震えだし、胃から鈍い吐き気が上がってきた。

「私の……悪口が？」

「でも、気にしちゃ駄目ですわ。全部、妬《ねた》みなんですから」

「なんで？　なんで、私が？」

「だから、あなた、目立ちすぎたんですわ。ファンクラブの会員になって一年もしないうちに、いきなり〝青い六人会〟に抜擢でございましょう？　それをよく思っていない人が多いんですのよ。だって、〝青い六人会〟に参加したくて、何年も待っている人もいるんですもの。ニーナさんってご存知？　本当は、あの人が幹事スタッフに選ばれるはずだったんですのよ。なのに、あなたが選ばれて。……あの人、随分と、あなたを恨んでいるって」

「え、じゃ、そのニーナって人が、私の悪口を？」

「まあ、たぶん、ニーナさんも書いているとは思うけど、主犯じゃないわ」

「じゃ、誰が？」

「誰だと思います？」

「誰なんですか？」

「ガブリエルさん」

ガブリエルの名前を出されて、膝はさらに震えだした。「まさか、そんな。信じられません」

「私もね、はじめは信じられなかったのよ」シルビアが、芸能レポーターのようにまくし立てる。「実はね、私もやられたの。ひどい悪口を書かれて。プライベートなことも叩かれて、ノイローゼになったこともあるんですの」

「でも、やっぱり、信じられません」ガブリエルの整った横顔が浮かんできた。その横顔は、いつものように穏やかに笑っている。

「間違いないですわ。だって、私がやられたときは、ガブリエルさんしか知らない私の家庭の事情とか、仕事のこととか、散々書かれたもの」

「ガブリエル様しか知らない？」

「そ。一度、ガブリエルさんから電話がございましてね、そのとき、私、嬉しくていろいろとしゃべってしまったのよ。プライベートな悩みとか。そしたら、まんまとそれがネットに曝《さら》されたってわけなんですの。あなた、ガブリエルさんからお電話ございませんでした？　いろいろと訊《き》かれませんでした？」

枝美子は、数秒躊躇ったあと、「はい」と答えた。

「ああ、やっぱり。これがガブリエルさんの手口なんですの。親しげに近づいて、相手を心酔させて、そして冷酷に裏切るの」

「でも、でも、本当に、ガブリエル様なんですか？　だって、匿名掲示板なら、誰の書き込みか、特定できないじゃないですか」枝美子は、確認を繰り返した。

「匿名といっても、書き込み内容の特徴でバレバレですわ。バレてないと思っているのは、本人だけ。特にガブリエルさんは、かな入力なんですのよ。だから、タイプミスに特徴があるんですの。ローマ字入力だったら〝が〟と〝か〟はなかなか間違えないでしょう？　でも、ガブリエルさんの書き込みでは、濁点がないタイプミスが多いんですの。それが、一番の証拠ですわね」

「でも、それだけで……。かな入力なら、私だって……」

「あなた、ガブリエルさんにしか言っていない秘密、あったりします？」

「秘密？」汗が噴き出す。眼鏡がずり落ちる。枝美子は、咄嗟に、眼鏡に手をやった。「まさか、……あのことが？　あの秘密が、掲示板に書かれているんですか？」

「ほら、やっぱり」シルビアの声がはねる。「ええ、書いてあるわよ。しっかりと。あなたの秘密が」

震えが、枝美子の全身に行き渡った。瞼《まぶた》は痙攣《けいれん》を繰り返し、舌は、完全に平静を喪失していた。

「……あのことが、掲示板に、書かれているんですか？」

「そうよ、書かれているわよ、ばっちりと。あなた、なんであんなこと、あの人にお話ししたの？」

押し込んだ吐き気が、嗚咽とともに、喉に溢れ出した。ガブリエルの整った横顔が再び浮かんできた。その横顔は、邪悪に歪んでいる。

信じられない。まさか、あのことを。秘密ねって言ったのに、絶対秘密ねって言ったのに！

「でも、ま、仕方ないですわね。ガブリエルさんは、そういう誘導尋問がとてもうまいんだもの。一種の才能だわね。人の秘密を訊き出しては、それを切り札にして、いろいろと要求してくるの。だから、あなたもお気をつけて。きっと、あなたのところに、お金を借りに来ますわよ。ここだけの話、私は、五十万円、貸しましたの。いまだに返してもらってませんけど」

「五十万? それって、つまり、……恐喝ですか?」

「そう。あの人、浪費癖があるみたいですわよ。だから、借金まみれなんですって」

「でも、でも、ガブリエル様はテレビの仕事をしていて……」

「だから言ったでしょう、あの人、いろいろと嘘をついているって。たちの悪い虚言癖ね。一度ついた嘘を本当らしく見せるために、お金を湯水のように遣っているのよ。で、私たちをカモにして、お金を巻き上げているの。だから、あなたも、お気をつけて」

しかし、やっぱり、信じられなかった。枝美子は、「でも……」と歯切れの悪い言葉を、こぼし続けた。

「あなたって、本当に、お人よしね。……いいわ。実際に会って、お話ししましょ。今から、出られます?」

時計を見ると、まだ五時過ぎだった。夫も外出中で、これからまた出かけたとしても、不満を言う者はいない。

「ええ、大丈夫ですけど。でも、どこまで出れば？」

そういえば、シルビアがどこに住んでいるか、知らない。池袋駅では、地下鉄方面に消えて行ったけれど。

「なら、JR線Q駅東口の、ハンバーガーショップで」

Q駅といえば、最寄りの駅だ。

「わざわざ、こちらに来てくれるんですか？」

「あら、なにを言ってるんですの。私も、ここに住んでいるんですのよ？　ご存知なかった？」

「え？　ご近所さんだったんですか？」

「そうよ。いやだわ、てっきり、ご存知なのかと。もっとも、私は、西口ですけれど。ニュータウンのほう。で、今から、大丈夫？　私、今、駅にいるのよ。先に行ってお待ちしてますから」

「あ、はい。分かりました。私も今からすぐ出ますんで、十五分後には到着します」

知らなかった、知らなかった。シルビアさんが、こんな近くに住んでいたなんて。どうしよう、もしかして、このボロアパートに住んでいることも知っているかしら？　今日は、おもいっきりおめかししたけれど、普段のおばさん丸出しのスッピン顔とジャージ姿を目撃されてないかしら？　ああ、恥ずかしい。あ、でも、シルビアさんは西口だって言っていた。なら、大丈夫かしら？　でも、でも。

そんなことより、早く行かなくちゃ。なんだかよく分からないけれど、大変なことになっている。枝美子は、パソコンのディスプレイを振り返った。

あの掲示板に、私の悪口が？　私の秘密が？

確認してみなくちゃ。……しかし、枝美子はパソコンの電源を落とすと、何かに急《せ》かされるように、ばたばたと部屋を後にした。

駅前のハンバーガーショップ。若い子のたまり場になっているここに来ることはあまりない。前に、女子高校生にあからさまにネタにされたことがある。「やっだー、あのおばさんの服、どこで売ってんだろう？」「なかなか個性的だよねー、私にはとても着こなせなぁーい」

そのとき着ていたのは職場のパート仲間から譲られた豹柄のカットソー、それ以来、一度も袖を通してない。

恐る恐る、通りからショップの中を覗《のぞ》き込んで見る。口の達者そうな若い女の子が三人、ショップの中央の席を陣取っている。しかし、三人とも携帯電話の操作に忙しいらしく、周囲のことに気を掛けている暇はなさそうだ。その隣の四人掛けのテーブルに、シルビアの姿を見つけた。枝美子は大急ぎでアイスコーヒーを注文し、女の子たちに気づかれないように、こそこそと、その席に駆け寄った。

なのに、シルビアは、「こっちですわ、こっち」などと、大きな声で手招きする。女の子の一人がちらりとこちらを見る。

シルビアは、某大手出版社のロゴ入り紙袋をこれ見よがしにテーブルに置いた。「あ」枝美子の体が、勝手に反応する。そのロゴは、かつて、枝美子が持ち込みをしていた出版社のものだ。

「あ、これ？　今まで、ちょっと、……担当と打ち合わせしていたんですの」

そして、コーヒーを飲み干すと、シルビアは、いきなりこんなことを告白した。

「私ね、……実はプロの漫画家なんですのよ」

隣の三人の女の子が、同時に反応した。カラーコンタクトの六つの目がこちらを窺《うかが》っている。

枝美子は体を小さく丸めながら、出来る限りの小さい声で応えた。

「……プロ？」

「サークルの人には言ってないんですけどね。だって、いろいろと面倒じゃないですか」

シルビアは、ダブルバーガーを口に押し込んだ。その仕草は、相変わらず品がない。三人の女の子たちの指が一斉に、携帯のキーを押しだした。その唇は、にやにやと笑っている。いいネタを見つけたときのサインだ。

「プロ……なんですか？」

枝美子は、繰り返した。

「そう、プロですの、プロ」

シルビアも、負けじと繰り返す。

かちかちかちかちかち。女の子たちのキー操作が、ますます速くなる。

『ねえ、聞いた？　プロだって、プロの漫画家』

『マジかな？　あのメタボおばちゃんが、少女漫画家？』

『自称漫画家じゃね？　でなければ、同人作家じゃね？』

……でも、その紙袋は紛れもなく、あの出版社のものだ。この袋を持って歩く自分の姿を、何度思い浮かべたことか。憧れて憧れて、でも冷たく拒絶されたあの出版社。持ち込み時代の惨めな日々が思い出されて、枝美子の背中がますます丸くなる。

「私、ここの出版社に持ち込みしていたんです」枝美子は言った。

「そうでしたの？」

「でも、みごとに玉砕。紙袋の一枚ももらえませんでした」

「いやだ、そうなの？　だったら、これ、差し上げるわ」

「いえいえ、いいんです、それは、シルビアさんが……」

「ここでシルビアっていうのはやめていただけない？　なんだか、恥ずかしいわ。お互い、リアルな名前で呼びましょうよ」

　確かに、そうだ。こんな生活臭溢れる地元でハンドルネームを呼び合うのは、さすがに恥ずかしい。枝美子は、隣の女の子たちをちらっと見た。彼女たちの興味はすでに他に移っているのか、まったく違う話題で盛り上がっている。……でも、シルビアさんの名前はなんていったかしら？

「〝詩織《しおり》さん〟でいいわ」

「ああ、詩織さん。……ペンネームですか？」

「いやだ、違うわよ、これは本名。でも、よく言われるのよ。ふふふふ。咲野《さきの》詩織って、ペンネームですかって」

　咲野詩織っていうんだ、この人。本名を聞くと、なんだか、今はじめて会ったような気分になる。枝美子は、姿勢を正した。

「エミリーさんは……、枝美子さんでよろしいかしら？　それとも村上さん？」

「あ、じゃ、〝枝美子さん〟で」

詩織さんは、自分の本名をちゃんと押さえてくれていた。それなのに、自分ときたら。なんだか、負い目を感じる。その負い目のせいか、それまで半信半疑だった詩織の言葉が、次第に真摯《しんし》な響きに聞こえてきた。

「で、ガブリエルさんのことだけど」

ガブリエルという名前を聞いて、枝美子の中に、再び暗澹《あんたん》たる雲が立ち込めた。信じていた人に、秘密を暴露された。この人こそはと思っていた人に裏切られた。あの人が、ネットの掲示板で、私の悪口を書いているなんて。

でも、それは、本当なのだろうか？　やっぱり、信じられない。あのガブリエル様が。私のことを「白薔薇が似合うジャンヌ」だと言ってくれた、あのガブリエル様が。

「黒い人間ほど、甘いことを言うものよ」

……そうかもしれないけど。

「詐欺師だって悪徳業者だって、言葉巧みに人を懐柔するもんでしょう？」

確かに、そうだけど。

「そういう人間は、ターゲットをとことん、骨抜きにするものなのよ。そして、裏で虎視《こし》眈々《たんたん》と、ターゲットを陥れる準備を進めるの」

「私が、ターゲットってことですか？」

「そう。学校の虐《いじ》めと同じですわね。一度ターゲットに選ばれたら、人格が破壊されるまで徹底的にやられるの。あの人は、本当に恐ろしいわよ。ここだけの話ですけれど——」詩織は声を潜めた。「あの人、人を一人、殺しているのよ」

「は？　……まさか」さすがに、それは信じられない。「もう、冗談はやめてくださいよ」

枝美子は笑いながら返したが、詩織はニコリともしないで、強張った表情で言った。「まあ、直接殺したわけではないけれど」詩織は、さらに身を乗り出した。「でも、メンバーの一人がいなくなったのは本当なのよ。〝ソフィー〟っていう人よ。ソフィーさん、ご存知？」

ああ、そういえば。枝美子は、視線を宙に漂わせた。いたいた、そんな名前の人が。〝青い伝説〟に通いはじめた頃、確か、ソフィーっていう人が、サイトを仕切っていた。でも、……そういえば、あるときから、まったく姿を見せなくなった。

「ソフィーさんは、ずっとファンクラブの代表をしていた人で、〝青い六人会〟の最古参でもあったの。ところが、新参のガブリエルさんがあの手この手で虐め抜いて、悪評をばら撒いて、ソフィーさんを追い詰めたの。だから、ソフィーさんは……」

「どうしたんですか？」

「ある日突然、いなくなっちゃったのよ、愛車ごと」

「車もですか？」

「そう。一部では、南米にお嫁に行って会も脱会した、なんていう人もいるけど、それは嘘ね。……思うに、ガブリエルさんが関わっているんじゃないかって。聞いた話ですけれど、ソフィーさん、いなくなる直前にガブリエルさんと会っていたって。たぶん、そのときになにかトラブルがあって——」

「殺された？」

「そう」

「……まさか」

枝美子は、場違いな笑みを浮かべた。あまりに荒唐無稽な話で、すんなりと頭に入ってこない。シルビアさんは前々から、嘘か本当かよく分からないまるで奇術師のような話術が得意だ。話半分で聞いて丁度いい。以前、マルグリットさんがそんなことを言っていた。話半分、話半分とつぶやきながら、枝美子はストローをくわえ込んだ。

詩織が、じっとこちらを見ている。頭はかっかと熱く煮えたぎり、なのに、手足は嘘のように冷たい。

「まあ、信じる信じないは、あなたの勝手ですけれど——」詩織が、瀕死の小動物を見るような目で言った。「でも、あなたが、新しいターゲットになったというのは間違いないのよ」

ウインドーから夕日が差し込む。詩織の顔が血の色に染まる。

「ターゲット？」枝美子は、グラスの中味を氷ごと一気に口に流し込んだ。

「そう、あなたがターゲットになったのよ。ガブリエルさんは、やるわよ、徹底的に。そういう人なの。一度ターゲットと決めた人には、とことんやるわよ」

「……私、どうなるんですか？」枝美子は、笑みを作りながらも、すがるように声を絞り出した。

「まあ、覚悟はしておいたほうがよろしいですわね」

「覚悟？」

「そう。想像を絶する大変な目に遭うことは間違いないわね。いっそ生まれてこなきゃよかったと思ってしまうほどの、残酷なこと」

「いやだ、いやだ、……私、私」

　指先が、まるで別の生き物のようにブルブル震えだす。背筋が氷のように冷たい。頭では、まさかあのガブリエル様が……と思いながらも、体は本能的な恐怖を感じはじめている。枝美子は、両の二の腕を抱え込んだ。

「でも、安心して」詩織の手が伸びてきて、枝美子の腕を優しくさする。「私が守ってあげるから」

「……本当、ですか？」

「うん、任せて。ソフィーさんのような悲劇は、二度と繰り返してはいけないのよ」

「詩織さん……」

「とりあえずは、例の匿名掲示板の誹謗《ひぼう》中傷ね。でも、大丈夫よ、なんとか手を打っておいたから」

「なんとかって？」

「担当の編集者が顔の広い人で、その人に頼めば、掲示板の書き込みなんて、どうにでもできるんですの」

「なんとか……できるんですか？」

「私の担当、かなり顔がきくんですのよ。表の世界から裏の世界まで。匿名掲示板の管理人とも知り合いで、担当が言えば、書き込みなんてすぐに削除してくれますわ。書き込みがガブリエルさんだと特定できたのも、管理人に頼んで、アクセス解析をしてもらったからなのよ。だから、間違いないの。……そうね。今、何時かしら？」詩織は、腕時計を確認した。その時計は、枝美子にでも分かるほどの、有名なブランドのものだった。「今、五時四十五分ね。うん。ということは、あと、二時間とちょっと」

「どういうことですか？」

「さっき、担当に連絡したら、八時までにはなんとかするって言っていたから。だから、あと、もう少しの辛抱ですわ」

「八時になったら、削除されるんですか？」

「うん、それは間違いない、私を信じて」

私を信じて。その言葉に嘘はなさそうだ。その目に濁りはない。信じていいのね？

「うん。大丈夫。私を信じて」

詩織の指が、枝美子の指に触れる。震えが嘘のようにおさまる。そして、不思議な安心感。

……信じられるかも、この人なら。

「でも、なんで、私のために、そんなに骨を折ってくれるんですか？」

「だから、悲劇を繰り返さないためですわ。それに、枝美子さんを見ていると、歯がゆいんですの。なんだか、みんなのいいように扱われて。あなたのような受身のタイプって、いいおもちゃになるのよね。あなた、小さい頃、虐められキャラだったんじゃございません？」

　枝美子は、俯《うつむ》いた。

「きっと、人によっては、あなたのようなタイプ、イライラしちゃうんでしょうね」

　イライラする。これは夫の口癖だった。でも、何が悪いのか、私のどこが悪いのか、ちっとも分からない。

「あなた、みんなになんて呼ばれているか、ご存知？」

「え？」

「みんな、こっそり、あなたに仇名《あだな》をつけているのよ」

「……私、なんて呼ばれているんですか？」

「いなかっぺ大将」

「いなかっぺ……」

「ほら、昔、そんなアニメがございましたでしょう。あなた、訛《なま》りもあるし、体型もまるっこいから、そう命名されたんですわ。もちろん、言い出したのは、ガブリエルさんですけれど。あ、もうひとつあるの。おのぼり豚ちゃん」

「おのぼり豚……？」

「豚もおだてりゃ木に登る……ってやつですわ。あなた、ご自分が褒め殺しされているの、ご存知でした？　表向きは『まあ、素敵な絵、原作より上手だわ！』なんておだてて、裏では舞い上がるあなたを見て、みんな楽しんでいるのよ」

おだてられてた？　舞い上がった私を見てみんな笑ってた？　枝美子は、両手を強く握りしめた。どんなに抑えても、手が、勝手に震える。そりゃ、私もみんなにこっそり仇名をつけていたけれど。でも、それをネタに笑いものにすることはなかった。でも、みんなは笑っていたんだ、いなかっぺって、豚もおだてりゃ木に登るって、そう言って、陰で笑っていたんだ。……信じられない、信じられない。

瞼がかぁと熱くなって、涙が一気に溢れ出した。握りしめた枝美子の手に、涙が夕立のようにぼたぼたと落ちていく。

「でも、私は、枝美子さんのようなタイプを見ると、守ってあげたくなるの。だから、今回も、お節介をしてみたくなったのよ」

詩織が、涙にぬれた枝美子の手に、そっと自身の手を置いた。「大丈夫よ、これからは、私が守ってあげるから」

守ってあげる。それまで、漫画のコマのはしっこにいるエキストラ程度の存在でしかなかった詩織が、この瞬間、大写しになった。もう、この人しかいない。私を助けてくれるのは、この人しかいない。そんな切羽詰まった感情が溢れ出し、枝美子は、小さく叫んだ。

「……助けてください、助けてください」

「うん、だから、大丈夫だから、私がついているから、だから、もう、泣かないの」詩織の手が、枝美子の手を優しくさする。枝美子は、その手を握り返した。

「じゃ、もう、出ましょうか」

枝美子は、詩織の言葉に、素直に従った。

駅に来たところで、詩織は、「ね、西口に行ってみません？」と、踏み切りのほうに体を向けた。

「あ、でも」

「いいじゃないですか。西口に、いいブティックがあるのよ。ちょっとのぞいてみましょうよ」

言われるがまま、枝美子は踏み切りを渡った。

途端に、景色が変わる。

線路を挟んで、西と東。同じ街なのに、どこか遠い街に飛ばされたような気分だ。ここに来るたびに、そんなことを思う。雰囲気だって、まるで違う。商店街だって、こんなにおしゃれだ。

「さあ、ここよ」

詩織が案内してくれたブティックは、商店街の入り口にあった。ここになら、何度か来たことがある。もっとも、ウインドーショッピングだが。ショーウインドーに飾られている商品はどれも高価で、誰が買うのか不思議だった。急行も停まらないこんな小さな駅、商店街も駅に比例して小さいのに。わざわざ、こんなところでこんな高いものを誰が買うんだろう？　それでも流行っているようで、ショーウインドーのディスプレイは来るたびに替わっているし、客も結構入っていた。

詩織もまた常連のようで、慣れた様子で入店すると店員が揉《も》み手で飛んできた。詩織は、ろくに試着もせず、「じゃ、これと、あれと、それ、くださいな」と、次々と購入していく。

「あ、このカットソー、そのフレアスカートと合うんじゃないかしら？」

引き続き、枝美子の分まで、物色をはじめた。

「いいえ、私、今日は持ち合わせがないので」と言う枝美子の言葉もきかず、カットソーとスカートとカーディガンを店員に渡す。

「だから、私は……」

「いいのよ。これは、私にプレゼントさせて」

「でも」

「いいから、いいから」

結局、全部で何点購入したのだろうか、合計金額は、九万八千円と告げられた。

「九万八千円ね。……あら、困ったわ、カード、置いてきちゃったわ。悪いけど、これ、つけておいてくださる？　あとで、アシスタントに持ってこさせるから」

店員の顔が、少し歪んだ気がした。しかし詩織は気にせず、枝美子の袖を引っ張るように、店を出た。

しばらく歩くと、詩織は、「あら、いやだ」と声を上げた。「全部、一緒の袋に入れちゃって、あの店員。うんもー、これじゃ、枝美子さんの分がどれか、分からないじゃないの」

「いえ、私は本当に……」

「そうだ、うちにいらっしゃらない？　うちで、ファッションショーをやりましょうよ。ね、そうしましょう」

詩織がずんずんと進む方向は、ニュータウンの中でも高級な一軒家が建ち並ぶ住宅街。有名人や芸能人も住むと噂のあるこの界隈を頭のどこかで意識しながらも、自分には関係ない別世界だと、同じ街に住みながら枝美子は一度も足を踏み入れたことはなかった。

連れてこられた場所は、その住宅街のはずれの、どう見積もっても家賃十五万円はくだらない、メゾネット式の高級アパートだった。自分の安アパートとは大違いだ。

「さあ、ここよ」

ドア横の表札には二人の名前が書かれていた。咲野詩織、そして。

「ああ、それは、息子ですわ。中学生。まだまだ世話が焼けるの」

表札には、他にも名前があった。ずいぶんと小さくて、しかも薄くなっているけど、この名前……。え、うそ、この名前！

「あ、バレました？」

詩織が、おどけたように舌を出す。

枝美子は、詩織の顔をまじまじと見つめた。

うそ、秋月美有里？　この人が、秋月美有里？　まさか、うそでしょう？

戸惑う枝美子に、

「さあさあ、いいから、お入りになって」と、詩織は、背中を押した。

部屋の中はヨーロッパ風の調度品で揃えられ、少しまとまりがないかなとは思ったが、どれも高そうだった。リビングの奥は仕事部屋のようで、畳二枚分はありそうな木製のデスクにはトレス台を中心に、インク、ペン、絵の具がずらっと並べられている。壁一面を覆う書棚には、古今の漫画本がぎっしりと詰め込まれていた。

すごい。これが、プロの仕事場なんだ。枝美子は、部屋の隅の小さな座卓で夫に隠れながらちまちまとペンを走らせている自身の姿を思い浮かべ、その歴然とした差に、顔を赤らめた。

「さあさあ、ファッションショーの前に、お茶にしましょ」

ワイルドストロベリー柄のティーセットをテーブルに並べる詩織の様子を眺めながら、枝美子は、いまだ戸惑っていた。本当なのかしら？　本当にこの人が？

「秋月美有里は二人いた、という説はご存知?」カップにお茶を注《つ》ぎながら、詩織は言った。

「ええ、そういう噂を聞いたことはあります」

「本物の秋月美有里と、実際にジャンヌを描いていた影武者の秋月美有里。……実は、私の旧姓、秋月っていうのよ」

「あ」枝美子は、ある噂を思い出した。漫画家秋月美有里と一緒に九州から上京してきた、〝秋月〟という名の友人の存在。彼女が、もう一人の秋月美有里なのでは? と、ファンの間では囁かれている。

「ずっと影武者の立場で甘んじてきたけれど、〝青い瞳のジャンヌ〟を描いたのは、私なのよ。正真正銘、私が描いたのよ。本当は、姿を消したままでよかったんですけれど、〝青い瞳のジャンヌ〟の復刊計画が持ち上がりましてね。で、出版社から声がかかったのよ。未完だったジャンヌを、今度こそ完成させましょう、本当のラストを描いてくださいって」

「本当のラストを!?」枝美子は、カップを持ったまま飛び上がった。「ジャンヌの続きが、読めるんですか!」

「そう。今、描いているところですわ。でも、いろいろと大変。随分と、ブランクもあいちゃったし。それに、私も歳でしょう? 一人じゃ、なかなか進まないのよ。で、よかったら、枝美子さん、手伝ってくれないかしら?」

「え？」

「だから、ぜひ、あなたのお力を借りたいって言っているの」

私がアシスタントを？

「ううん、あなたがよければ、共作っていう形をとりたいのよ。ネームから一緒に考えてほしいの」

うそ。私が？　私がジャンヌの続編に参加？

「駄目かしら？」

「いいえ、駄目じゃありません！」

枝美子は、声を震わせて、叫んだ。

この時点で、詩織に対する疑念は一点の塵《ちり》も残さず吹っ飛んだ。それどころか、こんな凄い人と親しくなれたことに、枝美子は心から感謝した。

この人は、もしかしたら、私を別の世界に連れて行ってくれる救世主なのかもしれない。

目の前の小太りの女性は、本当は唯一無二の女神なのかもしれない。いや、そうなのだ、女神なのだ。なのに、私ったら。女神の正体を知らずに、それまでどちらかというと苦手意識を持っていた自分を、枝美子は大いに恥じた。

それからは、まるで夢のようだった。お茶と手作りのドライケーキをご馳走になって、

〝青い瞳のジャンヌ〟のラストについて語り合って、そして買ったばかりの服をあれこれと広げた。このままいつまでもこうしていたいと思ったが、それを邪魔するかのように玄関ドアが開いた。

「あら、息子が帰ってきたみたいね」

しかし、息子はこちらには目もくれず、隣の部屋へと消えていった。

「まったく、愛想のない子で。困ったものだわ」

でも、奇麗な子だった。髪を伸ばしているせいか、まるで女の子のようだ。

「芸能プロダクションにスカウトされているのよ、あの子。私は反対したんですけどね、どうしてもって言うから、じゃ、中学を卒業したらって」

「デビューするんですか？」

「ええ」

「……事務所は？」

「J事務所」

「J事務所！」

枝美子は、まるで自分のことのように胸をときめかせた。芸能界。この言葉は「漫画家」同様、枝美子にとっては憧れそのものだ。しかも、J事務所だなんて！　芸能界屈指の大手じゃない！　あのアイドルも、あの人気俳優も、所属している。ああ、すごい、凄すぎる！

「じゃ、あの子にご飯、食べさせなくちゃいけないから」

「あ、はい。お邪魔しました」枝美子は、今までしたことのないような角度で、深々と腰を折った。「今日は、本当に楽しかったです」

「あ、待って。その前に」

しかし、詩織は、枝美子の腕を摑んだ。「今ここで、ガブリエルさんと縁を切ったほうがいいわ」

「え？」

「なんだかんだ言って、あなた、まだガブリエルさんに未練あるんじゃなくて？」

言い当てられて、枝美子は俯いた。そう、心のどこかでは、まだガブリエルを信じている。まさか、そんな、と思っている。家に帰ったらガブリエルに電話して、本人に確認してみようとも思っている。

「そういう甘い考えが、破滅を呼ぶものよ。あの人の本当の恐ろしさを知った後では、もうなにもかもおしまいなのよ。そのときは、棺桶の中ですわ」

詩織の表情に、どす黒い影がさす。

「さあ、だから、今のうちに、すっかり縁を切ってしまいなさい」

詩織は、顎で枝美子のトートバッグを指した。その中には、携帯電話が入っている。

「さあ、早く」

枝美子は、そろそろと、携帯を引きずり出した。

「さあ、早く」

そして、ディスプレイにガブリエルの名前を表示させると、発信ボタンを押す。

しかし、すぐに中断すると、言った。「あの、……メールじゃ、だめかしら?」

「メール?」

「だって、声を聞いたら、言いたいことも言えない気がして」

「じゃ、メールでもよろしいわ。とにかく、今すぐ、私の目の前で、ガブリエルさんとは縁を切るのよ。たった一言、『あなたの小説に挿絵は描きません』、そう言うだけでいいのよ。これは、あなたのためなんですのよ? でなきゃ、あなた、虐め抜かれるわよ? いいの? いっそ生まれてこなければよかったと思うほど、虐め抜かれるのよ?」

耳の奥が、ぶわーんぶわーんと不気味に鳴った。そしてガブリエルの唇が浮かんできて、それがニヤリと笑う。——おのぼり豚ちゃん、さあ、この木に登ってごらんよ、そうそう、お上手。みんな、見てみて、豚が木に登っている、いい気になって、どこまでも登り続けている。笑いが止まらない。なんて滑稽な女。なんて恥知らずな女。こんな女は、死ねばいいのに。死ねばいいのに。死ね。

ひぃぃ。

「それでも、いいの？」

いやです、そんなの、いやです！　枝美子は、携帯のボタンを押していった。

『あなたの小説に挿絵は描きません』

そう打ち終わると、それを待っていたかのように、詩織が携帯を奪い取った。そして、枝美子の代わりに、送信ボタンを押した。

「これで、安心ですわね。あなた、命拾いしましたわ」

興奮冷めやらぬ状態で自宅の玄関ドアを開けたのは、八時ちょっと前だった。夫は、まだ帰っていない。

それにしても、なんていう一日だったのだろう。一ヵ月も前から心待ちにし、朝は七時から準備をし、十一時半に池袋で待ちあわせて、五千円のランチを楽しんで、千五百円のアールグレイティーを味わって、その余韻を引きずって帰宅すると、詩織から電話があった。信頼していたガブリエルが自分を裏切っていたことを知りどん底に突き落とされたが、詩織が秋月美有里だと知り、彼女の華やかな生活を見せ付けられ、さらに「守ってあげる」と言われ。……どん底からいきなり地上二十階ぐらいまで引き上げられた。まるで、ジェットコースターのような、ハイ&ローな一日だ。こういう一日は、きっと、人生で一回あるかどうかだろう。これを、転機というのかもしれない。そうだ、自分は、今度こそ本当の転機を迎えたのだ。その証拠に、今日だけで、自分の中の相関図ががらりと変わった。あんなに憧れていたガブリエルの存在は隅に追いやられ、今は、詩織のクローズアップで埋め尽くされている。

枝美子は、職場の同僚の影響で買ったタロットカードを小物入れから取り出した。

姿勢を正すとまずは深呼吸、そして「詩織さん、詩織さん」と念じながらカードをシャッフル、その一枚をめくると、現われたのは「運命の輪」という名のカードだった。逆位置だったが、枝美子はそれをすかさず、正位置に戻した。ええと、このカードの意味は……、タロットカードについてきた解説書を引いてみると、「転換期・幸福の到来」となっている。

……ほら、やっぱり！　詩織さんは、運命の人なのね！

よし、じゃ、ガブリエルさんは？　枝美子は「ガブリエル、ガブリエル」と念じながら、カードを改めてシャッフルした。そして、めくられたカードは、「死神」。ああ、やっぱり、そうなのね！　こんなの、解説書を見るまでもない、私を不幸に突き落とす裏切り者という意味に違いない！　あんなに憧れていたのに、あんなに。なのに、あの人は、私を裏切った。

でも、……本当なんだろうか？　枝美子は、自分の中にまだ僅かに残っているガブリエルへの未練に、我ながら驚いた。裏返せば、それだけ、ガブリエルに心酔していたのだ。そんな自分が、ますます哀れになる。自分を陥れようとしている相手なのに。でも、でも、ガブリエルの口から、真実を聞きたい。

携帯電話を取り出してみたが、もう、リストにはガブリエルの名前はどこにもない。詩織に言われるがまま、あの場で削除した。そうよ、もうあの人との縁は終わったのよ。あの人は、私を裏切ったのよ、私に酷いことをしたのよ、掲示板に私の悪口を。私の秘密を。……許せない！

「あ、そうだ、掲示板」

枝美子は、匿名掲示板のことを思い出した。体が、強張る。

時計を見ると、八時を少し過ぎたところだった。

「詩織さんは、言っていた。八時には、例の書き込みは削除されるって」

でも、もしかしたら、まだ残されているのでは？　枝美子は、強張った手をどうにか操りながらパソコンを立ち上げ、詩織が言っていた匿名掲示板にアクセスしてみた。

立ち並ぶトピックスの中、〝青い瞳のジャンヌ〟というタイトルを素早く探し出し、クリックしてみる。表示されたそれには、おびただしい数の匿名の人々。ジャンヌについて、熱く語り合っている。ときには喧嘩腰だったり、罵《ののし》りあいになったりしているが、しかし、自分に当てはまる書き込みはひとつも見つからなかった。

「詩織さんが、ちゃんとやってくれたのだわ」

枝美子は、ほっと、肩の力を抜いた。

「詩織さん、すごい。本物だ」

詩織の顔が、じわじわと瞼に広がる。

枝美子は、胃に納めたご馳走を反芻《はんすう》するかのように、先ほどの出来事を頭の中で繰り返した。

「そうよ、詩織さんは、やっぱり、すごい人なんだ。だって、詩織さんは――」

あの秋月美有里なんだから。

そんな偉大な人と、自分が知り合いだなんて。枝美子は、しみじみと、今更ながらに自身の幸運に感謝した。ああ、本当に、なんて素敵なことなの！

心が一気に舞い上がる。しかし、数分もしないうちにそれは、ぷしゅーという音を鳴らして、萎《しぼ》んだ。

夫が帰ってきたようだ。

玄関ドアが、荒々しく閉められた。また、パチンコに負けたんだ。お酒も相当、飲んでいる。枝美子は、身構えた。こういうときは必ず、自分に八つ当たりしてくる。暴力は結婚した直後からはじまったが、ここ数年、酷くなる一方だった。が、夫はなかなか部屋に上がってこなかった。

「あ」

枝美子は、思い出して、急いで玄関に向かった。しかし、遅かった。夫は、玄関先に置いておいた包みを引き裂いていた。真新しい服が飛び散っている。

「これは、なんだ？　また、無駄遣いか？　パソコン、食事会、サークルの会費。おまえ、最近、なにやってんだ！」

「なによ、全部、私が稼いだお金じゃない。私が遣って、何が悪いのよ」言いながら、枝美子は床に散らばった服を拾い集めた。が、すでに、夫の手によってところどころ破られていた。

「なんで、こんなことするのよ！　なんで？　なんでよ！」

枝美子は叫んだ。それは自分でも驚くほどの、悲鳴だった。

夫も驚いたようで、「落ち着けよ、な、落ち着けって」と、さっきまでの激昂《げっこう》が嘘のように、声の調子を極端に落として宥《なだ》めはじめた。しかし、もう止まらない。枝美子は叫び続けた。

もう、いやだ、いやだ、こんな生活。自分が稼いだお金ぐらい、自由に遣わせてよ！　趣味ぐらい楽しませてよ！　私は、あんたを養うために生まれてきたんじゃない！

ずっとずっと腹の奥に抑えてきた怒りが、防波堤を越えて荒れ狂う。言葉が次々と口から吐き出され、もはや、自分でも止められない。

「ちっ、女のヒステリーにはかなわないな」と、夫は舌打ちすると、そのまま、外に出て行った。

夫がいなくなっても、枝美子の興奮は収まらなかった。それどころか、ますます上昇していった。

なんで、なんで、私ばかり、なんで、なんで？

私だって、結婚なんかしないでもっと頑張っていれば、詩織さんのように優雅に暮らしていたかもしれないのに。なのに、なのに、今の私は、こんなに惨めだ。

枝美子は、その場にへたり込むと、子供のように声を上げて泣き続けた。

＊

「目、どうしましたの？」

言われて、枝美子は目を伏せた。その様子を、詩織がじっと見つめている。「なんか、腫れてますわ？」

枝美子は詩織に呼び出されて、昼休みを利用して駅前のハンバーガーショップに来ていた。

「ところで、昨日の服、着てこなかったの？」

「あ、ごめんなさい。……なんか、もったいなくて」

「何言っているの、着てもらわないと、服がかわいそうだわ」

「そうですね、……ごめんなさい」

「どうしたの？　元気ないですわよ？　なにかございました？　なんでも相談して。私にできることなら、なんでもしますから。昨日、掲示板、確認しました？」

「はい」

「ちゃんと、削除されてましたでしょう？」

「はい。ありがとうございます。……でも、なんで、私なんかに……そんなに親切なんですか？」

「私なんか……なんていう言いかた、おやめになったほうがいいわ。そんなに自分を卑下しちゃ、あなた自身がかわいそうだもの」

「でも、詩織さんは有名な漫画家さんで、私なんか、なんの取り柄もない一般人で。……なんだか、いまだに信じられないんです。詩織さんのような人が、私なんかに」

「あなた、もともと九州の人でしょう？　分かるんです。イントネーションとか、その顔つきとか。典型的な九州の顔ですわ。私、生まれは東京なんですけれど、九州に長いこと住んでいたことがありまして、だから南のほうの顔ってよく分かるのよ。だって、明らかに、東京出身の人とは違うもの。いわゆる、縄文顔？」

枝美子は、再び、無言で目を伏せた。

「あら、貶《けな》しているわけではございませんのよ。縄文顔って、なんか、エキゾチックでかわいくて、素敵じゃございません？　枝美子さんも、眼鏡なんかやめてコンタクトにすれば、もっと素敵になると思いますわよ？　眼鏡なんかしているから、ちょっと野暮ったい感じになるんじゃないかしら？　だから、ガブリエルさんみたいな人に狙われるんですわ。ほんと、ガブリエルさんはたちが悪いわ。……実はね、言いにくいのだけれど、あの人、あなたからお金を脅し取ろうとしていたんですの。だから、私が止めたのよ。そしたら、代わりに私が払えってことになって。私、三十万円、出してしまいましたの。だって、あの人、あなたの秘密、もっと多くの人にバラすって言うんですもの。掲示板の書き込みが削除されてキレちゃったみたいだわ。だから、……あなたの秘密を守るために、私、三十万円を、あなたのために」

はじめは何を言われているのかよく理解できなかったが、「あなたのために、三十万円。あなたのために、三十万円」と繰り返され、段々、済まない気分になり、「すみません、すみません」と、枝美子は、頭を下げずにはいられなくなっていた。

「今朝のことですの。私、そのとき余分なお金がなくて、つい、消費者金融を利用してしまいまして」

「でも、なんで、そこまで、私のために？」

「だから、なんていうか。同郷のよしみっていうのかしら？　私はもともと東京出身なんですけど、なんだか、九州の人を見ると、放っておけなくなるんですの」

詩織は、南九州のイントネーションで、〝東京出身〟を強調した。

「本当に、すみません、ありがとうございます。私なんかのために」

「いいのよ。でもね、明日、早速利息だけでも払わないと、大変なことになるんですの。ね、三十万円とは言わないわ、でも、ちょっとは出してもらえないかしら？　だって、それが筋じゃございません？　だって、あなたの代わりに、私が払ったんですもの」

「でも、私も持ち合わせがなくて……、とりあえず、いくら……？」

「そうね。三万円、三万円でいいわ」

「三万円なら、どうにか……」

枝美子は、財布から一万円札を二枚と五千円札二枚、取り出した。テーブルに置くなり、詩織の手が鳶《とび》のような素早さでそれを摑んだ。

「三十万円なんか、私の担当に言えばすぐに払ってくれるのだけど、理由を訊かれたら、言いにくいじゃない？　だって、あなたの秘密を訊かれるかもしれないもの。それは、まずいじゃない？」

「で、その、立て替えてもらった三十万円は……」

「気になさらないで。今月末には、印税が入金される予定だから」

「でも」

「三十万円なんて、私にとっては、大した額ではないんですの。あ、勘違いしないで、これはなにも自慢しているわけじゃなくて、なんていうか、……三十万円なんていうはした金で、あなたが悩む姿を見ていられなかったんですの。だから、お節介を焼いてしまいましたの」

私なんかのために、この人はここまで。ありがとうございます……。枝美子の頰を涙が濡らす。それを、詩織の指が、そっと拭った。

「とにかく、これからも、なにかあったら、必ず相談してくださいね」

枝美子は、詩織の顔を見上げた。今まで気がつかなかったが、なんて優しい目なのだろう。この人の隠れた美しさは、きっと、特定の人にしか見つけることができないのだ。誰が見てもきれいな人は、いくらでもいる。しかし「ああ、奇麗ね」と短い感想を漏らして、それで終わる。でも、自分が見つけた美点は、自分だけのものだ。これほどの価値があるだろうか。詩織のこの優しい目、これは、私だけが見出した、掛け替えのない秘密の美だ。秘密の花園は、秘密だからこそ、価値がある。

「それと。こんなこと、私が言うのもなんですけど、ファンクラブも脱会したほうがいいんじゃないかしら？」詩織は言った。「ま、これは、あなたが決めることだから、私なんかが口を挟む問題でもないんですけど。でも、きっと、ガブリエルさん、これからもますます、あなたを狙ってくると思うのよ」

「……そうですね」

「それに、あなたは、ジャンヌの復刊プロジェクトに加わるんだもの。いつまでもファンクラブなんてお遊び、している暇はございませんわよ？」

「復刊、……プロジェクト？」

「そうよ。出版社は本格的に動き出しましたわ。ですから、もっと自覚しなくちゃ駄目ですわよ。私は、さっき、ファンクラブを脱会しましたわ」

「え？　脱会、したんですか？」

「ええ、きっぱり辞めました。ですから、枝美子さんも。だって、私たち〝プロ〟なのよ」

プロ？　そうね、そうね、あんなお遊び、している場合ではないわね。なにしろ私たちは、〝プロ〟なんだから。プロとして、〝青い瞳のジャンヌ〟と関わるんだから。あんな素人の〝ごっこ〟に、いつまでも付き合っている場合じゃない。


その日、枝美子はマルグリットに電話を入れ、ファンクラブを脱会することを宣言した。マルグリットの声は戸惑っていたが、枝美子は、弁明の余地を与えないまま携帯電話を切った。引き続き、今日、登録したばかりの番号を選択した。詩織の番号だ。

「脱会しました」

「そう、それはよかったですわ。あんなところにいても良いことはひとつもないもの。みんな、陰では悪口ばかり。こっちまで、性格が歪んでしまうわ」

「はい」

「私たちは、もう、あんな人たちとは関わっちゃいけないのよ。そうでしょう？」

「はい」

「じゃ、なにかあったら、また、電話してちょうだい。例のプロジェクト、期待していますから。……そうだ、あなたの漫画、担当に見せてみましたの。同人誌に載っていたやつ」

「え？」

「ほら、前に同人誌に載せた、十ページの漫画。あれですわ」

「あれを？　あれを担当さんに？」

「そう。そしたら、担当、ものすごく感心していましたわ。是非、もっと作品を見たいって」

「もっと？」

「そう。なにかございます？」

「十ページ程度の作品なら、いくつか」

「なら、それ、貸していただけないかしら？」

「えええ、もちろん」

「他には？　もっと長編はないの？」

「長編は……」

「なら、描いてみたらいかが？　そうよ、描くべきよ。あなたなら、傑作が描けますわ」

　その日から、枝美子は、毎日のように詩織に電話した。

　今日も、ペン入れをしている途中で、どうしても詩織の声が聞きたくなった。

「どう？　長編、進んでいます？」

詩織の声を聞くと、途端に気持ちが解《ほぐ》されて心が軽くなる。

電話の内容は他愛のないもので、天気がどうのとか、今日は何を食べたとか、キッチンでゴキブリを見たとか、殺虫剤は何がいいかしら？　とか、そんな些細《ささい》なことだった。一日のうち、多いときは五回も電話している。電話をしていないときは、メールを交換した。詩織のレスポンスは早く、それも枝美子には心地がよかった。ガブリエルもいろいろと話を聞いてくれたが、ときどき説教臭いことを言った。でも、この人は違う。私のすべてをありのまま受け入れてくれて、決して否定せず、すべてを許してくれる。この人こそが、私の真の友だ。魂の友だ。第一印象は悪かったが、今思えば、それは、こちらが勝手に警戒していただけなのかもしれない。人は、真実に出会うと、目を背けてしまうものだ。それまでの日常を壊してしまうような掛け替えのない真実であればあるほど、人は、一歩も二歩も引いてしまうものなのかもしれない。

「そうそう。今日、担当と打ち合わせしていたんですけれど、今度、枝美子さんに会いたいって」

「え？　担当さんが？」

「担当、すっかり、枝美子さんのファンですのよ。場合によっては、枝美子さんをデビューさせたいって」

「デ、デビュー？　……デビュー？　私が？」

「そうよ、あなたが」

デビュー。どれほど恋焦がれた言葉か。しかし、自分には無縁だと、ずっと前に諦めた。所詮、私とは関係のない言葉なのだと。

「なにを言っているの。人間、何歳になっても可能性を諦めちゃ駄目。夢は、持ち続けないと。夢は叶えるものなのよ」

夢は叶える。今まで胡散臭《うさんくさ》い言葉だと聞き流していた。でも、今は、違う。

「私、夢を叶えます！」

「そ。その調子。でも、問題は、ガブリエルさんね。あの人、私たちのことを嗅ぎつけたみたいですの。二人同時に脱会したものだから、怪しまれたんでしょうね。あの人、早速、匿名掲示板で私たちの悪口を書きまくっていますわ」

「本当ですか！　だったら、また、私のあの秘密も……」

「秘密？　ええ、そうそう、秘密、書かれていたわ。ここまで書く？　ってぐらい、書かれていた」

「いやだ、どうしよう、どうしよう」

「大丈夫。担当に言って、全部削除してもらいましたから。今は痕跡もございません。安心して」

枝美子は、悲鳴のようなため息を吐き出した。「ああああ、よかった」

「ガブリエルが何をしようと、私たちには、〝出版業界〟という大きな味方がついているんですもの。もう、なにも怖くないんですのよ。だから、どーんと構えてらして」

出版業界。二十年前、まるでハエを追っ払うかのように門前払いされたけど、でも、やはり、その響きには特別なものがあった。枝美子は、声にしてみた。「出版業界……」

「そうよ、私たちは、もう業界人なの。だから、一般ピープルの妬みや戯言《たわごと》なんか気にしてちゃ駄目。かわいそうなパンピーの誹謗中傷を受けるのも、仕事のうち。そんなことより、新作、進んでらっしゃる？」

「いえ、あの、その」

「駄目よ、本腰を入れなくちゃ。あなたはもうプロなんですから」

デビュー、出版業界、業界人、プロ。

枝美子は、それらの単語を、繰り返し、つぶやいた。携帯電話は、すでに切れている。しかし、枝美子は、いつまでもそれを握り締めていた。が、玄関ドアの向こう側から鼻歌が聞こえてきて、はっと、我に返る。夫だ。

急いで、テーブルに広げた原稿用紙とペンを片付ける。しかし間に合わず、夫が、玄関ドアを乱暴に開けた。むせ返るような、石鹸のにおい。

「まだこんなことやっているのか！」

夫の怒鳴り声とともに、隠しきれなかったスクリーントーンが、無残に引きちぎられ宙に舞う。それを拾い集める枝美子の背中に、夫が容赦ない蹴りを入れる。

もう、まっぴらだ、こんな男、こんな男、殺してやる！


「駄目よ、そんな物騒なこと考えちゃ」

「でも、もう、耐えられない」

いつものハンバーガーショップ、枝美子は、テーブルの端を軽く叩いた。

「それだけじゃないんです。ここ数ヵ月、ソープ通いが止まらないの。パチンコだけなら時々は勝ってくるときもあるけど、風俗は、お金を取られるばかり。そのせいで、月のはじめに渡す小遣いのほとんどは、半月もしないうちに遣い切ってしまうのよ！　このままでは、私、あの男に骨の髄まで吸い取られてしまう！」

「男なんて、みんなそうですわ」

いつものダブルバーガーを頬張りながら、詩織は言った。「男なんて、信用しちゃダメ、頼っちゃダメ、自立しなくちゃ」

「ほんと、そうですね。今のうちに、自立しなくちゃ」

「今のうちに？」指についたソースをなめながら、詩織。

「だって、デビューしたら、あの人、完全なヒモになるわ。そしたら、もう逃げられない。私の稼ぎも名誉も、全部あの人が吸い取るんだわ」

「ええ、そうね、それは間違いないですわね」

「だから、デビューの前に、身辺をきれいにしておいたほうがいいと思うんです」

「ええ、そうね」

「なんか、いい方法ないでしょうか？　できたら、後腐れなく、合法的に解決する方法。……担当さんに相談できないかしら？」

枝美子は、詩織の腕にすがってみた。が、詩織は、はぁとため息を吐き出して、他の話題を切り出した。

「ほら、前にも話したかもしれないけど、甥っ子が変な女にひっかかって、まだ二十一歳だっていうのに、結婚しちゃって――」

その話なら、何度も聞いた。大学生だというのに、十七歳の女の子にひっかかった。彼女は妊娠、そのまま押し付けられるような形で女と赤ん坊を引き取ることになり、不本意ながら婚姻届を出した。それが運のつきで、それからはケチがつきっぱなし。甥は生活費と養育費を稼ぐため歌舞伎町のクラブで働きだし、さらに借金まで抱え、そのとばっちりが、伯母の詩織にも及んでいるという。

「私が身元引受人のような形になっているから、いろいろと面倒をみているんですけどね。それにしても、あの女はサゲマンもいいところですわ。そもそも、あの子供だって、甥の子かどうか分かりゃしない。甥にちっとも似ていないし、私にも全然懐かないし。それに、昨日だって、借金取りがうちにまで押しかけてきて。まったく、いくら親戚だからって、保証人になんかなるものじゃございませんわ。先月分の印税、全部、持っていかれましたわ。もう、今月、どうしましょう。あのときの三十万円があれば。あなたの代わりにガブリエルさんにとられたあの——」

「あ」

枝美子は、詩織に言われる前に、財布を取り出した。そして、一万円札を三枚引き抜くと、それをテーブルに滑らせた。

「これ、よかったら、遣ってくれませんか？」

「あら、悪いですわ」

「ううん。いいの、遣ってください」

「ほんと？　じゃ、お言葉に甘えて。印税が入ったら必ずお返ししますから」そして詩織は、いつものように目にも留まらない早業で、三枚のお札を懐に仕舞い込んだ。「それで、話の続きだけど。覚悟はできているの？」

「え？」

「夫から逃げる覚悟はできているのって聞いてるの」

「はい」枝美子は、身を乗り出した。

「そ。なら教えてあげますわ」詩織も身を乗り出した。「まずは警察か婦人相談所に行くの。そして、事情を説明して相談に乗ってもらうのよ。場合によっては被害届を出すといいですわ。で、次に、裁判所。配偶者からの暴力の防止及び被害者の保護に関する法律、……いわゆるＤＶ法ってご存知？」

「ええ、聞いたことは」

「裁判所で、保護命令を申し立てるんですの。これで、旦那さんがあなたに近づくことを法的に禁じることができますわ」

「国が、守ってくれるってことですか？」

「そう。でも、その前に、あなた自身が家を出て身を隠さないといけませんわね」

「でも、勤め先に来ないかしら？」

「何言っているの。仕事も辞めるのよ」

「え？　それじゃ、どうやって暮らしていけば？」

「生活保護の手続きをすればいいですわ」

「でも」

「デビューまでは、それでなんとか暮らすのよ」

「でも」

「大丈夫。私がやってあげますわ」

「でも。……生活保護なんて、そんなに簡単にもらえるものなんですか？」

「あなた、何か持病とか、ございます？」

「今はほとんど出ないんですけど、喘息《ぜんそく》がちょっと——」

「だったら、診断書、出してもらえますわね」

「言えば、たぶん」

「これで、楽勝ですわ。ＤＶ被害もあるわけだから、すぐに、申請は通りますわ。あとは、あなた次第」

「私次第——」

　気持ちが揺らぐ。夜逃げのように身を隠して生活保護を受ける。なにか、ひどく卑怯で窮屈な生活のように思える。

詩織の手が伸びてきて、枝美子の手を握った。「そ。あなた次第」

「詩織さん……」

「実は、私も、夫から激しいDVを受けてましたの。それで、逃げるように、こっちに出てきましたのよ」

「詩織さんも？」

「ええ。漫画の仕事ができなくなったのも、そのせい。だって、居場所がバレちゃいますでしょう？」

「ああ、それが理由で、漫画界から姿を消したんですね」

「そ。だから、枝美子さんも、もうダメだって思ったら、必ず逃げるのよ。躊躇《ちゅうちょ》していたらダメよ」


しかし、逃げる機会は、なかなか訪れなかった。夫はなんの気紛れか運送屋に職をみつけ、アルバイトではあったが仕事をするようになった。相変わらず、パチンコ、風俗には通っているようだし、酒臭い日もあったが、暴力は減っていた。仕事で体力を使い果たしてしまうのだろう、帰ってくると、すぐに寝てしまう。

穏やかな日々。が、私が欲しいのは、そんな日々ではない。私が欲しいのは、欲しいのは……。

＊

その深夜、詩織から連絡があった。夫は、ぐっすりと眠っている。

「甥の借金取りがうちに来たんですの。見るからにヤクザ者の取り立て屋。私、殺されそうになったわ。今日はなんとか帰ってもらったけど、明日、また来ると言うんですのよ。手形ならあるんだけれど、まだ支払い期日じゃなくて。割ってもいいんだけれど、それだとね……」

「とりあえず、いくら、入りようなんですか？」

「三十万ぐらいあれば……」

「三十万円……」

さすがに、今、三十万円を一括で用立てることは難しい。それまでは、毎月の稼ぎの中から少しずつ用立ててきたが、一気に三十万円となると、預金を崩さなければならない。

「すみません、今、自由になるお金は、……五万円ぐらいなんだけど」枝美子は、受話器を首に挟んで、財布の中を確認してみた。五万円だって、苦しい。これは、家賃の分だ。

「ええ、いいわよ。それがあなたの誠意の印だというのなら」

詩織の声が、自分を軽蔑している。私が今まであなたのためにしてきたことへの誠意が、これっぽっち？　私はあなたの秘密を守ろうと必死になって動いたのに、あなたのデビューのためにこんなに骨を折っているのに、あなたを助けるためにいろいろアドバイスしてあげているのに、あなたの友情なんて、所詮、この程度？　そう言われているような気がして、枝美子は慌てて言い繕った。

「三十万円、なんとかしてみます」

「本当？　助かるわ。必ず返しますから。息子ね、中学を卒業したらデビューが決まっているんですの。コマーシャルも決まっているから、契約金もがっぽり入りますわ。そしたら、利息をつけて返しますわね」

「分かりました、なんとかします」

受話器を置いて、振り返ると、そこには夫が立っていた。

「あ」枝美子は、身構えた。

「また、あのクソババァか」

夫の声は静かだったが、漲《みなぎ》る怒りが宿っていた。

「俺は知ってんだぞ。あのクソババァに、いったい、いくら金渡してんだよ？」

「知らないわよ、そんなこと」

「お前が、金渡しているところ、何度か見たんだよ。あのハンバーガーショップで」

まさか、つけられていた？　思考がぐらついたが、ここで折れてはいけない。

「だから、知らないって」枝美子は、シラを切り通した。

「今度は、いくら出せって言ってんだ？　あのクソババァは」

「だから——」

「いくらだって訊いてんだよ！」夫がパジャマの襟を摑んだ。そしてそのまま引きずられ、床に投げ飛ばされた。

「答えろよ！」

夫の足蹴りが肋骨《ろっこつ》に命中した。枝美子は、海老のように体を曲げてその痛みに耐えたが、夫は背中を蹴り続けた。

殺される。

「ほら、言えよ、いくらだよ！」

「三、三十万……」

「三十万だと？　どこまで図々しいババァなんだよ！」

夫の踵落《かかと》しが、もろに背骨を直撃した。鋭い痛みが、一瞬にして、全身に回った。そのまま、枝美子は気を失った。

気がつくと、蒲団に寝かせられていた。部屋の中はすっかり明るく、時計を見ると、昼前。枝美子は、飛び起きた。背中と肋骨がひりひりと痛む。そうだ、昨夜、私……。

部屋に、夫はいなかった。エアコンだけが、ごぉごぉと煩い。

ああ、そうだ、詩織さん。詩織さんに、会いに行かなくては。

身支度を整えていると、玄関ドアが開いた。

夫だった。余所《よそ》行きの上着を羽織った夫は、無言で用紙を枝美子に投げつけた。用紙には、〝借用証〟と書いてある。

「あのババァから今朝電話があって、だから、俺が会ってきた。利子をつけて、ふた月に分けて返済してくれるっていうからさ、三十万、貸しておいてやったよ」

夫は、枝美子のキャッシュカードをテーブルに投げ置いた。そして、呆《あき》れた調子で続けた。

「おまえさ。あいつに貸したお金、いったいどのぐらいになるんだ？　残額、かなり減ってんじゃん」

正確に計算したわけではないが、たぶん、五十万円とちょっとはいっていると思う。もしかしたら、もっといっているかもしれない。しかし、枝美子はもちろん、シラを切りとおした。「だから、貸してないって」

「まあ、いいや。とにかく、これからは、あのババァに何か言われたら、俺に相談しろ。あの女、ちょっとヤバそうじゃん。あれ、なんかまともじゃないよ」

　あなたがまともじゃないから、他の人もそう見えるんだ。詩織さんはね、有名な漫画家さんで、一世を風靡した立派な人なのよ。〝青い瞳のジャンヌ〟っていう傑作を描いた、素晴らしい人なのよ。青い瞳のジャンヌ、私がこの漫画にどれだけ助けられてきたか、どれだけ勇気付けられてきたか、あなた、知ってる？　ジャンヌはね、私の心の支えなの、そして、詩織さんは、私の悩みもすべて受け入れてくれて、私をいつでも助けてくれる恩人なの。その上、私のデビューに力を注いでくれている。私たちはね、ジャンヌの復刊プロジェクトという、大きな仕事をしようとしているのよ。私たちは、同志なのよ！　だから、私は少しでも彼女の役に立ちたいと思っているだけ。それに比べて、あなたは何？　飲む打つ買うのろくでなしの癖に！　返せ、返せ、今まで私から巻きあげた金を返せ！

　そう抗議する代わりに、枝美子は、涙を流し続けた。体が痛い。足が動かない。このまま、動けなくなったら、一生、恨んでやる。恨んでやる！

　そこまで、考えて、枝美子の中に、唐突に不安が立ち込めてきた。

　夫と詩織がふたりきりで会った。その事実が、ある不安をもたらした。

「詩織さん、何か言ってた？」

「何を？」

「ううん」

詩織はいい人だが、興奮すると、思いも寄らないことを言い出すところがある。

例えば、夫が詩織のことを罵って、それに怒った彼女が売り言葉に買い言葉で、私の秘密をバラしてしまう……、そういうことがあっても不思議ではない。ガブリエルにその秘密を掲示板に書かれたときは、夫がそれを見る前に削除されたからよかったようなものの、もし、万が一、あのことが夫にバレたら、……間違いなく、殺される。どこに逃げても、この人はどこまでも追ってきて、……必ず私を殺す。

枝美子の中に、恐怖が走る。

理性では、詩織が自分の秘密をバラすはずはないと分かっていながらも、一度芽生えた不安は、あっというまに、枝美子の思考を真っ黒に染め上げた。

「じゃ、俺、パチンコに行って来るわ」

ドアが閉められたのを確認すると、早速、詩織に電話を入れた。

「あなたの旦那さん、酷い人ですわね」電話向こうの詩織は、この上なく憤っていた。「あんな横暴な人、見たことないわ。私、ずっとババァ呼ばわりよ」

「ごめんなさい。私、昨夜ひどく蹴られて、体がちゃんと動かなくて、だから……」

「また、やられたの？　もう、いい加減、別れたらどうなの？」

「ええ、そうですね。もう、限界かも。……ね、ところで、私のあの秘密」

「秘密？」

「うん。ガブリエルが掲示板に書いたあの秘密。絶対、旦那には言わないでね」

「え？……あ、あああ、あれね。もちろんよ、言わないわ、言うわけないじゃないの。なに、私がしゃべると思ってらっしゃるの？」

「ううん、違うの、ごめんなさい。ただ、ちょっと、今、精神的に参っていて、なんだか、いろんな不安が押し寄せてきて。体も、なんだか調子が悪いし。だから、無性に、旦那にあのことを知られたらって考えてしまうの。知られたら、私、……殺されるわ」

「そうね、そうね、あんなこと知られたら、……まずいわよね」

「あの人、典型的な九州男児だから――」

「あら、旦那さんも九州の人？」

「そう。だから、不倫とか不貞とか、絶対許さない人なの。自分は風俗に行っているくせに、テレビで不倫ドラマとかやっているだけで怒り狂うような人だもの。そんな人に、私が不倫していたことがバレたら……」

「え？　不倫？」

「え？」

「……あ、あああ、不倫、不倫ね。そうそう、不倫はマズいわよね。……不倫はマズいわ」

「はい。ちょっと魔が差してしまって」

「相手って、どんな人だったの？」

「え？」

「え。っていうか、相手のことは掲示板には書かれてなかった……ような気がしたから」

「ああ、そうね。それは誰にも言ってないから。……前に勤めていたパチンコ屋の店長さん。三つ年下の優しい人だったけど、私が妊娠したって言ったら、逃げちゃった」

「妊娠？」

「あ、これも、掲示板に書かれてなかった？」

「え？　ううん、それは書いてあったわ。そうそう、妊娠しちゃったのよね。でも——」

「堕ろしてしまったせいで、それ以来、子供ができない体になって。今も時々思うんです。もし、子供ができていたら、旦那も、もう少しまともになってたんじゃないかって。子供欲しいな……なんて、昔はよく言ってたから」

「あら、ダメよ、ああいう男は、子供ができようとできまいと、関係ないのよ。生まれつきのダメ男なの。あなた、あんな男とくっついていると、ますますダメになりますわよ。そろそろ、家を出たらいかが？」

そうかもしれない。もう、決断しなくてはいけない時期に来てしまったのかもしれない。枝美子は、たぶん折れてしまっているだろう肋骨に、そっと手を添えた。

その翌日、病院に行った枝美子は、肋骨と足にヒビが入っていることを告げられた。背骨はとりあえず無事だったが、あともう少し場所が悪かったら、最悪、下半身不随になっていただろうと教えられた。診断書をもらった枝美子はその足で詩織に会い、家を出る決意を固めたことを告げた。

「そうね、それはいいことよ。でも、今すぐっていうんじゃ、あの男もどう出るか分からないし、あなたも着の身着のままだと、いろいろと大変だと思うのよ。身辺整理をしておかないと。だから――」

枝美子は、詩織のアドバイスに従い、その日から少しずつ荷物をまとめ、それを詩織の家に運んだ。仕事も、辞めた。理由は、体調不良のためとした。建設会社のほうは期間が短かったため特に退職金は出なかったが、パチンコ屋のほうは百万円近く退職金が出た。

そして、八月の一週目の日曜日、夫が運送屋のアルバイトに出かけたのを見計らって、枝美子は、部屋を飛び出した。

「一応、三十万円、テーブルに置いてきました」

詩織に言うと、「バカね、もったいないじゃない！」と彼女はいきり立ったが、これで一銭も置いていかなかったら、あの男はどんな行動に出るか分からない。死に物狂いで自分を捜すだろう。でなければ、三十万円を貸している詩織にその矛先《ほこさき》を定めるかもしれない。

「でも、三十万円あれば、とりあえず、一ヵ月はおとなしくしていてくれると思うの。結局、あの人が必要なのは、私じゃなくてお金だから」

「そうね。ああいう男は、なにをするか分からないから、餌は必要ですわね。ところで、退職金は出たの？」

「はい。百万円ほど」

「百万円！」詩織の顔がほころぶ。しかしすぐに真顔になると、「ここにはいないほうがいいわ。他に移りましょう」

「他に？」

「いい隠れ場所があるんですの。ここからタクシーで十五分ぐらいのところ。とりあえずは、そこに身を隠しましょう。ね？」

「でも」

「本当はここに置いてあげたいんですけれど、息子が受験を控えているでしょう？　この夏休みが勝負なんですの。それに、うちのエアコン、古くて、あまり冷えないんですの。夜なんて、もう、それこそ、蒸し風呂。頭がおかしくなるほどよ。こんなところにいるより、冷暖房完備のところに行ったほうがいいと思わない？　それに、ここにいたら、あの旦那が来るかもしれないでしょう？　もしかしたら、もう近くまで来ているかも」

「本当ですか！」携帯電話が鳴る。夫からだった。「どうしよう、夫からだわ」

「そんなの、とっとと着信拒否しなさいよ」

言われるがまま、夫の携帯番号を着信拒否する。でも、きっと、他の番号からかかってくるだろう。

「必要ない番号は、全部着信拒否すればいいだけですわ。基本よ、基本」

「ええ、そうですね」

「でも、これでますます、旦那さんの怒りに火がついたかも。きっと、もうそこまで来ているわよ」

「私、どうしたら？」

「だから、ここにはいないほうがいいわ。一刻も早く、他に移ったほうがいいわ」

「そうですね。でも、荷物」

「とにかく、身の回りのものだけ持って。他は、私が預かっておくから。さあ、急いで、さあ、早く！」

詩織の行動力には毎度のことながら舌を巻く。詩織は、枝美子に代わって荷物をまとめたり、タクシーを呼んだりと、テキパキと事を進めていった。

電車でいえば、上り方面に駅三つ分ほど行ったあたりの地区で、タクシーは止まった。駅の裏通り、さらに入り組んだ路地の古い雑居ビル。けばけばしたネオンボードの前で、詩織は言った。

「ここよ」

「ここは？」

「ご覧のとおり、インターネットカフェよ。私もときどき、ここに缶詰しているのよ。ぱっと見は小汚いけど、設備は最新よ。漫画はもちろん、パソコンもネットも完備。ドリンクも飲み放題だし、シャワールームだってあるんですから。前金を払えば、連続して泊まることができるわ」

「ここに、泊まるんですか？」

「――そういうことで、一ヵ月、ここに置いてやって頂戴」

フロントと顔なじみなのか、詩織は慣れた様子で受付を済ませた。「とりあえずは一ヵ月だけど、前金さえ払えば、好きなだけ延長もできるのよ。じゃ、なにかあったら、連絡してね」そして詩織は、そのまま振り向きもせず、帰って行った。

残された枝美子は、どうしていいか分からず、しばらくは、フロント前に立ち竦《すく》んだ。

「それでは、三十日分で、五万七千六百円になります」

フロントの男が、無機質な声で代金を請求する。枝美子は、銀行から下ろしてきたばかりの一万円札を六枚、慌てて封筒から引き抜いた。

お釣りの二千四百円を握りしめた枝美子が案内されたのは、畳一枚分の個室だった。パソコンとリクライニングシートが設置されてはいたが、真っ先に思い浮かんだのが、たこ部屋だった。たぶん、留置場よりも狭い空間だ。ここが、今日から、私の住居？

いつかテレビで見た、インターネットカフェ難民。

「いやだ、うそ。私、難民になっちゃったの？」


しかし、住めば都とはよくいったもので、一週間も過ぎると枝美子はすっかりこの空間に慣れていた。壁に囲まれた窮屈な空間ではあるけれど、室内はいつでも適温だし、座ったままですべての用が足せる。快適な解放感すら覚える。漫画は読み放題だし、もちろんネットもやり放題だ。寝たい時に寝て、起きたい時に起きる。そして、好きなだけ漫画も描ける。

それを咎《とが》める者もいなければ、監視する者もいない。ある意味、究極の自由かもしれない。

「だからといって、このままずっとここにいるわけにも……」

インターネットカフェで暮らすようになって二週間、枝美子は詩織に電話した。

「保護命令をもらうには、警察か婦人相談所にまず行って、状況を説明しなければならないんですよね？　そろそろ、行ったほうがいいですよね？」

「そうね。……でも、あの男、今、血眼《ちまなこ》になって、あなたのこと捜していますわよ。今、外に出たら危険じゃないかしら。当分は、そこに籠《こも》っていたほうがいいと思うのよ」

「あの人……、やっぱり私のこと捜していますか？」

「ええ。うちにも来ましたわ。もちろん、知らないって、つっぱねたけど」

「……すみません」

「なんか、ものすごいヤバい感じでしたわよ？　お酒の臭いぷんぷんさせて。尋常じゃなかったわ。まさに、酒乱ですわね」

「本当に、ごめんなさい、ごめんなさい……」

「いいのよ。私のことは大丈夫。私のことなんかより、まずは自分の身を心配しなくちゃ」

「ありがとうございます」

「じゃ、しばらくは、そこで我慢して」

「はい。……あ、ところで、長編漫画。あともう少しで完成なんです」

「え？」

「ほら、担当の編集さんが見たいとおっしゃってた」

「あ……、ああ、漫画ね。そうね、担当、とても楽しみにしているわよ。さっきも電話があって、早く見たいって」

「本当ですか？　じゃ、頑張って仕上げます」

「うん、頑張って。じゃ、そろそろ息子が帰ってくるから。今日、オーディションがあるんですの」

「オーディションですか！」

「まあ、今日のオーディションは大した役じゃないから、ちょっとした冷やかしなんですけれど」

「頑張ってください」

「あなたも、頑張ってね。じゃ」

電話を切ると、枝美子は早速、ペンをとった。ジャンヌとアルベールの結婚式のシーンだ。

我ながら、いい出来だと思う。

「これこそ、ジャンヌに相応《ふさわ》しいラストシーンだわ」

『少女ジュリエット』であの問題のシーンを見たとき、枝美子はあまりのショックで一週間は学校に行けない有様だった。ジャンヌだけが、心の支えだったのに。なのに、ジャンヌをあんな形で終わらせるなんて。枝美子は、生まれて初めて激しい怒りを覚えた。怒りのあまり、頭がおかしくなりそうだった。いや、実際、おかしくなっていた。作者の秋月美有里に抗議の手紙を毎日書いては送り続けた。それは、三年続いた。中学校に入る頃には怒りもようやく鎮まっていたが、深い陰りはそこにずっとあり続けた。今も、消えていない。これを浄化するには、本来あるべきラストシーンを描くしかない。

「そうよ。あんな形でジャンヌを終わらせちゃいけないのよ」

枝美子は、ペンを走らせた。

九月になっていた。

背中になにか違和感を覚えて掻《か》いてみると、それは小さなゴキブリだった。一畳あるかないかのこのスペースにまんべんなく悪臭が漂う。カップラーメンの容器やらパンのビニール袋やら食べ残しがそのままのコンビニ弁当が、散乱している。そのことで先日もフロントから注意を受けたが、だって、しかたない。こまめに掃除なんかしている場合ではない。漫画、早く漫画を仕上げなくては。

最後のスクリーントーンを貼りつけようとしたとき、携帯の着信音が鳴った。詩織からだった。

「あ、詩織さん。漫画、あともう少しで完成です。今日中には……」

「そんなことより、あなた、なるべく遠くに逃げたほうがよろしいわ。いっそのこと、九州に帰ったらどうかしら？」

「え？……でも、デビューは……」

「今は、そんなこと言っている場合じゃございませんわよ。あなたの旦那、またうちに来ましたのよ、もうしつこいったらありゃしないわ。私があなたをかくまっているって、そう言ってきかないんですの。ま、確かに、それは当たっているんだけど」

「あの人、どんな様子でした？」

「ますますひどくなっていましたわ。一昨日なんか、金を返せって、殴りかかってきましたのよ。だから言ってやりましたの。お金なら、もう奥さんに返しましたって。だって、そうでしょう？　インターネットカフェを世話してあげたり、手続きをしてあげたり、挙句の果ては、あんな男の相手をしなくちゃいけないんだもの。チャラよね？　ね、チャラでいいわよね？」

「ええ、はい……」

「昨日なんか、夜中に押しかけてきて。あの男、完全に、頭、やられていますわね。目がいってたもの。言っていることも訳わかんないし。金を出せ、金を返せってしつこいし。このままだと私自身が危ないと思って、……だから、あのこと、言っちゃいましたわよ？」

「あのこと？」

「ほら、あなたが職場の人と不倫して、子供も堕ろしたっていうあの話」

「え」

「奥さんは、その不倫相手のところにいるんじゃないですか？　って言っておいたわ。そしたら、旦那さん、血相を変えてどこかに行ってしまったわ」

「あのこと、話しちゃったんですか？」携帯電話を持つ手が、激しく震えた。

「だって、もういいじゃない？　ここまできて、今更、秘密にしておく必要もないじゃない？」

そんな簡単なことじゃない、あの男にとってあの話はきっと起爆剤になる。自爆を覚悟で、それこそ死に物狂いで自分を捜すだろう。

今度こそ、殺される。

早く、逃げなくちゃ。

でも、どこに？

ええ、そうよ、下手に動いたら、それこそ見つかってしまうかもしれない。とりあえずは、ここにいよう。ここに隠れていよう。

フロントに行くと、枝美子は、「あと、一ヵ月、延長してください」と、五万七千六百円をカウンターに置いた。

「それと、誰が尋ねてきても、絶対、私のことは言わないでくださいね、お願いしますね、絶対、お願いしますね」

＊

九月も二週間が過ぎようとしている。しかし枝美子は、ハムスターのように体を丸めて、個室に籠り続けた。今となっては、この狭い空間と壁がありがたい。とりあえずは、ほとぼりが冷めるまでは、ここでこうしていよう。今は、あの人の目に触れるようなことは一切しないことだ。

でも、詩織さんは、大丈夫かしら。あの人、詩織さんに迷惑かけているんじゃないかしら。

電話、してみる？　でも、もう深夜一時過ぎだ。

「あら」しかし、詩織は、ワンコールで出た。「どう、お元気ですか？」

「ええ、私のほうは、大丈夫です。詩織さんは？　大丈夫ですか？　うちの人、迷惑かけてませんか？」

「迷惑かけられっぱなしですわ。昨日も、来ましたのよ。今度来たら、警察に通報しますわ」

「ええ、そうしてください、そのほうがいいです。あの人、本当に、なにやらかすか分かりませんから」

「あら、いけない。キャッチだわ。……あら」

「なんです？」

「……さんからだわ」

「え？」

「いやだ、なにかしら、こんな時間に。じゃ、切るわね、また、明日にでも連絡しますわ」


しかし、その日、詩織から連絡はなかった。もう、夕方だ。こちらから連絡してみようと携帯電話を取り出すと、それを待っていたかのように、着信音が鳴る。

ディスプレイを見ると、見覚えのある番号、ガブリエルからだった。思えば、詩織に急かされてメールを出したあの日から、一度も連絡をとっていない。リストから名前は消したが、なんで私ったら、着信拒否しておかなかったんだろう？　このまま無視してしまおうか？

……でも、どうしたことだろう、心臓がこんなにざわついている。もう忘れていたはずなのに、こうやって電話がかかってくると、体のほうが勝手に反応する。枝美子は、ボタンを押した。

「エミリーさん？」

久しぶりにこの名前を呼ばれて、枝美子はどう応えていいのか、言葉を見失う。しかしガブリエルは、枝美子の返事など待たずに、慌てた調子で言葉を重ねていった。ガブリエルさんらしくないわね、こんなに慌てて。などと考えている間にも、ガブリエルの声はますます興奮していく。

「あ、今、テレビでやっています。4チャンネル、4チャンネルです。とにかく、ニュース見てください、ニュース」

え？　なに？　どうしたの？　4チャンネル？

ディスプレイにテレビ画像を表示させると、4チャンネルを選択。ニュース番組が流れている。ヘッドフォンをもう一方の耳に当てると、聞き覚えのある名前が聞こえてきた。

十三日午前四時二十分ごろ、東京都板橋区のアパート「ロイヤルシャトー板橋」敷地内の通路で、二階に住む咲野詩織さん五十五歳が血を流して倒れているのを新聞販売店従業員の男性が発見、119番通報しました。咲野さんは病院で死亡が確認され、警視庁東板橋署は殺人事件として捜査をはじめました。

同居している長男は同署の調べに対し「午前一時半ごろ、誰かに呼び出されてひとりで外出した」と話しているとのことです。同署は、咲野さんを呼び出した人物の行方を捜しています。


枝美子の全身から力が抜け、そのままリクライニングシートからずり落ちた。

うそ、詩織さんが、……殺された？　誰かに呼び出されて？

誰か？

まさか、うちの人が？　ううん、まさか。いや、でも、あの人なら、やる。そうだ、やる。間違いない、夫が、詩織さんを……。

耳に当てっぱなしの携帯電話からは、相変わらず興奮気味のガブリエルの声。

「呼び出した人物って、誰か分かります？　エミリーさん、心当たりあるんじゃないんですか？　聞いてます？　エミリーさん？　大丈夫？　大丈夫？　もしかして、あなた……」

違う！　枝美子は叫んだ。違う、私じゃない、私じゃないわ！

「そんなの、分かっています。でも、心当たり、あるんでしょう？　そうなんでしょう？」

「ガブリエルさん、ガブリエルさん……」枝美子は携帯を握りしめた。「どうしよう、どうしよう、次は私が、次は私が殺される……」

「エミリーさん、しっかりしてください。今、どこですか？　待ってて、すぐに行きますから、だから、待ってて」

「ううん、ここにいたら、あの人に見つかる、きっと、あの人はもうすぐそこに――」

「だったら、池袋まで来られる？　池袋のプリズムガーデン、あそこで待っていますから、必ず来てくださいね、必ず」

枝美子は、身の回りの品をバッグに詰め込むと、逃げるように個室から這《は》い出した。

×　　×　　×

S「さて、〝青い瞳のジャンヌ〟の件だけど。どう？　取材、順調に進んでいる？」
W「まあ、ぼちぼちね」

S「というか、事件あったじゃない？　板橋区のアパートの通路で女性がメッタ刺しにされた事件。あの被害者って、ジャンヌのファンだって聞いたんだけど」
W「うん、そう。〝青い六人会〟というファンクラブの幹事会の一人だった」
S「ファンクラブ？　そんなの、いまだにあるんだ」
W「細々とね。でも、ネットの影響なのか、二〇〇五年あたりから結構ファンが増えているみたいだよ。といっても、出戻りがほとんどだけど」
S「パソコンでネットをやっているうちに、〝青い瞳のジャンヌ〟のファンサイトにめぐりあって、『ああ、懐かしい、昔好きだったのよね』と、そのままファン熱が再燃ってやつ？」
W「しかし、この再燃がいろいろと大変なわけで。リアルタイムからずっとファンをやってきた人たちと、出戻ってくるファンとの間に亀裂が生じたり」
S「喧嘩がはじまったり？」
W「喧嘩だけならまだしも、ジャンヌのファンの場合は、当時受けたショックというかトラウマまで蘇っちゃうものだから、なんかもっと深刻な感じなんだよな。ラストをめぐって、延々と議論を交わしたり」
S「で、やっぱり、〝青い瞳のジャンヌ〟にもあるの？　キャラクターをいじって、勝手に妄想小説を書いたりする……」

W「サイドストーリー？　もちろん。各サイトで、競ってサイドストーリーがアップされているよ。でも、あれは、ファンどうしの諍《いさか》いの原因になるからね、厄介なんだ」
S「私の好きな○○様を歪めたとか、あなたは○○様を分かってない……とか？」
W「そ。あと、カップリングをめぐっての確執とか（笑）」
S「やっぱり、あるんだー（笑）。でも、中高年のおばさんたちでしょ？　酸いも甘いも経験したマダムたちが、そんなことで熱くなっているって、どうなんだろう？」
W「ま、おたく文化がそれだけ成熟してきたってことじゃないかな？　っていうか、成熟って言葉もちょっと違う気がするけど。コミケなんかでも、〝青い瞳のジャンヌ〟のスペースだけ、ちょっと空気が違う感じだし」
S「同人誌もあるんだ？」
W「あるある、老舗ジャンルのひとつだ。コスプレなんかして、すっごい楽しそうだよ」
S「おばさんが……コスプレ？」
W「一種の、少女返りなのかもね」
S「そういえば、いつだったか、〝青い瞳のジャンヌ〟のファンサイトをのぞいてみたことあるんだけど、シルビアとかジゼルとかマルグリットとか、みんなお耽美なハンドルネームで呼び合ってて、ヤバい感じがしたよ。あれも、少女返り？」

Ｗ「うん。たぶん、本人たちは真剣なんだと思う。一度は少女を卒業して社会に出て、ある者はキャリアウーマンに、ある者は主婦、そして母親に。でも、四十を過ぎた頃から、ふと立ち止まる。自分が愛されてないことに気づくんだ。それどころか、邪魔者扱いされていることに気がつく。まあ、更年期障害というのもあるのかもしれないけれど、いずれにしても、自分の立ち位置にたまらない焦燥感と被害妄想を抱く。思春期と同じだね。ホルモンの変化で精神が掻き回される。実際、中高年のモラルハザードや犯罪は、青少年のそれより多いんだ」

Ｓ「不惑の歳を過ぎて、いきなりモンスター化する人も多いらしいね」

Ｗ「で、精神の安寧を求めて、ある者は小説を投稿してみたり、ある者は手芸や絵をはじめたり、ある者はアイドルや俳優のおっかけをはじめたり、ある者はスピリチュアルに走ったり。何かに熱中することで、自分の立ち位置に、無理やりスポットライトを向けようとする」

Ｓ「ああ、あるね、そういうの」

Ｗ「彼女たちは、普段は生きている実感がないんだよ。だから、生きている実感を得るために、『対象』を見つけるんだ。それが、アイドルだったり、昔の漫画だったりする。つまり、彼女たちが必要としているのは、信仰だ。宗教が欲しいんだ。宗教は、誰かの言葉を借りれば『麻薬』でもあるし、甘美な自己表現の場でもあるし、なにより、目標が明確だから迷うこともない。だから、彼女たちは、『信者』であることを選ぶんじゃないかな」
S「なるほど。『信者』になれば、思考をピンポイントに絞ることができるし、物事を単純化できるから、ある意味、楽だよね。生活に張りもできるし。余計なことを考えなくて済む。キリスト教信者が、すべての事象を『神の思《おぼ》し召し』で済ませるのと一緒で」
W「すべての思考を捧げてこそ、本物の信者だよね」
S「熱狂的な信者はいろいろと怖いよね。……あ、もしかして、板橋でメッタ刺しにされたその女性、ファンクラブの内ゲバが原因とか？」
W「さあ、どうだろう。……でも、さすがに、それはないんじゃないかな……」

〈月刊『アングラカングラ』（二〇〇七年十一月号）より〉

ミレーユ

「こんなことを言うのは気が引けるんだけど。……シルビアさんはああなる運命だったんですよ」

ガブリエルが、フォークを持つ手を止めて、つぶやいた。「だから、もう気にしないで。すっかり忘れるんです」

「でも……、私のせいであんなことになって」エミリーも、手を止めた。

「あなたのせいじゃないです」

「いいえ、私のせい。あんな夫を持ってしまったばかりに」

「旦那さん、強度のアルコール依存症だったんですって？」筋張った首を伸ばして、マルグリットが無遠慮に話に加わる。

「はい。……警察に発見されたときも、酩酊状態だったとか」

「それで、自殺を？」

「……はい。警察がやってきて、混乱しちゃったみたいです。で、衝動的に、近くにあった包丁で首をかき切ったと聞きました」

「エミリーさんが、警察に通報したの？」マルグリットが、なにか意味ありげに、さらに首を伸ばしてくる。

「……はい。ニュースで事件を知って、犯人は夫に間違いないと思いましたから」

「こんなことを言うのもなんだけど、よかったじゃない」マルグリットは、体をひっ込めると、パンを引きちぎった。「だって、ＤＶの旦那から解放されて、晴れて自由よ。もう逃げ回ることもないわ。で、今はどうしているの？　生活は、大丈夫？」

「はい。アパートも見つけたし、それに、生命保険が下りたので、当分、生活はなんとか」

「あら、生命保険に入っていたの？」栗色の髪を揺らしながら、ジゼルが間髪いれずに質問する。

「いえ、そんなに多くはないんですけれど、もうずっと前に知人に勧められて、いくつか小さい保険に入っていたんです」

「おいくらぐらい？」好奇心たっぷりに、ジゼル。

「いえ、……大した額じゃないです。だから、仕事も見つけないと」

「あてはあるの？」

「近所の不動産屋で事務員を募集していて。それに応募しようかなって」

「そ。これで、安泰ね。メデタシメデタシ」ジゼルが、小さく手をたたく。

「でも、シルビアさんが……」

「だから。忘れちゃいなさいよ。あんな人のことは」パンにたっぷりとバターを塗りながら、マルグリットは吐き捨てた。「遅かれ早かれ、どのみち、ああなる運命だったのよ。だって、あの人、いろんな人に嘘をついて、お金を騙《だま》し取っていたんだから。自業自得なのよ」

いつもの、池袋西口のフレンチレストラン。しかし、今日は、メンバーは五人だ。

「確か、マルグリットさんも、お金を貸していたんですよね？」

ジゼルが、マルグリットのほうを見た。マルグリットが、苦々しい表情をする。「ええ、まあ」

「どのぐらい、貸したの？」

「……まあ、大した額ではないけれど。……百万円ぐらいかしら」

「まあ、大した額じゃない。なんで、そんな大金」

「ええ、まあ」

「じゃ、エミリーさんは？　シルビアさんにどのぐらいお金、とられたの？」

ジゼルに問われて、エミリーは、右手を掲げると掌をおもいっきり広げた。

「五百万？」ジゼルが、フォークとナイフを持ったまま、身を乗り出した。プラチナのイヤリングがゆらゆら揺れている。

「え？　……いえ、さすがに、そこまでは」

「じゃ、五十万？」ジゼルの体が、ゆっくりと元の位置に戻る。

「ええ、そうです。あ、でも、五十万円じゃきかないかも」

「で、エミリーさんは、なんて言われたの？」マルグリットが、真剣な眼差しで、エミリーに迫る。

「え？」漫画家デビューを餌に、なんていうのはとてもじゃないが言えない。もちろん、ガブリエルに脅されていた、なんていう嘘に騙されていたことも。「……甥の借金を肩代わりしなくちゃいけなくて……って泣きつかれたんです」

「甥？　それも、きっと嘘ね」ジゼルがにやりと笑う。「あの人、呼吸をするように嘘をつく人だから」

「もしかして」マルグリットが、口を挟む。「……ソフィーさんのこと、なにか言ってなかった？」

「え？」

「殺されたとか、ナントカ」

「ええ。……そんなようなことを言っていたような」

「やっぱり」マルグリットが、口の端に深い皺を作りながら、小さなため息を吐《つ》く。「エミリーさんがなにを言われたかは知らないけれど、あの人の言うことなんか、なにひとつ信じちゃダメよ。一から十まで、出鱈目《でたらめ》な嘘なんだから」

ジゼルが無言で頷く。マルグリットは続けた。

「それに、あの人、エミリーさんがファンクラブを脱会したことをいいことに、エミリーさんの漫画を自分の作品として、サークル誌に寄稿したのよ、知ってた？」

「そうなんですか？」

見ると、ガブリエルが苦笑いを浮かべて、頷いている。マルグリットはさらに続けた。

「あなたの人気を、自分のものにしたかったのね。だって、あの人、ずっとあなたの漫画を口汚く罵っていたもの。それはつまり、嫉妬《しっと》していたってことなのよ。だから、あの人は、あなたをファンクラブから追い出したかったんだわ。どんな手段をつかっても。あなたから脱会したいと言われたとき、もしかして……とは思ったんだけど。エミリーさん、あなた、あのときは頑なだったし。とりつく島もなかった」

「私、あのときはすっかり騙されていて……」

「エミリーさん、どんなふうに騙されていたの？」ジゼルのイヤリングが、意地悪く大きく揺れる。「……まあ、だいたい分かるけど。どうせ、私たちの悪口を散々吹き込まれたんでしょう？」

「ええ、だから……なんというか……」

「でも、私も悪かったわ。ごめんなさいね」マルグリットが深々と頭を下げる。「あなたがファンクラブを辞めたいと言ってきたとき、もっと強く、止めるべきだった。本当に、ごめんなさい」

「そんな。マルグリットさんはちっとも悪くないんです、悪いのは、騙された私なんです」

「ううん、違うわ。あんな嘘つきをこの〝青い六人会〟に入れてしまった私の責任だわ」マルグリットが、長いため息を吐き出す。「でも、あのときは、私、あの人の嘘を見抜けなかったのよ。いろいろと噂はあったんだけど」

「噂って？」エミリーが問うと、マルグリットはさらに長いため息を吐き出した。

「あの人ね、他の漫画のファンクラブでもいろいろとトラブルを起こしていて」

「え？　他のファンクラブにも参加していたんですか？」

「そう。いわゆる、ファンクラブ荒しってやつね。その漫画が特に好きってわけでもないのに、ファンクラブに入っては、クラブをしきろうとするの。あれは、どういう心境なのかしらね……」

「要するに、あれじゃない？　自分が中心になりたいのよ」ジゼルが声を荒らげた。「ある意味、かわいそうな人ね。現実世界では自分が中心になるような場面がないから、いろんな嘘をついて、虚構の自分を演じていたんだわ。でも、すぐに化けの皮が剝《は》がれて、その集団を追い出される。そして次の集団を探す。まるで、ヤドカリね」

テーブルに、一斉に笑いが起きた。

「でも、シルビアさん、結構いい暮らししてましたよ？　アパートだって、メゾネット式のやつだし、家賃高そうだったし」エミリーが言うと、

「だから、あちこちからお金をせびっていたからよ」と、マルグリットが、ワインを一口含みながら言った。「別れた旦那からも養育費をもらっていたみたいだけど、実態は、生活保護と児童手当だけが生活の糧。お家賃だって、ずいぶんと滞納していたって、どっかのワイドショーでやってたわ。あちこちのお店にもツケがたまっていて、出入り禁止されてたっていうじゃない。唯一の頼みの綱は息子。息子をどうにかして芸能界に入れて金蔓《かねづる》にしようとしていたみたいね。つくづく、哀れな人よ、あんないい歳して」

「息子さん、中学を卒業したらJ事務所に入ることが決まっているようなこと言ってましたけど」

エミリーが言うと、再び、笑いが起きた。

「だから、嘘に決まってるでしょ、嘘よ、嘘、全部、嘘。まったく、エミリーさんは、人を信じすぎなのよ。もっと、しっかりしなくちゃ。これからは独り立ちするんでしょう？」ジゼルのフォークが、エスカルゴの中味をずるりと引きずり出す。そして、それは瞬く間に、ジゼルの口の中に消えていった。

「いずれにしても、エミリーさんが戻ってきてよかった」ガブリエルの手が、エミリーの肩に触れた。「メールがあったとき、嫌われてしまったのかと、随分と気を揉みました。なにか、エミリーさんに嫌われることをしてしまったのかと」

「そんな……」エミリーの顔が真っ赤に染まる。「あのときは、私、本当にどうかしていたんです。……マインドコントロールってやつです。だから、私……、ガブリエルさんを嫌いだなんて……そんなこと……」

「ガブリエルさんは、エミリーさんのことをとても心配していたのよ」マルグリットの筋張った首が、再び伸びてきた。「あなたが、この会に戻れたのも、ガブリエルさんのおかげよ」

「……本当に……ありがとうございます。こんな私を再び迎え入れてくれて……本当に」

「当たり前じゃないですか。だって、みんな、あなたの漫画を待っているんですよ」ガブリエルが両手を広げて言う。

そうよ、そうよ。また、みんなで楽しくやりましょう。私たち、仲間だもの。そんな楽し

げな空気が、テーブルを包む。が、

「……ところで、ミレーユさん、どうしましたか？　今日は、元気がないけれど」

と、ガブリエルが稲子《いねこ》に声を掛けた。いつもは微妙なタイミングで素っ頓狂な発言をして空気を乱すのに。しかし、今日は、俯いたまま、皿の上の仔羊背肉のローストをひたすら刻み続けている。

「え？」

稲子がようやく顔を上げた。フォークの先に刺さっているローストがぷるっと震える。

「ああ、ごめんなさい。……うんうん、違うの、実は――」

「そういえば、ミレーユさんのお父様、亡くなられたのよね？」首をつっこんできたのは、ジゼル。

「あら、そうだったの？」マルグリットが、パンを力任せに引きちぎる。パンの欠片が飛び散り、それは、通りかかった給仕の制服にも及んだ。給仕は、舌打ちにも似た小さいため息を吐き出した。

「うん、先週。昨日、初七日だったんだけど」

「そうだったんですか。ごめんなさい、全然知らなくて」ガブリエルのフォークが、再び、止まった。

「ううん。プライベートなことだから」

「それで、何か、心配事でも？」

「っていうか」稲子は、ようやくローストを口に運んだ。そして、それを充分に咀嚼《そしゃく》し飲み込むと、言った。「面倒なことになっているの。弟と妹が……」

「もしかして、遺産関係？」隣に座るマルグリットが体ごと稲子に擦り寄る。

「うん、まあ」

「でも、ご両親の世話をずっとしてきたのは、ミレーユさんじゃないの」ジゼルが言うと、

「そうよ、そうよ、今更、弟さんや妹さんがとやかく言う権利はないと思うわ」とマルグリットが強い口調で言い放った。「で、遺産ってどのぐらい――」

「マルグリットさん」ガブリエルが、皿の縁をフォークで軽く叩く。それは制止の合図だったが、しかしテーブルに漂う好奇心を洗い流すことはできず、それからは、ことあるごとに遺産という単語が会話の中に割り込み、稲子は、小出しではあるが自身に起きているトラブルを暴露するハメになった。

その度に、あの憎たらしい隆《たかし》と百合絵《ゆりえ》の顔が浮かんできて、稲子は、膝に広げたナプキンの端をぐしゃりと握り締めた。

ああ、悔しい。

あの二人は、いつだって、あたし抜きで全部決めちゃって。あたしが長女なのに、いつだって、あたし抜きで話を進めちゃって、なんなのよ、なんなのよ、あたしのことを馬鹿にして、馬鹿にして、……悔しい！

＊

「ところでね、母さん。これは、百合絵と俺の二人で決めたことなんだけど」

弟の隆は、黒ネクタイを緩めながら、年老いた母親と向き合った。身内だけの初七日の法要を終え、母親のキヨが淹《い》れたお茶で座卓を囲んでいるときだった。

「俺たちは、相続を放棄するよ。だから、このマンションにはこれからも住み続けて」

隆は、言った。長男の言葉をどこか怯《おび》えながら聞いていた母親のキヨは、ほっと、肩から力を抜いた。

「ごめんなさいね。お父さん、生命保険も死ぬ前に解約してしまったものだから、あんたたちに遺《のこ》してやるものがなくて。このマンションを売れば、なんとかなるんだけど……」

「何言ってんのよ、お母さん」

末っ子の百合絵が、身を乗り出した。「ここを売ったら、お母さん、どこに住むの？」

隆が、妹の言葉を強い調子で繰り返した。

「それに、ここを売ったとしても、今は相場が下がっているからね、売り損になるだけだよ。だから、ここは、このままで。ね、姉さんもそれでいいだろう？」

隆は、ようやく、座卓の端に座る長姉に話を振った。長姉——稲子は、弟と妹を睨みつけた。

「なによ。あんたたち二人で決めちゃってさ、あたしは、事後承諾ってこと？」

「だって、姉さん、なかなか連絡がつかなかったからさ」

「あんたたち二人は昔からそうだよね。二人でこそこそと、あたしは仲間はずれ」

「大人げないこと言うなよ、姉さん」

「あたしは、いやだからね。きっちり、権利分は相続するからね」

「ここを売れっていうのか？」

「そう、売って、きっちり分けるの。そのほうが、後腐れないじゃん」

「だから、姉さん——」

「あんたたちの魂胆は、みえみえなんだよ。ここを売っちゃったら、母さんの行くところがなくなる。そしたら、誰かが引き取らなくちゃならない。それが面倒だから、奇麗ごと言って、逃げているだけじゃん」

「何言ってんのよ、姉さん。逃げているのは姉さんのほうじゃない」妹の百合絵が、突然声を上げる。「定職もないまま、あちこちをふらふらしてさ。近所の人が、姉さんのこと、なんて言っているか知っている？　〝フーテンの稲子さん〟って、呼んでいるのよ」

「あら、いいじゃない、〝フーテンの寅さん〟みたいで。寅さんは、愛されキャラじゃん。あたしも愛されているってことじゃん」

「映画と現実をごっちゃにしないでよ。いい歳したフーテンを抱えた身内の身にもなってよね」

言い争いが続く。キヨは、父親の遺影の前で言い争いを続ける三人の子供を、やるせない思いで見守った。

長女稲子四十八歳、長男隆三十九歳、そして、次女百合絵三十七歳。

結婚後すぐに生まれた稲子は約十年間、ひとりっ子として育てられた。ひとり娘でひとりっ子、両親の関心と期待を一身に受けて育った。少し過保護だったかもしれないと、キヨは時々思う。甘やかしすぎたかもしれないと。それでも、十年間は、少々我儘《わがまま》なところもあったが順調にすくすくといい子に育っていった。しかし、結婚十年目で、思いも寄らぬ妊娠。隆が誕生した。十歳離れた弟を可愛がってくれるものと期待していたが、その予想ははずれ、それどころか、今まで自分中心に回っていた家庭を引っ掻き回す侵入者という目で稲子は弟を見た。両親が十年振りの赤ん坊にかまけているうちに、稲子の我儘はエスカレートし、非行の芽も現われはじめた。その翌々年、第三子を出産した。百合絵と名付けた次女は、歳の近い兄にはよく懐き、兄もよく面倒をみたが、稲子には近づかなかった。稲子は中学生になっており、近所でも札付きの非行少女になっていた。

しかし、キヨは稲子の非行を積極的に正すことはなかった。夫も同じで、その頃仕事が忙しく、家庭を振り返る余裕すらなかった。長く勤めていた役所を辞め、友人と一緒にはじめた不動産業がちょうど軌道に乗りはじめ、家に帰らない日も続いていた。夫の不在、そして多忙な育児、長女のことはおざなりになっていた。お姉ちゃんなのに子守りもしないで、と、長女を恨み、叱り付けることもあった。

あのとき、もっと、目をかけていれば。もっと注意深く接していれば、もしかしたら、この子も人並みの大人に育ったかもしれない。

弟と妹の前で、ヒステリックにわめきたてる五十前の娘を見ながら、キヨは目頭を押さえた。歳をとると、悔やまれることがあれこれと出てくる。ああすればよかった、こうすればよかった。しかし、若いときは若いときで、それでも一生懸命だったのだ。自分のことより子供と、いつでもいいきかせて、生きてきた。三人の子供たちにも公平に接してきたつもりだ。家庭を顧みない夫に業を煮やして離婚も考えたが、子供のことを思い、諦めた。自分はそれほど間違ったことはしていないはずだ。その証拠に、隆と百合絵は、とりあえず世間並みの生活を送っている。隆は大学まで行かせ、今は東京の印刷会社で課長の座に就いている。百合絵は、夫の仕事がうまく行っていなかったときでもあり大学には行かせてやれなかったが、専門学校はなんとか卒業させ、その後は地元の信用金庫に就職、その五年後に職場結婚し、今はT市の公団住宅で夫と姑と二人の子供と暮らしている。どちらも、大成功とはいかないが、そこそこの幸せな日常を手に入れている。

それなのに、長女の稲子は。ようやく入れた高校も一年ともたず中退、中学校の担任の紹介で地元の缶詰工場の工員として働きはじめたがやはり一年ともたず。そのあとは、日雇いや飲食店のバイトなどをして小遣いを稼ぐ日々。二十五歳のとき、バイト先の客と懇《ねんご》ろになり家を出たこともあったが、しかし、やっぱり、一年ともたず、家に戻ってきた。それからも定職に就くことはなく、パチンコと漫画三昧。就職も結婚もせずに五十を前にして、この子はこれからどうなるのだろう。キヨは、自分のことより、この長女のことが不安でならなかった。夫も、死ぬ直前まで心配していた。家庭を顧みず、一度は離婚も考えた夫だったが、しかし、晩年は稲子をはじめ、子供のことをなにより心配していた良き夫だった。「葬式は、簡単にしてくれよ。子供たちに負担をかけるんじゃないよ」と、病床で繰り返していた。

そんな夫の遺影を前に、延々と諍いを続ける三人の子供たちを見て、キヨは、胸が潰《つぶ》れる思いだった。

諍いは、まだまだ続きそうだった。家庭を持っている長男と次女は相続を放棄すると言い張り、長女の稲子だけが、反対した。

「なら、あんたたちは放棄すればいいよ。あたしと母さんで、遺産は分けるから」

「そんなこと、許されるわけないだろう？」

「なんでよ、法的にはなんの問題もないよ」

「でも、姉さん」

「煩い、黙れ。もう決めた。このマンションは、あたしがもらうから。そして、売っぱらうから」

「まったく、これだから、姉さんは世間知らずだっていうんだよ。名義を姉さんに移したら、相続税、すごいんだぜ？」

「……うそ？」

稲子の勢いが、削《そ》がれた。たぶん、これは隆流の脅しなのだろう。夫は、死ぬ前に、相続税のことやらなにやら、調べてくれていた。その結果、この程度の物権ならば基礎控除内だから相続税はかからないということだった。なにしろ、このマンションは、築三十年経っている。駅から徒歩三分という立地条件にあるが、その評価額は、ここを購入した価格を大きく下回っていた。ここを購入したのは十五年前。事業の失敗で会社を潰した夫がT市の一軒家を売り、しかし、子供たちに迷惑はかけられないと、夫婦の老後の暮らしを立てるためにどうにかやりくりして中古で買ったものだ。３ＬＤＫ七十平米、その頃で二千五百万円したが、今は、その半額の値打ちもないという。子供たちがここに執着しないのも当たり前だろう。なにしろ設備は古いし、あちこちガタも来ている。しかし、キヨにとっては、唯一無二の、居場所だった。

「ゆくゆくは、稲子ちゃんに名義を移すから」

キヨは、子供たちの喧嘩の仲裁に入った。

「何言っているの、お母さん」

次女の言葉を制すると、キヨは続けた。「だから、売るのは、もう少し、我慢してちょうだい。それで我慢してちょうだい」

稲子は、自分の言い分が聞き入れられたと、にやっと笑った。

「やった。ここは、もうあたしのもんだ」

バカじゃない。次女が、小さくつぶやく。しかし、それは姉には届かなかったようで、稲子は「お寿司でもとろうよ。特上」と、機嫌を直し、はしゃぎはじめた。

「ま、いいじゃない。話がまとまって」

隆は苦笑いしながら、百合絵の仏頂面を宥めた。

＊

「じゃ、話はまとまったってことね」マルグリットが、ひっつめ髪をなでつけながら、どういう意味なのかにこりと微笑んだ。白いテーブルクロスに、煤けた髪が一本、ぱさりと落ちる。

それを横目で見ながら、若い給仕が、デザート皿をマニュアル通りにテーブルに並べていく。

「いろいろと大変だったわね」ジゼルが、早速、キャラメルプディングをえぐりとった。

「でも、相続問題は、あとあと尾を引くから。早めに手打ちにしておかないと」

「ほんと、相続争いだけは、避けたいものだわ」マルグリットが言うと、ガブリエルが、深く頷く。

給仕がちらりと、テーブルを囲む五人を順番に見る。

「それじゃ、ミレーユさんは、これからはお母様と二人暮らし？」

ガブリエルの問いに、「はい」と、稲子はミルフィーユを崩しながら頷いた。「母の面倒をみるのは、あたししかいないし。弟も妹も、当てにならないし」

「まあ」同情のため息が、同時に四つ、こぼれた。

「いいの。あたし、長女だから。責任があるのよ。母の面倒はちゃんとみなくちゃ。……あ、でも、この活動は続けるんで。これは、あたしの唯一の息抜き、楽しみなんだもん。だから、これからも、声をかけてね。今までどおり」

「もちろん」四つの頭が、同時に頷いた。

「じゃ、このあとは、いつもどおり、サンシャインシティの近くでお茶して、そのあとはカラオケに行って――」

＊

仏壇にごはんとお水を供えると、キヨは鈴《りん》を鳴らした。

「今日一日、いい日でありますように。子供たちとその家族が元気でありますように。お父さん、お守りください」

昨日、夜遅く帰ってきた稲子は、まだ起きてこない。いつものことだ。昼頃のっそり起きだして、「ごはんは？」と、リビングにやってくる。そして、キヨが並べた料理を肘《ひじ》をつきながらだらだらと食べ、思い出したかのようにテレビのリモコンをカチカチやり、ワイドショーとバラエティー番組を交互に見る。そして午後二時頃、ようやく顔を洗い、伸ばしっぱなしのパーマヘアーを簡単にゴムでまとめ、寝巻き代わりのジャージの上下にジャケットをはおっただけの格好で駅前のパチンコ屋に出かけるのだ。

帰ってくるのは夜の八時過ぎ、やはり、「ごはんは？」と、玄関ドアを開ける。その声で、その日の成果が分かる。明るい張りのある声のときは勝ったときで、手には景品かケーキのお土産をぶら下げている。その反対に、乱暴な口調のときは負けたときだ。しかし、稲子は負けたとは言わない。こういうところは誰に似たのか、稲子は負けず嫌いが激しかった。負けを負けと認められる性格であれば、これほどギャンブルにものめり込まなかっただろうし、違った人生もあったかもしれない。

まったく、あの子のパチンコ狂いはどうにかならないものか。その上、あんな歳をして、いまだ漫画に夢中になっている。せめて、もう少しおしゃれに気を回してくれたら恋人だってできるだろうに。小奇麗な服を着て、きちっと化粧して、嘘でもいいから楚々《そそ》としていれば、四十八歳だって、恋のチャンスはあるものだ。実際、稲子の同級生だった淑子《よしこ》ちゃんは去年、結婚したというのに。

「もしかしたら、あれがショックだったのかね。言葉に出しては言わないけれど」

キヨは、味噌汁の鍋をかき混ぜながらぼんやり思った。稲子と幼馴染の淑子は、稲子が非行に走ってからも友人関係を続けていた。成人してからもちょくちょく会っていたと思う。看護師をしていた淑子と稲子の共通点は漫画で、二人とも何かファンクラブのようなものに入っていたはずだ。稲子はその性格ゆえ、淑子は仕事の多忙さゆえ婚期を逃し、それがさらに二人を近づけていたが、淑子が結婚してからは縁が切れたようだ。結婚式にすら呼んでもらえず、それ以降、まったく連絡もなく、年賀状すら来ていない。思えば、あの頃から、稲子の自堕落な生活とパチンコ狂いに拍車がかかった。

まだ昼には早すぎる八時、稲子がばたばたと起きてきた。母親は、飲もうとしていた味噌汁のお椀を慌てて置いた。

「母さん、どうして、起こしてくれなかったの！」

「え？　起こしたほうがよかったの？」

「言ったじゃん、七時には起こしてって」

「そうだっけ？」

「言ったよ、一週間前！　今日は新台入れ替えの日だから、朝から並ぶって！　もう、こんな時間だよ、どうしてくれんだよ！」

身長百五十三センチ、体重七十キロの大きな体を揺さぶりながら、稲子は、顔も洗わずにテーブルのお饅頭を二つ摑むと、ジャンパーだけを羽織ってばたばたと出て行った。

「ごめんね……」

閉められた玄関ドアに向かって謝ってみたが、もちろん、娘には届いていないだろう。今夜は、あの子の好物の焼肉にしよう、それで機嫌を直してもらおう。でなければ、一ヵ月後でも一年後でも、あの子はねちねちと、今日の恨みを言うのだ。あの執念深さも誰に似たのか。

まったく、いつまで経っても手がかかる。それでも、居心地が悪いとか、暮らしにくいとか、娘が憎いとか、そんなことは思ったことはない。もう四十八年も一緒に住んでいるのだから、慣れてしまったのかもしれない。

ただ、心配なのは、自分にもしものことがあったときだ。あの子はどうなるのだろうか。今は、年金と自分のパートでどうにか親子二人暮らしているが、自分が、たとえば死んでしまったら。

夫が死んで半月が経った頃、それとなく、これからのことを稲子に話してみたことがある。すると、稲子は、「パチンコで食べて行くから大丈夫」と、無邪気に笑った。その日はちょうど勝った日で上機嫌だった。キヨの不安はますます膨らんだ。なのに、稲子は、「大丈夫、大丈夫、あたし、プロだから、このまま勝てば、一等地に家も買えるよ、お手伝いも雇ってさ、母さんに楽させてあげるよ、豪華客船で世界一周もしようよ」などと、とりとめのない夢物語を聞かせるばかりだった。

稲子は、パチンコに勝った日はこの上なく強気になり機嫌もいいが、しかし、負けて八つ当たりする日のほうが多かった。正確に勘定したわけではないが、勝った額よりも、負けた額のほうが数十倍多いだろう。

せめて、なにかパートでもしてくれればいいのだけれど。どんな小さな仕事でもいい、なにかしてくれれば。

キヨは、パートに行く支度をしながら、ひとりごちた。


パートは、週に三回。市内のマンションの掃除をしている。自分が住んでいるマンションの清掃の話もあったが、さすがに世間体が気になり、離れた場所で職を探した。自宅マンションからバスで十五分、小さなマンションで、半日もあれば任されている清掃は終了する。そのあと常駐の管理人とお茶を啜《すす》るのが、今、一番の楽しみだ。この日も、家から持ってきた茶菓子を手土産に管理人室に寄った。

「あら、キヨさん、もう七十歳だったの？」この日は、年齢の話に花が咲いた。

「ええ、今年で、七十一歳」

「もう少し、若いかと思いましたよ。だってハキハキしているし、仕事も早いし」

常駐の管理人が、うんうん感心しながら言った。「私は、もう駄目ですよ。あちこちガタがきちゃって。来年でようやく年金がもらえるんですけどね。そしたら、この仕事も辞めようと思っているの。住宅ローンもようやく終わるし。キヨさんだって、マンションのローンはもうとっくに終わっているんでしょう？　年金だけで充分暮らせるんなら、もっと楽をしたら？」

「ううん、私は、働いているのが好きなのよ。それに、あんまり楽をすると、ボケちゃいそうで、怖くてね」

「じゃ、何か趣味は？」

「趣味ね——」

キヨは、しばらく考えを巡らせたあと、「家族の世話かしらね」と答えた。

「家族？　うまくいっているんですね。羨ましい」管理人は、湯のみを両手で包み込んだ。

「うちは、全然駄目ですよ。みんなバラバラで。正月だって、集まりゃしませんよ。まあね、集まればいいってもんじゃないですけどね。……家族って、なんなんでしょうね。言われるほど、強い絆で結ばれているわけではないのかもしれないですね。不毛な関係なのかもしれない。飼い犬と飼い主の関係のほうがよほど、愛情に溢れていますよ」

「そうでしょうかね……」

午後五時、仕事がはけると、駅前のスーパーで簡単に買い物を済ませて、帰路に就いた。

マンションのエントランスホールでは、このマンションの清掃係りがゴミの分別をしているところだった。最近、管理会社から派遣されてきた新顔だ。まだ仕事に慣れていないのか、分別する手つきが少々ぎこちない。「ご苦労様です」と挨拶すると、相手も気さくに挨拶を返す。歳は自分より幾分若いぐらいだろうか。この上品そうな婦人にも、なにか人に言えない事情があるのだろうか。肌の白さから、肉体労働はそう慣れていないということが分かる。推測するに、ずっと専業主婦だったのではないか。そして、なにか思いがけない事情が飛び込んで、働かなくてはならない状況になった？

……相手からみれば、自分はどう映るのだろうか。マンションの住民のひとり、年金暮らしの優雅な身分、そんなふうに映っているのだろうか。

「あら、今日はすき焼きか何かですか？」

レジ袋から透けている肉のパック詰めを見て、清掃係りが声をかけてきた。

「いえ、焼肉をね。娘が好きなもので」

「まあ、それは羨ましい。娘さん夫婦とお住まいですか？　それなら、気兼ねがなくていいですね」

娘には夫がいて夫婦で同居しているという家族構成を思い浮かべているようだった。まあ、それが自然であろう。キヨは特に否定もせず、「ええ、まあ」などと、曖昧に相槌を打つ。

「お孫さんも、可愛くてらっしゃるんでしょうね」

肉の量から、孫もいると推理したようだ。確かに、少し買いすぎたかもしれない。牛ロース三百グラム三パックに、豚ロース三百グラム四パック。ちょうど特売の時間だったから、ついつい、多めに買ってしまった。しかし、それでも三日ともたず、あの子は食べつくしてしまうのだろう。五十歳を前にして、こんなに肉好きで、体が心配だ。市の健康診断にだって、あんなに言っているのに一度も行ったことがない。


午後八時、そろそろ帰ってくる時間だ。キヨは、冷蔵庫から牛ロースのパックを取り出し、下ごしらえをはじめた。

キャベツを刻んでいると、玄関ドアが開く音がした。

「稲子ちゃん？　あと少しでごはんできるから、お菓子でも食べて、待っていて」

「いらない」

稲子の声は、低かった。ああ、今日は負けたんだ。

「稲子ちゃんの好きな、焼肉だよ？　いい牛ロースがあったから、三パックも買ってきちゃった」

「いらないったら、いらないって！」

壁を蹴りつけると、稲子はそのまま自分の部屋に入っていった。よっぽど負けが酷かったのか、相当荒れている。しかし、それでも、三十分もすれば台所に現われて、「ごはんは？」と催促するのだろう。いつものことだ。

肉を炒めていると、案の定、稲子はのそっと、部屋から出てきた。そして、テーブルに出してあった煮物と漬物をつまむ。

「もう少しで、できるからね」

声をかけたが、返事はない。稲子は、漬物をかりかりと食べながら、テレビを見ている。テレビには、健康番組が流れていた。生活習慣病に関する特集のようだった。

「稲子ちゃんも、体を労《いたわ》らないと。四十五も過ぎると、あちこちガタがくるもんなのよ、糖尿病とか、高血圧とかコレステロールとか。そうそう、稲子ちゃん、血圧、測ったことないでしょ？　血糖値も。今度、市の健康診断があったら、必ず行きなさいね」

最後に焼肉のタレを絡めてさっと炒めると、火からフライパンを下ろす。

「さあ、できたわよ、お待たせ」皿に出来たての焼肉を盛ると、早速稲子の前に出した。我ながら、美味しそうだ。

　しかし、稲子からの反応はない。

「味噌汁は、稲子ちゃんの好きな豚汁。いい豚ロースを使ったから、ちょっと豪華よ。もう少し待っててね、今、温めているから。あ、ごはん？　炊けているから、自分でやってくれる？」

「……なによ」

　稲子の低い声が、台所に響く。

「え？　どうしたの？」

「糖尿病だの血圧だのコレステロールだの血糖値だのあれこれ煩く言っている先から、焼肉？　なにそれ」

「どうしたの？」

「言っていることとやっていることが全然違うじゃんかよ！」

　稲子が、突然声を荒らげた。

「あんたは、昔からそうだよ！　心配している振りしながら、全然心配してないんだよ！　格好だけなんだ、それが気に入らないってことがまだ分かんねえのかよ！」

　そして、焼肉が、飛んだ。無残に床に散らばる。

「うざいんだよ！」

稲子の興奮が極まった。テーブルに載せてあったいろんなものが、すべて床に叩き落とされる。

「あんたは、昔からそうなんだよ！　形だけなんだよ！　ただの偽善者なんだよ！」

稲子は、当たりかまわず、わめき散らした。マンションとはいえ、隣人の物音や声は結構筒抜けだ。キヨは、「ごめんね、悪かった、ごはん作り直すから、だから、機嫌なおして」と、必死に宥めた。

「また、世間体かよ！　あんたなんて、近所の人から偉いわねーとか、あんな娘を抱えて大変だわねーとか、そう言われるのが気持ちいいだけなんだよ！　そう言ってもらうために、あたしをこんなふうに育てたんだ。あんたは、自分じゃ気づいてないかもしれないけど、自分だけが可愛いの。隆と百合絵だけがいればいいの。あたしなんて、ただの道具。近所の人に同情してもらうためだけの道具。冗談じゃないよ、あんたは、あたしのことを、モノとしか見てないんだよ、だいたいね、なんであたしに稲子なんてダサい名前つけたんだよ、もっと可愛い名前がよかったのに、この名前のせいで、よく学校でもからかわれたよ！　どうせ、適当につけたんだろ！　百合絵にだけ、あんなに可愛い名前つけやがってさ！」

「違うのよ、稲子っていう名前の奇麗な女優さんがいたのよ、お父さんが大ファンで、それでつけたのよ」

「そんなの知るかよ！　言い訳はいいよ！」

「本当よ、本当、今度、ブロマイド見せてあげるわね、本当に奇麗な女優さんなの」

「うるせえ！　あたしが言っているのはそういうことじゃないんだよ。百合絵ばっかり可愛がってさ！　服も可愛い新しいものばかりでさ！　私なんて、親戚のお下がりばかりでさ！　長女なのに、お下がりばかりでさ！」

「ごめんね、ごめんなさい。あの頃はお父さんのお給料もまだ少なくて、家計が苦しくて」

「言い訳はいいよ！　あたしは忘れないからね、あんたから言われた言葉、あんたからやられたこと、あんたはすっかり忘れているかもしれないけど、あたしは一生忘れないんだからね、一生、恨み続けてやるんだからね！」

「私がなにしたの？　ね、なにをしたっていうの？」

「ほら、やっぱり忘れている。あたしが大切にしていた漫画、捨てたじゃん！　それだけじゃないよ、あたしが命より大切にしていたあれ、あれに落書きした百合絵を叱りもしないで、逆に『お姉ちゃんなんだから、我慢しなさい』ってあたしを叱ったじゃんかよ！」

「あれって、なに？」

「少女ジュリエットの全員プレゼント、ジャンヌカレンダーだよ！　大切にしていたのに、

大切にしていたのに、あの百合絵のやつがマジックで落書きしやがった！　恨んでやる、一生許さない、死んでも恨んでやる、恨んでやる！」

「そんなこと言わないで、恨むだなんて――」

「恨むよ、恨んで恨んで、恨み続けてやる！」

「じゃ、このまま殺してちょうだい、そんなに恨んでいるのなら、殺しなさい！」

キヨは、娘にすがりついた。なんとしても、この娘の興奮を抑えなくてはならない。しかし、稲子は、それを撥ね飛ばした。キヨの体は一瞬宙に浮いたが、椅子につかまり、なんとか転倒を免れた。そんなキヨを、稲子はぎらぎらとした憎しみの目で睨みつける。

「殺すわけないじゃん、ばーか。殺しちゃったら、あんたは同情されるかわいそうな母親でいられるけれど、あたしは悪者のまんまだよ。そんなのご免だね！　あたしは、あんたの束縛から離れたいだけなの！」

「じゃ、出て行きなさい、自立してごらんなさい、そうすれば、母さんだって、どんだけ楽になるか」

心にもない言葉が飛び出した。この子が自分の保護を外れたら、生きていけないことはよく分かっている。キヨは、慌てて、「ごめん、ごめん、違うの」と謝った。

「やっぱり、あたしのことを邪魔者だと思ってたんだな！　このクソババア、あたしをこんなふうにしたくせに、邪魔者扱いしたな！」

稲子の顔が青ざめたかと思ったら、次の瞬間、白目まで真っ赤に染まった。

「クソババア、クソババア！」

稲子は、クソババアを繰り返しながら、キヨを蹴りはじめた。キヨは、体のバランスを崩し、床に転がった。自分が拵《こしら》えた焼肉が、体のあちこちにまとわりつく。起き上がろうと、焼肉のタレでまみれた手で掴むものを探した。しかし、それは、稲子の足だった。

「汚ねーなー、なんだよ、触んなよ！」

稲子はさらに蹴り続けた。キヨは、体を丸めながら、娘の嵐が収まるのを待った。

以前にもこういうことがあった。そう、稲子の部屋に掃除に入ったときだった。そのとき、漫画本を何冊か処分した。その量はすさまじく、六畳の部屋をほとんど占領していたからだ。そのときも、この子はクソババア、と叫びながら、蹴り続けた。しかし、そのときは、夫がいた。夫が娘を押さえつけ、キヨは背中に打撲を負っただけで済んだ。しかし今日は、止める者が誰もいない。キヨは体をますます丸めた。

ダメよ、止めなさい、そんなことして私が死んだらどうするの？　私が死ぬのはいいのよ、でも、あなたが殺人者になったら。もうパチンコもできないし、漫画だって読めなくなるのよ。だから――。

意識が遠のくその手前で、何かが折れる感覚がした。その激痛が体中に回る前に、キヨは、失神した。

「いったい、なにがあったのよ」

見舞いに来た百合絵が、声を潜めて訊いてきた。「まさか、姉さんが？」

「何、言ってんのよ。仕事中、ちょっと転んだだけよ」

「じゃ、労災の手続きした？」

「そんな大した怪我じゃないし……、そんなことしたら、会社に迷惑だよ」

キヨは、しどろもどろで、言い訳を繰り返した。

稲子が暴れた夜、キヨは左足に怪我を負った。しかし、歩こうと思えば歩けないこともない。痛さを堪え、その夜はそのまま寝た。そして翌朝パートに出かけたが、やはり足の痛さが我慢できず、清掃中、階段から転げ落ちた。すぐに病院に連れて行かれ、骨折していると告げられた。医者は、骨折のほかに数箇所の患部を見つけ出し、さらに、その骨折が階段から落ちたことが直接の原因でないことも突き止めた。

「ヒビが入っていたところに、さらに圧力がかかり、折れたようですね。骨にヒビが入るような覚えは？　相当痛かったと思いますが」

「いえ、気がつきませんでした。少し足が痛むなとは思いましたが、もう歳ですし、神経痛でも出たのかと」

キヨは取り繕い、医者も嘘を見破っていたようだったが、それ以上は追及してこなかった。その代わり医者は入院を勧めたが、大袈裟になることを恐れ、キヨは自ら自宅療養を願い出た。常駐の管理人が連絡してくれたのか、病院には、百合絵が迎えに来てくれた。

「お母さん、気をつけてくれなくちゃ、もう歳なんだから。このぐらいの歳になると、骨折が原因で寝たきりになることが多いんだよ」

車を運転する百合絵が、愚痴ともとれるような説教を続ける。

「うちの姑も、去年足を折って。ほら、覚えているでしょう？　玄関先のちょっとした段差に躓《つまず》いてさ。ほんとに、あのときは――」

「ああ、あのときは、大変だったね」

「そうよ、大変だったわよ。上の子供はもう中学生だから手はかからないんだけど、下の子はまだ幼稚園。やんちゃ盛りで手がかかる上に、お姑さんの介護。このまま寝たきりになったらどうしようって、毎日死ぬほど悩んだんだから」

覚えている。その頃百合絵は毎日のように電話してきて、泣き言をこぼした。そして、キヨもなるべく暇をみつけては百合絵の家に行き、家事を手伝ったものだ。しかし、それが稲子には気に入らなかったらしく、「百合絵ばかり贔屓《ひいき》して」と、荒れることも多かった。

「あのときは、なにがなんでも回復してもらおうと、リハビリしてもらって、今はなんとか介護なしの生活に戻っているけど。いつ、また事故があるか分からないし。実際、最近ちょっとボケが出はじめているし。その上、母さんまで寝たきりになったら、お手上げなんだから」百合絵のぼやきは続く。

「大丈夫よ。だって、入院だってする必要のない軽いものだし、一ヵ月もすれば治るだろうってお医者様もおっしゃってくれたし」

「寝てばかりいたんじゃ、ダメよ。なるべく、自分のことは自分でしたほうがリハビリになるんだから。……って、あの姉さんと暮らしているんじゃ、寝ていたくても、寝てられないか」

百合絵が、意地悪く笑う。「まったく、姉さん、まだパチンコ狂い？　そういえば、漫画にも熱中してたよね。あんな歳にまでなって、漫画なんてね。月に一回はお食事会とかいって、ひらひらのフリルのワンピース着て。年に一回はお茶会とかいって、あり得ないドレス着て。もうビョーキだよね。パチンコして、変な漫画に埋もれて」

「そんなふうに、姉のことを言うもんじゃないよ。あの子はね、ただ、寂しいの。たった一人のお友達は結婚して音信不通——」

「もしかして、淑子さんのこと？　市立病院に勤めていた看護師さんの」

「そう。その淑子ちゃん。それにしても、あの人も薄情だわ。あんなに仲がよかったのに、結婚したからって、それっきりだなんて」

「淑子さん、結婚したの？」

「そう聞いたけど、稲子ちゃんから」

「初耳だわ」

「聞いてない？」

「市立病院なら、前に子供の喘息治療でよく通っていたけど、淑子さんが結婚なんて、一度も聞いたことないわ。それどころか、去年の暮れ頃から急にいなくなっちゃったのよ。病院の人に聞いても、知らないって」

「……そうなの？」

「そんなことより、姉さんよ。お母さん、もっと厳しくしなくちゃだめだよ。でないと、姉さん、このままじゃ、マジでヤバいよ？　仕事はできない、結婚もできない、今は母さんがなんとか養っているけど、母さんにもしものことがあったら、間違いなくホームレスだよ？　私も兄さんも、面倒見切れないんだからね」

　ホームレスだなんて。キヨはつぶやいた。私になにかあったら、兄弟、仲良く、助け合って。なんで、そんな簡単なことができないのだろう。自分は、三人の子供を分け隔てなく育ててきたつもりだ。しかし、いつのまにか、親にも分からない隔たりが、三人の間にできてしまったようだ。それを埋めようと必死だったときもあるが、必死になればなるほど、修復できないところまでこじれていく。

マンションに到着すると、百合絵は慣れた手つきでキヨを抱え車から降ろしてくれた。去年の姑の世話でこんな特技を身につけてしまったのかと、キヨは、うっすらと涙を浮かべた。この子も、嫁ぎ先で必死なのだ。これ以上、面倒をかけられない。

「大丈夫よ、一人で歩けるから。松葉杖、貸してちょうだい」

病院から借りてきた松葉杖を早速使ってみるが、何が間違っているのか、うまく歩けない。

「ダメよ、無理しちゃ。ほら、肩につかまって」

百合絵の肩につかまり、どうにか三階の我が家にたどり着いたが、稲子は、いなかった。

「またパチンコ？」

百合絵は愚痴をこぼしながら、手際よく、リビング横の和室に蒲団を敷いていく。そして、冷蔵庫の中にある食材で簡単に昼食を作ると、慌てた様子で携帯電話をチェックしはじめた。

「ごめんね、お母さん。ゆっくりしていられないの。今日、お姑《かあ》さんを病院に連れて行かなくちゃいけなくて。……一応、ご飯は作っておいたから、適当にチンして、食べて。……と、一応、姉さんにも連絡入れておくね。帰ってきてお母さんが寝ていたら、また変な癇癪《かんしゃく》起こしちゃうかもしれないから、事情は説明しておかなくちゃ」

それから、百合絵は稲子に電話し、事務的に現状を説明すると、「じゃ」と、ぱたぱたと部屋を出て行った。

＊

「ったく、なんだよ、バカにしやがって！　全然、出ないじゃんか！」

パチンコ屋を変えようと外に出たとき、稲子の携帯電話が鳴った。マルグリットからだった。

「今、大丈夫？」

「ええ」稲子は喉の調子を整えると、「大丈夫よ」と余所行きの声を出した。

「あのね。こんなことはあまり言いたくはないのだけど、……会費がまだなんだけど。あと、同人誌の製作費も」

「ああ……、そうだったわ」すっかり忘れていた。どう言い訳したらいいか分からず、稲子は声を震わせた。「ごめんなさい、家がいろいろと大変で……」咄嗟に飛び出した言葉は、自分でもびっくりするほどの浪花節だった。「母が、ちょっと怪我を……、それでいろいろと入りようで。介護も必要で、だから、あたし、あたし」

まるっきり嘘でもない。さっき百合絵から電話があって、母親が足の骨を折ったことを知らせてきた。大したことはないと言っていたが、百合絵はしきりに、「寝たきりにならないように気をつけてあげてね」と言っていた。

「母が、母がこのまま寝たきりになったら、あたし、あたし、どうしたら……」言っているうちに、本当に自分がかわいそうになってきた。

「ミレーユさん、しっかりして。こういうときこそ、しっかりしなくちゃ」

「でも、でも」

「寝たきりになったら、ボケるのも早いわよ。ボケたりしたら、それこそ、大変よ。今から、いろいろと準備しておかないと」

「準備?」

「そう、準備。ところで、家計はどうしているの?」

「母が……」

「じゃ、今のうちに、お母様に代わって、ミレーユさんが主導権を握らなくちゃ。お金を動かせなくなるわよ」

「お金が？　それは困るわ！」

「だったら、今のうちに」

「でも、母は、あたしのことなんてひとつも信用してないのよ。昔からそうなの、あたしになにひとつ、させてくれないのよ、だから」

「だったら、自分は信用に値する人間だってところを見せるのよ。でなければ、ミレーユさん、あなた、ずっとお母さんの支配下に置かれたままよ」

マルグリットは、少しきつい口調で言った。「ミレーユさん、今だから言うけど、あなた、今のままじゃ、一生、お母さんに飼われた状態よ。それでいいの？」

稲子は、激しく頭《かぶり》を振った。涙が溢れ出す。

あたしだって、あたしだって、こんな生活から抜け出したい、自分の生活を築きたい。母親といると、自分ばかりが悪者になっているような気分になって、卑屈になる。だから、つい、乱暴な行動にも出るのだ。暴れたあとに感じる、なんともいえない後悔と惨めな気持ち。母親は理解しているだろうか？　いや、していない。あの目は、厄介者を見る目だ。

あたしだって、あたしだって、ちゃんとした生活がしたい、自分の力で。こんな歳になって、一日中ぶらぶらして、パチンコして。パチンコだって本当はそれほど好きじゃない。でも、これしか暇つぶしがないんだ。パチンコをしていれば時間が勝手に流れ、手に余る一日をやり過ごすことができる。あたしだって、いやなんだ、こんな毎日は！　もっと有意義な毎日が欲しい。生きていると実感できる、寝る前に「今日も一日よく頑張った」と自分を労《ねぎら》えるような、そんな毎日。

「だったら、今こそ、家計の主導権を握るべきよ」マルグリットは言った。「そして、今度こそ、本物の自由を手に入れるべきよ。――ジャンヌのように」

「ジャンヌのように？」

「ええ、そうよ。ジャンヌだって、自由を求めて、修道院から抜け出したじゃない。私、あのシーンに何度、勇気付けられてきたか。ほんと、素晴らしいシーンだったわ。――自由は、頭の中にあるんじゃない、自由は、あの窓の向こうにある。でも、自由はあちらからはやってはこない。自由は、いつだって、私たちを試している。だから」

「だから、私は、この足で自由に向かって歩き出すの。この手で自由を掴むのよ、自分の力で！」

「そうよ、そう。……自由は、掴み取らなくちゃ。自由は、勇気を出した者だけに微笑むのよ。だから、私は行くわ、あの窓の向こう側へ！」

「向こう側へ！」

稲子の体が震えだす。そうよ、ジャンヌのように。

ジャンヌのように。

稲子は、顎にたまった涙をジャージの袖でぬぐった。

＊

百合絵が出て行って三時間ほどした頃、稲子が帰ってきた。両手には、大きなレジ袋を三つ抱えている。稲子は、キヨの枕元にのっそりと現われると、「なんだ、元気そうじゃない」と、レジ袋の中から、真新しい下着と寝巻きと枕を次々と取り出していった。

「稲子ちゃん、こんなに。……お金は？」

「パチンコ。最初は負けてたんだけど、台を変えたら、いきなりフィーバー。五万円稼いだ」

レジ袋の中には、他にも、病気をしたときに便利な用品がこまごまと入っているようだった。尿瓶《しびん》まであった。

「稲子ちゃん、こんなものまで買ってきたの？」

「だって、あれば便利でしょう？」

「でも、トイレぐらい、自分で行くわよ」

キヨは、笑いながら、目尻から涙が流れるのを感じていた。この子は、本当は心の優しい子なのだ。ひとりっ子だった頃は、自分が少しでも具合が悪いとそれを誰より早く察知して、あれこれと心配してくれた。それが、どうして捻《ひね》くれてしまったのか。

「母さんが治るまで、あたしがご飯も作るし、買い物もする。だから、生活費、あたしに預けてくんない？」

「生活費を？」

「うん。通帳と印鑑、どこにある？」

通帳と印鑑と言われて、正直、不安のほうが先に立った。しかし、この子を信じよう。これを機に、もしかしたらこの子も自立を覚えてくれるかもしれない。今回の怪我は、この子の自立のきっかけのために、神様が与えてくれた試練なのかもしれない。

「お仏壇の、上から二番目の引き出しに、あるよ」

「仏壇だね」

稲子がにこりと笑った。その笑顔には、小さい頃の面影がのぞいていた。キヨは、不安を打ち消して、希望のほうに心を傾けた。

しかし、希望は、打ち消したはずの不安に飲み込まれた。

三日ほどは、稲子は甲斐甲斐しく看病に励み、家事もよくやってくれていたが、四日目あたりから、怪しくなってきた。ご飯は外で買ってくる弁当かインスタントになり、キヨの世話もそこそこに、パチンコ屋に出かけていく。それでも、二週目までは三食ご飯を用意してくれたが、三週目になると、三食から二食、二食から一食と、日に日に食事の回数が減っていった。

お金を遣い果たしたのだろうと、キヨは思った。稲子に任せた通帳は年金と恩給が入金される口座で、指定月にまとまって振り込まれる。十四万円が一ヵ月の生活費だと教えておいたにもかかわらず、残高を半月で遣い果たしてしまったようだ。次の入金まで、二ヵ月。キヨは、稲子が置いて行った菓子パンをかじりながら、頭を抱えた。早く、元気にならないと。しかし、足は悪化することはなかったが良くなることもなく、力が入らなかった。百合絵の言葉に従いリハビリをしようと思うのだが、足だけでなく、全身に力が入らない。トイレに行くだけで、一日の体力を使い果たしてしまう。これは充分に栄養を取っていないせいだろうと、キヨは再び、頭《こうべ》を垂れた。

菓子パンすら出なくなった十月の終わり、隆が見舞いに来た。

「こいつは、ひどい」

隆は、そう言ったきり、言葉を失った。

隆は、それからテキパキと、動いた。キヨを汚れた蒲団から脱出させ、二週間着たままの寝巻きを脱がし余所行きの服を着せると、百合絵を呼び、稲子の帰りを待った。稲子が戻ると、隆は強い調子で言った。

「そういうことだから、姉さん。百合絵とも話し合って、決めたから。このまま、母さんはうちに来てもらうよ。そして、うちで面倒をみる。だから、年金の通帳、返せよ。預かってんだろう？」

「なによ！」

「そして、このマンションも売るから」

「またまた、そうやって、勝手に決めて！」稲子は声を荒らげた。しかし、それより倍の勢いで、隆はまくし立てた。

「このままじゃ、母さん、死んじゃうよ！　姉さん、母さんを殺す気かよ！」

「このマンションを売ったら、あたしはどこに行けばいいのよ！」

「そんなの、知るかよ、自分で探せばいいじゃないか、いったい、幾つになったと思ってんだよ」

「なんだと、このクソガキ！」稲子が隆に飛び掛かった。

「待ってちょうだい、待って」キヨは、動かない足をばたつかせながら、稲子を宥めようと、声を嗄《か》らしながら繰り返し叫んだ。「待って、待って、稲子ちゃん、待って」

「母さん、なんとか言ってよ、このクソガキにさ！」

「稲子ちゃん、でもね、今回は、隆の言うとおりにしたほうが、お互いのためだと思うのよ」

「だって、だって、それじゃ、あたしは、あたしは……」

「このマンションを売れば、八百万円にはなると思うの。前に、お父さんが、専門の人にみてもらって、そう言われたのよ。だから、その八百万円を三人で分ければ、稲子ちゃんの独立資金になるでしょう？」

「三人で分けるだって？　そんなの不公平だ。隆も百合絵もちゃんと家があって、なんにも生活は変わらないのに、あたしだけ引っ越ししなくちゃいけないんだ。それに、こんなマンション、すぐに売れるかよ！　売れるまで、あたし、一文無しだよ！　立ち退き料を出せ！」

　稲子は、今度は母親に飛び掛かろうとした。それを、隆が押さえ込んだ。

「姉さん、いい加減にしろよ！」

「うるせー、放せ！　ゆくゆくはあたしに名義を移してくれるって言ったのに！　今になって、なんだよ！　だいたい、このババァは、昔からそうなんだ、隆と百合絵ばかりえこ贔屓してさ、あたしのことは厄介者扱いにしてきた！　差別反対！　人権を尊重しろ！」

「分かった、分かった」子供のようにわめき散らす五十前の娘を、キヨは必死に宥める。

「母さんね、別に貯金の口座を持っているから、それを稲子ちゃんに上げるから。百二十万円とちょっと、あるから」

キヨは、自分の葬式代にととっておいたお金を、稲子に差し出すことにした。百二十万円と聞いて、稲子の顔が、少しだけほころんだ。

「……分かったよ、そういうことなら、出て行ってやるよ。でも、このマンションが売れたら、必ず、連絡しろよ」

*

「じゃ、引っ越ししたの？」

マルグリットから電話があったので、稲子は早速、近況を報告してみた。

「ええ、先週」

「じゃ、いよいよ、独り立ちね」

「……こんな歳になって独り立ちっていうのも、今更って気もするんだけど」

「あら、私なんか、一度も一人暮らししたことないのよ。大学を出て、すぐに結婚してしまったから。……もう、本当に、ずっとずっと専業主婦一筋よ。だから、ミレーユさんが羨ましいわ。一人暮らしで独身貴族。ほんと、憧れるわ」

〝羨ましい〟とか〝憧れる〟なんて言葉、言われたのは初めてだ。知らず知らずのうちに、顔が赤くなる。口元が、自然にほころぶ。

「今度、遊びに来てくださいね。ああ、そうだ、来月の幹事定例会、うちでやりませんか？」稲子は、上機嫌で言った。

「あら、それは素敵。でも、いいの？」

「ええ、ぜひ。ああ、よかったら、お泊りしてください、夜通し、語り合いましょうよ」

「それはいいわね。分かったわ、みんなに連絡してみるわね」

電話が終わると、稲子は、闇雲に部屋の中を歩き回った。六畳一間とダイニングキッチン。二十平米あるかないかの狭い部屋だが、稲子は気に入っていた。生まれてはじめての自分だけの城。狭くたって、自由だ。自分の決断と判断だけで、好きなように暮らすことができる。やりたいことはいろいろとある。朝はちゃんと六時に起きて朝食を作る。朝食は、ホットサンドとスクランブルエッグとベビーリーフのサラダ。そして洗濯をして、掃除をして、仕事にでかける。仕事が終わったら花屋に寄って、季節の花を買って。……仕事はまだ決まってないけれど、今は、まだそんなに焦らなくてもいい。だって、あと百万円ある。そんなことより、定例会。

忙しくなるぞ。稲子は、軽く拳を握った。

「スケジュール、スケジュールを作らなくちゃ」

ペンと紙を探し出すと、そこにタイムテーブルを書き込んでいく。

正午、昼食会。三時、スイーツ。五時、語り合い。七時、夕食。九時、語り合い。十一時……。

あ、やっぱり、カラオケタイムも入れておいたほうがいいだろうか。うん、そうだ、これは外せない。だったら、カラオケセットも買っておかなくちゃ。うん、ついでだから、カーテンも買おう。前に池袋のデパートで、総レースのカーテンを見た。あれは、素敵だった。値段は……高かったけれど。でも、大丈夫、引っ越しで目減りしたけど、あと百万円あるんだもん。ああ、だったら、照明器具も変えよう、今のやつは、あまりに、ダサい。やっぱり池袋のデパートで、シャンデリア風の可愛いやつが売っていた。カーペット、カーペットも敷こう。シルクのやつ。それから、それから、それから……。ああ、大事なことを忘れてた。食事。せっかくだから、贅沢しよう。フレンチのケータリングを頼んで。駅前のフレンチレストランが、確か、ケータリングをやっていた。予約してこなくちゃ。

そして稲子は、ジャージにベンチコートだけを着込んで、部屋を出た。

「……じゃ、せっかくなんで、この一番高いやつを」

フレンチレストラン。稲子は、一人二万円のコースを指差した。「これを、五人前。来月の十四日、正午までにお願いね」

「お飲み物は、どういたしますか？」

聞かれて、「あ、じゃ、ワイン。一番、高いやつはいくら？」

「二万円でございます」

「じゃ、それを一本、……ううん、三本。それも、お料理と一緒に持ってきて頂戴」

「かしこまりました」

深々と頭を下げる支配人に、「じゃ」と稲子は、まるでどこかのセレブマダムがするように、ドアの前で佇む。支配人が、大慌てで、ドアを開けた。

「ありがとう」

そして、いつかの映画で見た貴婦人がそうしていたように、少々の侮蔑を滲ませながら、形ながらの感謝を示す。

そうだ、あの貴婦人は、巻き毛の可愛い子犬を二匹、連れていた。……ペット。そうか、ペットだ。何か足りないとずっと思っていたんだ。それは、きっと、ペットだ。ペットを養ってはじめて、一人前のレディーだ。

稲子は、いつもなら迷わずに寄る駅前のパチンコ屋には行かず、スーパーマーケットに飛び込んだ。最上階にあるペットショップ。さすがに犬は無理だろうけど、小動物なら。そして、稲子は、ハムスターを二匹とケージを購入した。


その夜、早速、ファンサイト〝青い伝説〟の掲示板に、ハムスターの画像をアップした。コメントはすぐについた。

『可愛い！　名前はなんていうんですか？』

『金色のほうが〝ジャンヌ〟、黒いほうが〝アルベール〟です』

そう応えると、追いかけるようにコメントがつく。

『まあ、ジャンヌとアルベール！　素敵！　きっとラブラブなんでしょうね。もっと、いろいろな画像が見たいです』

結局、その夜は、寝るのも忘れてハムスターのジャンヌとアルベールの画像を撮りまくった。画像をアップするごとに、三十を超えるコメントがついた。思えば、〝青い伝説〟の掲示板で、これほどコメントをもらったことはない。注目されたこともない。ただ単純にファン歴が長いというだけでファンクラブの幹事に名前を連ねてはいるが、今までは影が薄かった。小説が書けるわけでも、漫画が描けるわけでもない。でも、今は違う。あたしが主役だ。

翌日、稲子はハムスターに服を着せることを思いついた。人形用の服をオーダーメイドで作ってくれるサイトがあったはずだ。早速アクセスすると、ジャンヌとアルベールのコスチュームに似せたハムスター用の服を注文した。価格は、二着で四万円。これを来月開かれる定例会でお披露目すれば、素敵なサプライズになる。なら、せっかくだから、もう二着、違うパターンのコスチュームを。

「お金、大丈夫？」

母親の声が聞こえた気がした。稲子の高揚した頬が、とたんに、しぼむ。

「大丈夫に決まってんでしょう。だって、あと百万円、あるんだもん。それに、マンションが売れれば、あと二百六十万円、入る。楽勝だよ」

稲子はそう言い聞かせると、シャンデリアとシルクのカーペットとレースのカーテンを買いに、部屋を出た。

＊

しかし、マンションは、年が明けても売れなかった。

隆の家に来て三ヵ月経つが、依頼している不動産会社からは一向に連絡がない。はじめは、「マンション、早く売れればいいですね」と、ことあるごとに話しかけてくれた嫁も、最近ではめっきり口数が少なくなっていた。目が合っても、にこりともしない。

嫁の気持ちも分からないでもない。長年、自分のペースで運営してきた家庭に、いきなり、姑がやってきたのだ。それも、ろくに話し合いもせずに隆の独断による同居だったから、嫁にもわだかまりがあるのだ。

隆は、昔からそういうところがあった。「長男、長男」と育ててきたせいで、自分がなんとかしなくてはと、これ見よがしに男気を見せようとする傾向がある。しかし、それらのほとんどはその場しのぎのはったりで、あとで余計な面倒を背負い込んだと後悔するのだ。小学校のときもそうだった。卒業式で卒業生にかけてあげるレイを、クラスの誰もが作るのを嫌がった。担任の急な思いつきで、締め切りが明日というのだから、子供たちが嫌がるのはもっともだったが、「なら、僕が作るよ」と、一人、いい格好をしたのが隆だった。しかし、結局、レイは出来上がらず、卒業式の日は、ズル休みをした。……要するに、お調子ものなのだ。その場の調子に合わせて、いい顔をする。しかし、それはどれも手に負えないことばかりで、結局、自分は逃げる。これも、誰に似たのか。

嫁は、そんな隆が次々と持ち込む難儀に辟易としているようで、キヨがこの家に来たときも、挨拶もなく、唇を震わせていた。

隆は、すかさず嫁を宥めた。

「マンションが売れたら、その金で老人ホームに入ってもらうことになっているから。それまで、辛抱してよ」

なるほど、そういう心積もりだったのか。それなら納得だ。

それにしてもだ。隆の家は、いかにも狭い。一応、一戸建てだが、細長い二階建て。一階にはキッチンとリビング、二階には部屋がふたつだけ。それまで住んでいたマンションより狭かった。それでも、自分の甲斐性で家を買ったのだから偉いとは思うが、しかし、この家に自分の居場所があるのだろうかと、不安だけが先走る。

キヨは、二階の四畳半を与えられていた。もともと子供部屋で小学六年生の孫が使っていたが、部屋を追い出された格好の孫は今は夫婦の寝室で寝起きしている。勉強机など、家具と荷物はそのまま置いてあるので孫は頻繁にこの部屋を訪れるが、こころなしか、冷たい。そりゃそうだろうと、キヨは思った。自分の部屋が突然おばあちゃんに占領されたのだから、いい気分ではないだろう。

一週間や二週間ならこの不自然な同居も、「もう少しの辛抱」と、お互い本音を隠して楽しく続けることもできたかもしれない。が、それが無期限となると、不機嫌がついつい表に出てしまう。それは、嫁や孫だけではなく、キヨ自身にも当てはまった。

キヨは、どうしようもない閉塞感と居心地の悪さに、日に日に落ち込んでいった。足の怪我は後遺症はあるものの完治していた。が、足の怪我よりもたちの悪い病巣が自分の中に根付いていっているのを感じていた。

稲子のことが思い出された。

あの子はどうしているのだろうか。隆の話だと、住んでいたマンションからそう遠くない場所に、アパートを借りて住んでいるという。パートもはじめ、少しずつ自立していっているという。

自立。それは喜ばしいことだが、本当にやっていっているのだろうか。炊事も掃除も大嫌いなあの子が、ちゃんと生活できているのか。きっと、部屋は散らかり放題で、食事も外食かコンビニの弁当ばかりなのだろう。外食でもちゃんと栄養のあるものを食べていてくれればいいのだが、あの子は、自分の好きなものしか食べない。肉が大好きだが、それも、ちゃんとあの子好みに調理してやらないと途中で投げ出して、菓子パンで済ませてしまう。なにより、お金は大丈夫だろうか。自分が渡した百二十万円は、もう遣い果たしてしまったのではないだろうか。

キヨは、火照る頬を冷まそうと、窓を開けた。真冬の風が頬を叩く。この季節、あの子は毎回風邪をひいて、それなのにちゃんと養生しないものだからこじらせてしまう。大丈夫だろうか。慣れない一人暮らし、風邪をひいて難儀しているのではないだろうか。

やっぱり、心配だ。キヨは、年金手帳と通帳と印鑑を鞄にしのばせると、身支度をはじめた。

「あら、お義母《かあ》さん、どこに行くんですか?」

なんの予告もなく外出着に着替えて玄関ドアを開けたキヨに、嫁が声をかけた。「風邪、まだ治ってないんでしょ? まだ熱があるというのに」

「ちょっと、娘のところに行ってくるわ」

キヨは、それだけ言って、ドアを閉めた。


稲子のアパートは、すぐに見つかった。隆に書いてもらったメモだけが頼りだったが、前に住んでいたマンションからこんなに近いなんて。駅を隔てて北と南の違いはあるが、直線距離でいったら二キロもないだろう。やっぱり、あの子は、住み慣れた土地から離れられないのだ。昔からそうだ。知らない土地に行くと、途端に元気がなくなり、私の体にしがみついてきた。そんな子が一人で暮らしているなんて、考えれば考えるほど不憫になってしまう。

三ヵ月前、体が弱っていたこともあり隆の提案を鵜呑《うの》みにしてしまったが、やはり、冷静になって考えると、あの子に一人暮らしなんてとても無理なのだ。誰かが、いてやらないと。

……私がいてやらないと。

稲子の部屋も、すぐに見つかった。一階の角部屋。

「いやだ。女の子なのに、一階の、しかも角部屋なんて。物騒だわ。目の前は、道路だし」

ノックをすると、のっそりと、ドアが開いた。三ヵ月ぶりの稲子は、少しやつれたように感じた。

「母さん――」

声も、少し、張りを失った気がする。見ると、頬は赤らみ、唇は青ざめていた。

「稲子ちゃん、やっぱり、どこか具合が悪いの？　そう思って、いろいろ買ってきたのよ」

キヨは、レジ袋を、目の高さまで掲げた。中には、稲子が好きなものばかりが入っている。

「熱は測ったの？　薬は飲んだ？」

頭を横に振る稲子に、「ほら、そんなことだと思った。まったく、稲子ちゃんは、一人だとなんにもしないんだから。薬も、ちゃんと買ってきたからね。じゃ、ちょっと上がらせてもらうから」

部屋は、なんといっていいのか分からない不自然さで充満していた。六畳一間という間取りには分不相応な代物が、無理やり鎮座させられている。

「あら、素敵なカーテンね、電気もシャンデリア？　カーペットもシルクじゃない」

しかし、それ以外の物はぞんざいに扱われており、せっかくのカーペットも台無しなほどにいろんなものが散らかり、蒲団も、いかにも万年床。漫画本も相変わらず山と積まれている。

それでも、隆の家よりは開放感がある。隆の家は、他人の家に居候している気分になり、とにかく気詰まりでたまらなかった。しかし、ここなら、そんな気持ちになることもない。なにしろ、稲子は自分がお腹《なか》を痛めて産んだ子だ。落ち着く。もちろん、隆もお腹を痛めた子だが、あの家はすでに隆だけのものではない。どちらかというと、嫁の影響と存在のほうが大きかった。そんなことを言うと、「じゃ、百合絵は？」と稲子は返した。

「百合絵も、お嫁に行っちゃったから。あっちの生活で大変なのよ。お姑さんも抱えているしね。私なんか、厄介者よ。……さ、お粥《かゆ》、できたわよ」

お粥を部屋に運ぶと、キヨは万年床の横にぺたりと座り込んだ。稲子も、同じように、ぺたりと座る。

「これ、お粥っていうより、雑炊じゃん。米より、具のほうが多いよ。肉まで入っている」

「栄養をつけてもらおうと思って。……美味しい？」

「……うん。美味しい」

キヨは、なんともいえない心地のよさを感じていた。稲子は、ことあるごとに「自分はどうせ厄介者だ」と言っていたけれど、今の自分も、厄介者だ。隆の家にも百合絵の家にも、頼れない。なら、厄介者どうし、肩を寄せ合い暮らすしかない。キヨは、お粥を美味しそうに食べる稲子を眺めながら、もう、道はこれしかないと、決めていた。

「私、このままここにいていい？」

言うと、稲子は、箸を止めて少しだけ唇を捻った。これは、あれこれと迷っているときの、この子の癖だ。「でも、お金ないよ」稲子が、ぼそりと言った。やっぱり、百二十万円は遣い果たしてしまったか。

「生活費？　年金の通帳を稲子ちゃんに預けるから、それでいい？」

キヨがそう付け足すと、稲子は、「うん、いいよ」と、即答した。

「なら、善は急げね」

その日、キヨは隆と百合絵に電話し、今日から稲子と暮らすと告げた。隆も百合絵も、案外、あっさりとそれを認めた。

「稲子ちゃん、仲良くやりましょうね。どちらかが病気したら、お互い看病しあって、そうやって、ずっとずっと仲良く暮らしていきましょうね」

しかし、稲子は応えず、お粥を食べ続ける。そう、それが答えなのね。この子は、昔から口下手だ。思ったことを上手に言葉にすることができない。せっかく言葉にしてもタイミングを外してしまい、場の空気を乱してしまう。だから、友達だってなかなかできなかったし、人間関係がこじれることも多かった。でも、私なら。この子の心の言葉を読み取ることができる。この子には、私しかいないんだ。私しか。

キヨは、タオルを濡らすと稲子の額の汗を、子供にしてやるようにそっと拭き取った。


翌日、熱は下がったからと、通帳と印鑑を持って、稲子は朝から出かけた。きっと、パートだろう。いったい、どういう仕事をしているのだろうか？　帰ってきたら、いろいろと訊かなくちゃ。離れていた三ヵ月、稲子は一切連絡も寄こさず、見舞いにも来ず、どんな暮しをしていたのかさっぱり分からなかった。その空白を埋めなくては。

手はじめに、掃除でもしよう。

まったく、いつまで経っても、手がかかること。私がいろいろやってあげなくては。あちこちに散らばっている漫画本を集めていると、トイレの横、不自然に漫画が積まれていることに気づいた。その頂上にある漫画に触れたところで、それは崩れ落ちた。

「痛い」

崩れた一部は骨折した足にあたり、キヨは転倒した。ああ、情けない。転ぶはずがないところで、転んでしまう。こうやって、転倒を繰り返してついには寝たきりになるという話を、前にテレビで見たことがある。寝たきりなんて、そんなのは困る。子供たちのためにも、自分は健康でいないと。

　やれやれと起き上がると、漫画の山があった場所に透明な箱のようなものが姿を現わしていた。収納ケースかと思ったが、よくよく見ると、プラスチック製のケージだった。そういえば、昔、稲子がこんなようなケージで、ミニウサギを飼っていたことがある。衝動的に買ってきたはいいが、一週間もしないうちに飽きてしまい世話をしなくなった。キヨも動物は苦手で困惑したが、夫が世話を引き受けてくれ、五年も生き続けた。今度も、また、衝動的に買ってしまったのだろうか。そうだ。あの子は、寂しがり屋だ。きっと、動物を飼うことで寂しさを癒していたのだろう。漫画本に混じって、ペットフードの箱も五つ、見つかった。飼育のガイドブックもある。

「何を飼っているんだろうね」

　ケージの中をのぞき込んでみると、ひどい悪臭がした。体が勝手に、後ろに反る。

「掃除、してないんだね。かわいそうに、今、掃除してあげるから」

　しかし、臭いは相当なものだった。それでなくても、動物は苦手だ。キヨは、飼育のガイドブックを手に取ったり、ペットフードの箱を眺めたりして、しばらくは時間を潰した。ガイドブックはハムスターの飼育方法を写真つきで紹介しており、そうか、今度はハムスターを飼っているのだと、キヨは口元に笑みを浮かべた。本の写真のハムスターは、どれも可愛らしい。

キヨは覚悟を決めて、鼻を袖で塞ぎながらもう一度ケージの中をのぞき込んでみた。黒と茶色の毛並みが見える。さらに顔を近づけてみる。

「うっ」

二匹のハムスターが、からからに乾いて、ミイラになっている。そのうちの一匹は、体の一部が欠損していた。たぶん、放置されて飢餓状態だったのだろう、先に衰弱したほうを食べてしまったのかもしれない。

「なんて、こと」

しかも、その横には、まだ形も定まっていない小さな固体が三つ転がっていた。生き残ったほうはメスで、子供を産み、そのあとすぐに死んでしまったのだろう。

キヨは、恐ろしさと気持ち悪さと申し訳なさで、体を硬直させた。

「辛《つら》い目にあわせて、ごめんね。でも、稲子ちゃんに悪気はなかったのよ」

そう。稲子はただただ友達が欲しくて、寂しくて、二匹のハムスターを飼ったのだ。はじめは、一匹だったのかもしれない。でも、一匹だとハムスターが寂しいと思って、対にしたのだろう。稲子は、そういう優しいところがある。はじめは、確かに、可愛がっていたのだ。その証拠に、ケージは高価な立派なものだし、ペットフードのパッケージにだって〝最高級〟という文字がある。

「だから、許してちょうだいね」

キヨは、その場に正座すると手を合わせた。


翌々日、早速、隆の嫁から荷物が送られてきた。少しばかりの衣類に日用品、そして、夫の遺影と位牌。キヨは、近くの雑貨屋で買ってきた小さな棚の上に遺影と位牌を置くと、水を供えた。以前は、大きな仏壇があったのに——。

「ごめんなさい。こんな小さな棚になっちゃって。あの仏壇、さすがに隆のところに持っていけなくて、処分してしまったの。この部屋も狭くて、とても仏壇は買えないわ」

夫の顔が、曇ったような気がした。キヨは、鈴《りん》を打つと、慌てて言い繕った。

「でも、安心してくださいね。マンションが売れたら、もっと広いところに移って、新しい仏壇も買いますからね」

しかし、マンションが売れる気配は一向になかった。不動産会社から連絡がない。

稲子とのアパート生活をはじめて、もう半月が過ぎていた。

稲子もマンションのことを気にしているようで、日に何度か、尋ねてくる。

「マンションは？」

「ううん、まだ」

「不動産屋に電話してみたら？」

「そうだね。でも、あちらも忙しいだろうし、急かしたら、うまくいくものもいかないよ」

「権利書とか、実印とかは、どうしてんの？」

「隆に預けてあるの。マンションのことは、隆にすべて任せてある」

「隆に？　なんか、心配だな」

「そんなことないわよ。あの子は、そういうところ、しっかりしているから」

「ったく、母さんは、ほんと、隆に甘いんだから」

「ごめんね、マンションが売れたら、一番に稲子に報告するから。そんなことより――」不機嫌に口を尖《とが》らす稲子をなんとか宥め、キヨは、遠まわしに小遣いを無心した。「今日、ちょっと病院に行きたいのだけど、交通費と病院代、いいかしらね？」

いつの間にか、キヨが稲子に金をせびる側になっていた。このアパートに転がり込む際に通帳と印鑑を渡してしまったせいで、キヨには自由になるお金がまったくない。

「また病院？」

「うん、ごめんね。骨折したところがまた痛んでね。それに、なんだか、なかなか風邪も治らなくてね。熱も少しあるみたい」

それらはすべて本当だった。骨折したところが、ときどきひどく痛む。歩けないこともあった。風邪も、ここに来るちょっと前からひいていたものがなかなか治らず、微熱が続いていた。

「ったく、こっちだって、お金、ないんだよ？」

言いながら、稲子は、財布から五百円玉を一枚取り出した。「これで、いいでしょ？」

足りるとは到底思わなかったが、「うん、ありがとう」と、キヨは五百円玉を、稲子の掌から摘み上げた。

そして、稲子は出かけていった。たぶん、パチンコだ。パートをしている様子は、ない。

はじめはちゃんと働いていたようだが、すぐに辞めたようだ。掃除をしていたら、パートの給料明細書が出てきた。明細書から、隣駅にあるデパートの食品売り場で働いていたことが分かった。しかし、明細書には〝遅刻〟〝早退〟の文字があり、そのため、いくらか引かれている。

「でも、一ヵ月は頑張ったんだね」キヨは、明細書を丁寧に折り、夫の遺影の隣に供えた。

「一ヵ月も働けたんだから、次はもっと働けるはずですよね？」

キヨは、夫に話しかけた。「私も、そろそろ仕事を見つけないと。稲子ちゃんに迷惑をかけてしまうね」

稲子からもらった五百円玉を財布に仕舞うと、キヨも部屋を出た。財布には、今日までにもらった小遣いの残りが、合計千円ほどあった。五百円玉と合わせると千五百円になるが、それでも、心許ない。バスに乗るところを我慢して、歩いて病院に行くことにする。足が痛んで引きずっているので、歩みは遅い。それでも、一時間もあれば到着するだろう。ウォーキングだと思って頑張ってみよう。そうだ、ついでに、前のマンションにも寄ってみよう。少し遠回りになるが、どんな状態なのか、気になっていた。

キヨは、目を疑った。見慣れた三階角のベランダには、洗濯物と蒲団が干してあった。郵便ポストを見てみると、かつての自分の部屋の番号に知らない名前が貼られていた。

「どういうことよ？」

振り返ると、稲子が仁王立ちしていた。

「駅前で母さんのこと見かけたから、あとをつけていたのよ」

「稲子ちゃん……」

「なによ、マンション、売れてないって言っていたのに、それを信じていたのに、しっかり売れてんじゃんかよ！　また、あたしを騙したね！」

「違うよ、違うのよ、母さんも知らなかったの、今、はじめて知ったの」

「嘘つき、嘘つき、このクソババァ！」

稲子の拳が飛んできた。キヨはその手前で避《よ》けたが、その弾みで、転倒してしまった。足を捻《ひね》ってしまったのか、鈍い痛みがじわじわと体中に広がっていく。

マンションの管理人が飛び出してきた。

「あ、あなたは」管理人は、キヨのことを覚えていたようだった。稲子のことも覚えていたようで、「まあまあ、どうしたんですか」と、稲子にも声をかけた。稲子の興奮はとたんに鎮まり、しばらくは頬の筋肉をぴくぴくさせて立ち竦んでいたが、そのまま、駆け出して行ってしまった。

「一体全体、どうしたんですか？」管理人が、駆け寄る。

「いえ、なんでもないんですよ、なんでも」キヨは応えたが、管理人は、「今、救急車を呼びますからね」と、管理人室に走った。

管理人の親切で、キヨはそれからすぐに病院に運ばれた。病院には、隆の嫁と百合絵が駆けつけてくれた。稲子の携帯電話にも連絡を入れたようだが、まだ来ていない。

「お母さん、今度はどうしたの？」百合絵が呆れた調子で詰め寄った。

「こっちが訊きたいわよ。マンション、売れていたのね」

「ああ……」隆の嫁が、奇妙な反応を見せた。

「え？　マンション、売れてたの？　……どういうこと？」百合絵は、今度は嫁に詰め寄った。

「ええ、まあ……、隆さんが、しばらくは黙ってろって」

「だから、どういうこと？」百合絵が、キヨに代わって質問を続ける。

「実は、売りに出して、すぐに買い手がついたんです。で、条件はちょっと悪かったんですけれど、でも、売ることに決めて。だって、今って売れにくいじゃないですか？　売れるときに売っておかないと、どんどん条件が悪くなるって、不動産屋さんもそう言うものですから……」

「だからって、母さんに相談もせずに？」

「だって。お義母さん、体調が悪いときでしたし、余計な心配かけないほうがいいって」

「まさか、母さん、権利書とか実印、兄さんに預けていたの？」

百合絵の問いに、キヨはおどおどと、頷いた。

「呆れた。そんな大切なもの、親兄弟子供にだって預けるもんじゃないわよ。その証拠に、知らないうちに、マンション、売られちゃってるじゃない。——そんなことより」

百合絵は、再び嫁に食って掛かった。「いくらで売れたんですか？」

「……六百万円」

「その六百万円、どうしたんですか！」

「…………」嫁はうつむいたまま、唇をしっかりと結んだ。

「ったく、これじゃ埒《らち》が明かないわ。ちょっと、兄さんに電話してくる」百合絵は携帯電話を握り締めると、ばたばたと、病室を出て行った。

キヨと嫁が残された。

「だって、仕方ないじゃないですか。こっちだって、いろいろと考えてやったことなんですから。お義母さんの世話とかで、大変だったんですから。本当に、いろいろと大変だったんですから。なのに、あんなふうに、一方的に怒っちゃって。なんにも分かってないんだから」

嫁は、開き直ってしまったのか、今はここにいない百合絵に対して、いつまでも愚痴をこぼし続けた。

＊

「信じられない、信じられない！」

稲子は、定例会のことでたまたま電話をしてきたマルグリットに、まくしたてた。

「あたしには内緒で、マンション、売っ払っちゃったのよ！　お金はきっと、もうみんなで山分けしちゃったんだわ！　信じられない、信じられない！」

「ひどい話ね……」

「でしょう？　でしょう？　ホント、みんな、自分さえよければいいと思ってるのよ、自分の保身のためならば、家族だって蹴落とすものなのよ。なんて汚いのかしら、もうあたしは、絶望したわ！　徹底的に絶望したわ！　今度こそ母親を引き取って、ちゃんと面倒みようと思ったのに、ひどい裏切りだわ！」

「お母様と、また一緒に住むことになったの？」

「うん。弟のところに行っていたんだけど、なんだか嫁と折り合いが悪いようで、うちに来たのよ。あたしと一緒に住みたいって言うから、あたしも今度こそはと覚悟を決めたのに」

「家族なんて、そんなものよ。あてにならないものよ。あてにならないどころか、赤の他人より厄介な問題を引き込むものだわ」

「本当ね、本当にそうだわ」

「私のところもね、家がごたごたしていて。……本当に、いやんなっちゃう」

「あ、そういえば、娘さん、高校受験じゃなかった？」

「……それは、一昨年のことよ」

「あ、そうだったかしら」

「そんなことより、来月の定例会のことだけど。出られる？」

「ああ」稲子は、言葉を濁した。先月は、お金が工面できなくて欠席した。今月も、この調子じゃ、危うい。あ、でも、母さんの通帳があるんだった。あれがあれば……。でも。

「来月も、やっぱり無理かも」

「そうなの？……ね、あなた、まさか、幹事会を脱会したいなんて思ってないわよね？」

「まさか、それはないわよ」

「そう、それならいいの。じゃ、落ち着いたら、必ず出席してね。ガブリエルさんも、とても心配しているから」

「ガブリエル様が、あたしのことを？」稲子の頰がにわかに熱を帯びる。「あたしのこと、心配しているの？」

「当たり前じゃない。先月の定例会も、あなたの話題ばかり」

「本当に？」定例会で顔を合わせても、あまり話しかけてくれないあの人。もしかしたら嫌われている？　と思っていたけれど。

「そんなことあるわけないでしょう。ガブリエルさんは、ずっと、あなたのことを気にかけているのよ。本当に、あなた、そういうところ、鈍いわね。まるで、ジャンヌみたい」

ジャンヌの名前まで出されて、稲子はすっかり舞い上がった。

「あ、あたし、行きます、来月の定例会。必ず、行きます」

電話を切ると、それと入れ違いに着信があった。百合絵からだった。怒りが沸き上がる。

「なんだよ！　マンション、勝手に売りやがって！」

「知らなかったのよ、私も知らなかったの。兄さんとその嫁がやったことなのよ」

「なに？」

「これから兄さんを呼び出して、きっちり説明させようと思うんだけど。姉さんも来られる？」

＊

隆は、仕事中にもかかわらず、一時間もしないうちに病院近くのファミリーレストランに現われた。キヨの足は捻挫と診断され、病室を早々に追い出されていた。病室でいきなり身内どうしの喧嘩がはじまったのも、追い出された原因だった。

「だから、聞いてくれよ」隆は、ネクタイを緩めながら、言い訳からはじめた。「俺んところの会社もさ、売り上げがずっと悪くてさ、給料が年々下がっているわけよ。で、無理してマイホームなんか買ったもんだから、毎月赤字でさ。それに、車も買い換えたからさ、正直、きついんだよ。いくらかでも繰り上げ返済できれば、月々の家計がずいぶんと助かるんだよね。それに、嫁の実家もさ、ちょっとお金に困っているっていうからさ、用立てしたんだよ」

「ちょっと、嫁の実家にはいい顔して、実の親は無視ってこと？」百合絵が強い調子で、食い掛かる。

「違うよ。ローン返済が落ち着いたら、ちゃんと分けようと思ったよ。それにさ、母さんを引き取ったんだから、余分にお金をもらう権利あるだろう？」

「なに言ってんのよ、結局、母さんのこと、追い出しちゃったじゃない」

「追い出したなんて、酷いです」隆の嫁が、すかさず反応した。唇を大袈裟に震わせながら、百合絵を睨みつける。

そこに、「いらっしゃいませ」というウエイトレスの言葉を撥《は》ね除《の》けて、赤鬼のような顔をしてずんずんとこちら側に歩いてくる人影を認めた。稲子だった。

「ちょっと、どういうこと？」稲子の顔は、近くで見ると、ますます赤鬼のようだった。テーブルについていた一同が、一斉に黙りこくった。

「なんか言えよ、この、詐欺師どもが！」

テーブルが激しく揺れる。レストラン内の空気が、ぴーんと緊張する。

とりあえず、稲子を宥めるのが先だ、テーブルについていた誰もが、そう思った。


結局、隆が念書を書くことを約束したので、その場はなんとかおさまった。

念書の内容は、マンションを売却して得た金員は、兄弟均等に分け、月賦で支払う。

ただし、ここで稲子が再びいちゃもんをつけたので、稲子の分は一括で支払うことになった。税金やらなにやら引かれたが、約百八十万円が一度に稲子の口座に転がり込んだ。キヨは引っ越しを提案したが、これは自分の金だから遣い道は自分で考えると、稲子はキヨの意見には耳を傾けなかった。

稲子は、お金を手にしたときだけは、まるで世界を征服した超能力者のように万能感に酔いしれる傾向がある。言うことも大きくなり、「いつか、ヨーロッパの古城を買い取って、住もう。メイドも執事も雇ってさ」などと、冗談のようなことを言う。しかし、稲子は、いつも本気だった。まるで童話のお姫様が着るような真っ白なネグリジェを買ってきて、オードリー・ヘップバーンのような素振りで朝食をとり、それを着たままタクシーを呼びつけ徒歩で十分もかからないパチンコ屋に行ったことも一度や二度じゃない。稲子の暴走は、加速していった。

百二十万円の次は、百八十万円。一年の間になんの苦労もせずに大金を手に入れてしまった。合計三百万円、年収に換算すればむしろ低い金額だが、しかし、稲子にそんな計算などできるはずもなく、とにかく、突然舞い降りた大金に、気持ちだけを大きくしていった。

*

「これは？」

馴染みのカラオケボックス。

お手洗いに立ったガブリエルをその扉の前で捕まえると、稲子は小さな箱をガブリエルに渡した。

箱の中味を見て、ガブリエルは戸惑いの表情を見せた。

「ガブリエル様に、似合うと思って」

稲子は、顔を真っ赤にしながら、もじもじと答えた。プラチナのブレスレット、二十万円した。でも、これを見たとき、買わずにはいられなかった。きっと、ガブリエル様に似合う。

あの、細い手首に。

「でも、前にも高価なものをいただいたのに」

限定品の時計。あれは三十万円した。おかげで、前の百二十万円は二ヵ月ももたずに泡と消えてしまったが、後悔はしていない。

「本当に、いいんですか？」

ガブリエルが、不安気に睫毛《まつげ》を震わせる。稲子は、なんともいえない充実感に酔っていた。憧れの人に喜んでもらえるこの瞬間、この充実感を得られるのなら、破産してもかまわない。

「でも、他の人には、内緒にしてくださいね」

それだけ言うと、稲子はせかせかとボックスに戻った。丁度マルグリットの十八番《おはこ》がはじまったところで、マルグリットがマイクを握り締めた。この曲は苦手だ。古臭い上に、あまりに、暗すぎる。他のみんなも同じ意見のようで、うんざり気味で曲が終わるのを待っている。その間に稲子は、それぞれの包みを、それぞれの膝に置いていった。紅茶好きのジゼルには最高級のダージリンの茶葉、甘党のエミリーにはゴディバのチョコレート。

「いいの？」「悪いわ」

と、はしゃぐ二人の顔を見ながら、稲子はますます充実感を味わっていた。

曲がようやく終わり、マルグリットがマイクを置くと、稲子は最後の包みを彼女の膝に置いた。メモ魔の彼女には、金のボールペン。

「あら、どうしたの？　今日はなにか特別な日？」

「ううん、ちょっと臨時収入があったから、みんなにお裾分け」

「ありがとう。遠慮なく、いただくわ」

そして、自分が入れた曲のイントロが流れてきて、稲子はマイクを握り締めた。

みんな、嬉しそうな顔をしている。

次は、なにをプレゼントしてあげよう？

＊

案の定、百八十万円も、三ヵ月後にはすっかりなくなった。しかし、一度大きくなった気分は、なかなか元には戻らない。

季節は、初夏になろうとしていた。キヨは、この春から患っていた風邪がなかなか治らず、心身とも衰弱している自分に困惑していた。目が覚めるたびに、体が思うように動かなくなっている。

六月に入ると、風邪の症状はひどくなり、まともに呼吸をすることもできなくなっていた。

体もだるく、うっかり起き上がろうとすると頭をプレス機で押しつぶされるような激痛が走る。完治したはずの足も、捻挫という追い討ちのせいで悪化しているようだった。いわゆる、寝たきりという状態が、ここ数日、続いていた。

しかし、稲子は、暑い暑いと、今日も朝早くから部屋を出て行ったきりだ。エアコンがキンキンに効いているファミリーレストランでしばらく時間を潰し、それからパチンコ屋をハシゴしているようだった。帰ってくるのは、今日も深夜だろう。

寝たきりの身には過酷な季節がやってくる。早く夏が過ぎてくれないかと、キヨは思った。しかし、冬が来れば、また違った難儀が降りかかるだろう。寒さは、きっと、この弱った体に追い討ちをかける。この体さえ、いうことをきいてくれれば。キヨは、じくじくと痛む足を、少しだけずらしてみた。しかし、激痛が走り、それは数センチ移動しただけで終わった。体を動かすだけでも、一日の全エネルギーを消費してしまうほどの重労働だ。もう、一人でトイレにも行けない。

そしてその朝、キヨは覚悟を決めて、自ら、救急車を呼んだ。六月の二週目の月曜日のことだった。

医者は、極度の栄養失調と気管支炎だと、キヨに伝えた。

「なんで、こんなになるまで、放っておいたのですか」

「すみません、すみません」キヨは、ただただ、謝った。

「あなた自身の体ですよ。私に謝られても、なんの解決にもなりません。とにかく、しばらく、入院してください」

その日、子供三人が病室に現われた。今回の攻撃のターゲットは、稲子だった。

「姉さん、どういうことだよ、母さんをこんな目にあわせてさ」

「そうよ、栄養失調ってどういうこと？　マンションを売ったお金、ちゃんともらっている

でしょう？　お母さんの年金だってあるのに、お金がないなんて、言わせないから」

「とりあえず、姉さんは、母さんを看る資格はもうないってことだ。母さんから、年金の通

帳、預かってんだろう？　それ、出してよ」

「いやだよ」弟と妹の攻撃に、稲子はあくまで強気で対抗した。「あれは、あたしが預かっ

たもんだから、絶対、いや」

「分かった。なら、その通帳はもういいや。年金の振込先、俺が変更手続き出しておくよ」

「何言ってんのよ、まさか、今度は年金をネコババする気？」

「それは、こっちのセリフだよ。姉さん、自分が遊ぶために、年金、全部遣っちゃってんだ

ろう？　だから、母さん、こんなことになっちゃったんだろう？」

「違うよ、ちゃんと、ごはんは買ってきてたよ……」

「どうせ、菓子パンだろ。母さんは、こっちで面倒みるからさ。だから、年金だって、こっちの口座に移してもらうよ。ね、母さんも、それでいいだろう？　そうしなよ」

キヨは、夢と現《うつつ》の狭間で、「うん、そうしてちょうだい」と、うわごとのように言った。物事がうまく考えられない、思考がまとまらない。何を言われても、「うん、それでいいよ」としか返せない。ただ、感情だけはしっかりと、体のあちこちで蠢いていた。この情けなさ、この哀れさ、この虚しさ。キヨは、眦《まなじり》に涙をためながら、ぼんやりと、三人の子供たちの諍いを眺めていた。

体が元に戻ったら、今度こそ、叱ってやらなくちゃ。兄弟三人、仲良くやって。喧嘩なんかしちゃ駄目よ。

＊

「え？　そうなの？　秋のお茶会、出られないの？　だって、年に一度の、総会よ」

カラオケボックスの一室。いつもの手帳になにかを書きこんでいたマルグリットが、顔を上げた。

年に一度行われるファンクラブの総会は、毎年ホテルで行われる。例年だと春に行われるのだが、今年はいろんな事情で十月に開催されることになった。

「……母の具合がだいぶ悪くて」

稲子は答えたが、本当は、金銭的な問題が一番の理由だった。会費はもちろんのこと、着て行くドレスがない。去年着たドレスなんて、着ていけない。みんな、この日のために新調するのに。百八十万円はとうの昔になくなり、頼みの年金も隆に奪われた。今日のこのカラオケの支払いも、こころもとない。さっきのフレンチで、すでに五千円が飛んだ。財布には、あと、三千円もない。本当にどうしよう。生活保護？　それも考えて役所に行ってみたが、あっけなく却下された。

これから、自分はどうなるのだろう。養ってくれる人はいない、仕事も続かない、お金もない、家賃も払えない、このままでは確実に追い出される。……ホームレス？　稲子は、池袋駅前でみかけたホームレスを思い出して体を震わせた。自然と涙が出る。

「あら、いやだ」隣に座るジゼルが、ハンカチを差し出す。「そんなに、お母様の具合、お悪いの？」

はい、という代わりに、ひっくひっくと喉が鳴った。

「幹事会のスタッフも続けられないかも」

ようやく言葉を振り絞ると、稲子は言った。本当は続けたい、でも、続けるには、お金がかかりすぎる。もう、限界だ、もう無理だ。ちょっと前なら百八十万円あったのに、あっというまになくなってしまった。いったい何に遣ったんだろうか？　そんなに贅沢した覚えもないのに、信じられない！　今度は不条理な怒りが沸いてきて、稲子はテーブルの端を拳で叩き続けた。そして、気がつくと、こんなことを言っていた。

「幹事スタッフ、辞めるわ……」

マルグリットの頬がぴくりと動いた。ジゼルの瞼も小さく痙攣している。エミリーもそれらにつられて、唇を震わせた。ガブリエルだけが、無表情で、こちらを見ている。

「それは、困りますね」ガブリエルが言うと、他の三人も一斉に頷いた。

「とりあえずは、お母様の様子見ですね。どのぐらい入院が必要なんですか？」

ガブリエルの問いに、「最低でも一ヵ月」と、稲子は答えた。

「そうですか。一ヵ月も。それはほんと、お気の毒ですね。今度、お見舞いにうかがわないと」

「いえ、いいんです、そんな……」

ガブリエル様だけには、自分の本当のプライベートは見せたくない。母親には会わせたくない。あの人は、またろくでもないことを言って、あたしに恥をかかせるだけなんだ。

「じゃ、とりあえずは、これはお見舞い」

ガブリエルが、財布から一万円札を一枚、引き抜いた。

それに倣って、マルグリットとジゼルも、一万円札を引き抜く。その様子をはじめはきょとんと見つめていたエミリーも、慌てて、五千円札を引き抜いた。

合計、三万五千円。これだけあれば。……ドレス、買えるかも。

「そんなことより、シャトーホテルが、キャンペーンをやっているんですよ。レディースプラン。平日に限り、セミスィートが一人一万円なんです」

ガブリエルが、景気づけとばかりに話を変えた。「どうですか？　みなさん、行きませんか？」

「一万円？　本当なら、一泊六万円が、一万円？」マルグリットが、マイク越しに叫んだ。

「シャトーホテルって、雑誌のランキングで一位をとった、あのシャトーホテル西伊豆？」リモコンをいじっていたエミリーが、瞳を輝かせながら顔を上げた。

「そうです。あの、シャトーホテル西伊豆です。フレンチディナーもついていますよ」ガブリエルが、鞄からパンフレットを取り出した。ピンクと金色でデザインされたロゴが、いかにも華やかだ。

「フレンチディナーもですか？　あそこのディナー、すっごくいいって評判ですよね」エミリーが少女のように、声を震わせる。「私、行きます、行きます。絶対、行きます！」

「じゃ、次の定例会は、そこでやりましょうよ」

「でも、平日よね？」ジゼルが、から揚げを摘み上げる。「でも。……ま、いいか。行きましょう、是非、そこでやりましょう」

「なら、ミレーユさんは？」

「行きたいけど……、でも……」稲子は、きゅっと体を縮めた。

「ね、行きましょうよ」ガブリエルが、隣で囁いた。「ね、ミレーユさん」肩も抱かれて、稲子の心が右に左に大きく揺れる。

マルグリットが、シャトーホテル西伊豆のパンフレットをテーブルに広げた。エミリーの視線が、ちらりと飛んできた。

「ほら、見て。本当に素敵。フランスのお城がコンセプトなんですって。ほら、これがセミスィート。インテリアは十八世紀のロココ調で統一されているんですって。壁紙は百合の紋章。ベッドなんか、天蓋つきよ？　まるで、ジャンヌの世界じゃない？」

「ほんと、素敵ね……」パンフレットを手繰り寄せると、稲子はしばし、妄想にふけった。ジャンヌとアルベールが結ばれた森のお城、あのときのベッドも、まさにこんな感じだった。こんなところで過ごせたら、こんなところで眠りについたら……。稲子の唇が、うっとりとめくり上がる。

「ね、私、車、出すわよ？　ドライブも兼ねて、みんなで行きましょうよ。ね」マルグリッ

トが畳み掛けると、

「……ええ、行くわ」と、稲子はようやく誘いに乗った。……うん、絶対、行く。パートをはじめれば、旅費はなんとかなる。

「じゃ、来月、七月の平日に予約入れるわよ？」いつのまにか、マルグリットが主導権を握っている。いつものことだ。提案者のガブリエルも、はじめからそのつもりだというように、マルグリットにパンフレットを託した。「都合の悪い日があったら、言ってね」マルグリットが、手帳をめくりながら言った。

それから、なんやかんやと意見が飛び交い、七月の四週目の水曜日と木曜日にかけて、一泊旅行することが決定した。

*

キヨは、深いため息を吐《つ》いた。寝たきりの状態のまま、もう、半月が過ぎようとしている。窓から見える空が、すっかり夏だ。

はじめは、頻繁に見舞いに来ていた隆も百合絵も、最近はめっきり現われない。隣で寝ている入院患者とその見舞い客の会話を聞くのが、唯一の楽しみだ。隣のベッドには、若い女性が寝ていた。交通事故で足を骨折し、入院しているらしい。彼女のもとには、入れ替わり立ち替わり、誰かが見舞いに来る。羨ましいという感情はなく、むしろ、それが自分のことのように嬉しかった。

その週末、稲子がはじめて、見舞いに来た。稲子は、病室には不似合いの、ユリの花を持ってきた。タブーというものをちゃんと教えておかなかった自分自身を反省しつつ、しかし、やはり、稲子の見舞いは嬉しかった。

「どう？　元気でやっている？」言うと、稲子は、涙ながらに語った。

「パートをはじめたよ。でも、職場の人にすっごく虐められて、我慢できなくて、だから、辞めた。で、もうお金がなくて、それで、役所に行ったの。生活保護を受けたいって。そしたら、今の状態では審査は通らないだろうって、冷たいんだ。ひどいと思わない？　税金だけとっておいて、いざというときは、頼りにならないなんて。パチンコ屋でときどき会う子なんて、シングルマザーってだけで、生活保護もらってんのにさ。ほんと、ずるいんだから。そいつ、内縁の男がいて、そいつの稼ぎが結構いいのよ。それでも、生活保護もらえているんだって。だから、生活保護のお金は、お小遣いなんだって。許せないよね？　ああ、あたしも子供ぐらい作っておけばよかったよ。そしたら、生保、すぐにもらえたのに」

「……稲子ちゃん、そんなに困ってんの？」

「…………。うん。昨日も今日も、ごはん、食べてない。家賃も滞納していて、今月払わなかったら、追い出される」

「そうなの……」

「ね、母さん、さっき、お医者さんに聞いたんだけど、もう、退院していいんだって？」

「うん……」

キヨは、先週見舞いに来た隆の言葉を思い出していた。これから先は、介護施設に入れるか自宅で介護するか、どちらか選択してくださいと医者から言われたそうだ。隆は、苦渋の表情を浮かべて言った。

「母さんの場合、社会的入院っていうんだってさ。治療の必要はないけれど、そのまま入院させておく状態。なんかさ、カチンときちゃったよ。まるで、こっちが母さんを放置してるみたいな言い方だったからさ。病院だってさ、以前なら進んでその〝社会的入院〟ってやつを受け入れていたのにさ、制度が変わって病院の負担が増えた途端、切り捨てるっていうのは、どうかと思うよ」

「つまり、もう入院していられないってことなのね」

「そういうことなんだ。……でもさ、介護施設にしても、順番待ちなんだよな。それに、金がなあ……。あとは自宅介護なんだけど、でも、嫁がなんと言うか」

そうこう悩んでいるうちにも、ここを退院する日を病院から具体的に告げられ、それは、来週だった。あれから、隆は病院に来ていない。

「ね、母さん、また、あたしと住もうよ。今度は、母さんにイヤな思いさせないよ。だから、うちに来て？」稲子は、子供のような声を出して、キヨの手を握り締めた。

キヨは、その手を握り返した。

「でも、私はこんなだよ？　トイレだって、一人では行けなくなったんだよ？」

「大丈夫だよ、今はいいオムツもあるし。あたしが責任をもって介護するから、だから、うちに来て」

「じゃ、隆と百合絵とも、よく相談して」

退院まであと三日を切った週末、隆と百合絵と、そして稲子が病室に集まった。

「母さんの介護はあたしがちゃんとやるから。だから、年金の通帳、あたしに預からせて」

稲子が言うと、隆は、あっさりと承諾した。

「その代わり、姉さんがちゃんと世話しろよ。面倒は、もう勘弁だからな」

「そうよ。年金は姉さんに任せるんだから、それで、ちゃんと世話してあげてね。姉さんが、ちゃんと責任もってやってね。私だって、お姑さんのことでいっぱい面倒を抱えてんのよ」

「分かってるって。ちゃんとあたしがやる」

稲子は、通帳と印鑑を、もう離さない、もう誰にもとられない、とばかりに、両手で強く握り締めた。

一ヵ月振りのアパートは、さらに物が増え、荒れ放題だった。

「じゃ、下ろすよ」隆の号令に従って、子供三人が、キヨの体を支える。病院から借りてきた車椅子から下ろされると、引き続き三人は手分けして、蒲団に寝かせてくれた。こうやって、三人が協力して何かをするというのは、思えば、はじめてではないだろうか。自分の今の状態がこういうシーンを作ったとするならば、寝たきりになったのはあながち悪いことばかりではない。これからも、三人がこうして協力してくれれば。

しかし、その思いは、すぐに吹き飛ばされた。蒲団に寝かされ、隆と百合絵が帰ろうとしたとき、年頃六十ぐらいの女性が部屋を訪れた。女性は近所に住む人で、彼女が言うには、先月の深夜いきなり稲子が現われて、母親が急病で病院に連れて行きたいが手持ちの金がないので貸してほしいと言われ、一万円、貸したらしい。

「今、お母さんが戻られたのをたまたま見まして、そういえば、一万円を返していただいてないと、思い出しまして」

女性は意識して丁寧な言葉で説明したが、その言葉尻には、うっすらと怒りが滲んでいた。

隆はすぐに察し、女性に一万円札を握らせた。

「駅前のスナック、そしてお向かいの蕎麦屋のご主人も、どうも同じような理由で一万円、お貸ししているようですよ。では」と、女性は、一応笑顔で頭を下げたが、その足取りは、乱暴だった。カツカツと大袈裟に靴音を立てながら、帰っていった。

稲子は何か弁明をしようと口元をもぐもぐとさせたが、隆も百合絵も、もう処置なしという様子で「じゃ、あとは頼んだから」と、早々に、帰っていった。

「あと、どのぐらい、近所の方に借りているの？」

キヨが問うと、稲子は、指を三本、立てた。

「じゃ、折をみて、お返ししないとね」

「だって、仕方ないじゃん。食べるものもなかったんだよ？　飢え死にしろって言うの？」

稲子は、まくし立てた。

「責めているんじゃないのよ。ただ、お借りしたものは、ちゃんとお返ししないといけないって言っているの。私のバッグに、お財布が入っているから、それで返してきなさい」

「分かってるよ！　ちゃんと返そうと思ってたよ！　返してくれればいいんでしょ！」

稲子は、キヨのバッグをひっつかむと、そのまま外に出て行ってしまった。

また、怒らせてしまった。キヨは、情けない気持ちで部屋の中を見回してみた。

「あ、お父さん」

真っ先に、遺影を見つけると、キヨは、上半身だけを起こして手を合わせた。湯飲みの中には真新しい水が入っており、枯れかかってはいるがユリの花がお供えしてあった。稲子が病室に来たときに持ってきてくれたユリと同じものだ。きっと、なけなしのお金で駅前の花屋でユリの花束を買い、それをふたつに分けたのだろう。

「だから、ユリなんか、病室に持ってきたのね」

キヨは、目頭を押さえた。実は、心配していた。自分が入院している間、夫の供養はどうなっているのか。きっと、遺影は埃を被り、湯飲みの中味もすっかり蒸発し、最後に供えた菊の花はそのままドライフラワーにでもなっているんだろうと思っていた。しかし、こうやって、ちゃんと稲子は守ってくれていたのだ。

それから一時間後、米五キロと介護用オムツを手に、稲子は戻ってきた。

「お金、返しに行ったけど、いなかったから」

稲子は、レジ袋の中から何かを取り出すと、それを棚の奥に隠すように置いた。

「なに？」

「なんでもない」稲子は仏頂面でオムツの説明を読みはじめる。「オムツ、高いね。テープタイプってやつを買ってきたんだけど、三十枚で三千円だって。おしっこ四回分らしいけど、一日、何回ぐらいおしっこってするもん？」

「何回ぐらいだろうね」

「病院では、何回ぐらい、オムツ取り替えていた？」

「六回だったかね」

「六回も！　じゃ、五日でオムツ、なくなるじゃん！　……ということは、一ヵ月、……一万八千円もオムツ代にかかるってこと？」

「……一日、六回は取り替える必要ないと思うよ。規則だったみたいだから、取り替えていただけで。だって、汚れてないときもあったから。……二回ぐらい取り替えればいいと思うんだけど」

「二回？　それでも、六千円、かかるんだ。大変だ」

「ごめんね」

「じゃ、早速、取り替えてみる？」

「ううん、まだいいよ、汚れてないと思うし」

「練習だよ」

　言いながら、稲子は、掛け蒲団を剝がし、寝巻きの合わせを広げた。下半身に、直接空気が当たる。オムツにも随分と慣れた。しかし、それが看護師ではなく娘となると、はじめて当てられたときと同じ激しい抵抗感を覚える。キヨは、咄嗟に、両の脚をきゅっと閉じた。

「これじゃ、取り替えられないよ」

稲子に促され、徐々に脚の力を抜く。こんな情けない格好、娘の前でしたくはない。ああ、脚さえ動けば、トイレぐらい、自分で行くのに。

オムツが外された。下半身が晒《さら》されている。キヨは惨めさで涙が出そうになったが、それ以上に、稲子はショックを受けたようだった。手が震えている。稲子は、ここでようやく、介護というものの重大さに気がついたようだ。肉体的にも精神的にも、これから無期限の重労働がはじまる。きっと、稲子は、そんなことはこれっぽっちも考えず、ペットショップで可愛いハムスターを見つけて衝動的に買ってしまったときのように、生活費の目処《めど》をつけたいばかりに「介護する」と、軽く言い放ってしまったのだろう。

今、稲子はどういう気分だろうか。オムツは、看護師がやるのとだいぶ違って、隙間だらけの状態でテープが止められた。そもそもサイズも合っていない。これでは、確実に漏れるだろう。稲子を見ると、まともに手元を見ていない。とにかく早く終わらせたいと、ろくに確認もせずに、ぱっぱっぱっと片付けていく。最後に蒲団を掛けると、稲子は、大急ぎで台所に向かった。稲子は相当なダメージを受けたのか、それからは無言で粥を作り、それをキヨに食べさせた。味付けがまったくされていないそれは、食欲をますます減退させるだけだった。

「ありがとう。とっても美味しい。でも、もうお腹いっぱい」

三口、口に運んでもらったところで、キヨは、言った。咀嚼しきれないどろどろの粥が、糊のように、口の中をいっぱいにしていた。稲子は椀を枕元に置くと、そのまま無言で出かけてしまった。

キヨは自分で掛け蒲団を剝がし、隙間だらけのオムツを自力でなんとかなおした。これだけで、相当な体力を消耗してしまった。

見ると、稲子が作ってくれたお粥に、ハエが二匹、もぐりこんでいる。


稲子が家にいることは少なくなっていた。夜は一応帰ってくるが、朝早く出かけてしまう。オムツも、はじめの二、三日は一日二回取り替えてくれたが、大便をしてしまった四日目、「もう、いやだ、こんなのいやだ」と、泣き出してしまった。そのときは泣きながらも取り替えてくれたが、それ以来オムツの交換は極端に少なくなった。

そして、二週間後。買っておいたオムツがなくなると、稲子は、「オムツ、買ってくるよ」と言ったきり、丸一日、戻ってこなかった。枕元には、菓子パンが二つ、置かれた。

「やっぱり、あの子には無理なんだ」

キヨは、天井の染みを見つめた。しかし、まだ信じていた。稲子が、オムツと一緒に買ってきて、そして棚に隠したもの。それは、介護に関するマニュアル本だった。稲子は、それを時折取り出しては、ぱらぱらめくっていた。

「あの子なりに、一生懸命なのだ。だから、私もそれに応えないと」

キヨは、食事を極端に減らした。稲子が出してくれる粥もパンも一口唇に当てる程度で、食べるのを止めていた。水も、唇を濡らす程度で止めておいた。飲まなければ、食べなければ、便も出ないだろう。

それより心配なのは、稲子の体だった。ちゃんと、食べているのだろうか。介護というストレスが、あの子を弱らせているのではないだろうか。お金は大丈夫だろうか。稲子は、夜、帰って来ないことも多くなった。この調子だと、二十四時間営業している店で粘っているはずだ。漫画喫茶とか、カラオケ屋とか、きっとそんな場所で、時間を潰しているはずだ。料金は安いとは聞いているが、こう連日だと、結構な出費になるだろう。

オムツを買ってくると出て行った稲子は、朝、戻ってきたようだった。キヨは、その様子を、うっすらとした意識で捉えていた。稲子は、いつものように、乱暴にオムツを取り替えると、買ってきたレトルトの粥を開け、それをキヨの口に袋ごと無理やり捻じ込んだ。冷たい粥が、口の中に溢れかえる。

「ありがとう、ありがとう、でも、もうお腹いっぱい」

キヨは、言ったが、しかし、言葉にはなっていない。

ハエが煩い。

きっと、この部屋は、ひどい悪臭が立ち込めているのだろう。使用済みのオムツはレジ袋に押し込まれて、それが部屋の隅に山と積まれている。枕元には、いつのものか分からない粥を盛った椀、泡のようなカビがびっしりと覆っていた。

嗅覚も鈍くなっていたので、それがどれほどのものか実感することはなかったが、想像は容易《たやす》かった。たぶん、最も悪臭を放っているのは、自分自身だろう。オムツから漏れた汚物で汚れた蒲団に同じ姿勢で寝続けている自分の体は、腐りはじめているのかもしれない。あちこち、じくじくと皮膚が腐れ落ちる感覚があるが、しかし、不思議と痛みはない。痛覚も失ってしまったようだ。なんというありがたさ。今、まともに感覚が機能していたら、凄まじい苦痛を味わっていただろう。しかし、今は、苦痛はない。ただ、ただ、近い将来訪れるであろう、長い眠りを待つだけだ。

＊

「……あたし、やっぱり、西伊豆には行けないかも」

西伊豆旅行を明日に控えたその日、稲子はマルグリットに電話を入れた。

いったいどこをどう歩いてきたのか、いつのまにか隣町の繁華街だ。最近、こうやって当てもなくさ迷うことが多い。家にはいたくないし、だからといって、行くところもない。だって、どこに行くんでも、必ずお金がかかる。お金がなければ、居場所すら確保できないのが、この世の中なのだ。今までパチンコ屋を居場所にしていたが、今となっては、そのネオンサインにすら拒絶されている。そんなあたしが、旅行になんて、行けるはずもない。

「どうして？　お母様を引き取ったから、年金を自由に使えるようになったって、これで一安心って、言ってたじゃない」

「あれだけじゃ、全然足りない、オムツやらなんやらで、すごい出費なの」

「介護って、案外お金かかるのよね」

「あたし、もう、駄目、もう駄目」

「どうしたの？」

「耐えられない、オムツ替えるの、耐えられないの。それに、臭いのよ、部屋が信じられないぐらい臭いの、一分もいられない。母と一緒にいると、こっちまで気分が沈んでしまうのよ」

「介護疲れで、鬱病になる人もいるそうよ」

「あたし、鬱病かも。なにもしたくない。……死にたい」

「だからこそ、息抜きが必要なのよ。……分かった。ホテル代は私が出すわ。だって今からキャンセルじゃ、どのみちキャンセル料とられるもの。だから、私が出す。それに、ジゼルさんも車を出してくれるって。だから、交通費もかからないわ。あなたは、自分のお小遣いをもっていくだけよ」

「……本当にいいの？」

「当たり前じゃない、だって、私たち、仲間じゃないの」

「……仲間」

「そうよ。私たちは、これから先も、ずっと一緒にやっていくのよ。そう、約束したじゃない」

　仲間。どういうわけか稲子には、その言葉がひどく濁った響きで聞こえた。

「ジャンヌも、修道院で知り合った仲間を最後まで守りぬいたわ。そうでしょう？」

「うん、……そうだね」

　どうしたことだろう、ジャンヌの名前を出されても心が動かない、それどころか、むわーんむわーんと、頭の中を不愉快にエコーするだけだ。稲子は、頭を抱え込んだ。耳鳴りがこのところ止まらない。目を瞑ると母親の汚れたオムツが浮かんできて、このまま死にたくなる。あたしは、一生、あのオムツを取り替えなくちゃいけないんだろうか？　あの、汚れたオムツ。自分の将来が汚物にまみれたオムツで埋め尽くされたような気分になり、稲子はさらに頭を抱えた。もういやだ、いやだ、いやだ。……死にたい、死にたい、死にたい。

「あなた、本当に、鬱病なのかも」マルグリットは言った。「やっぱり、旅行は必要よ。ひどくなる前に、息抜きをしましょう。ね、そうしましょう。深刻に考えるのは駄目よ、介護は、適当にやるのが一番なの。生真面目に取り組もうとすると、介護人のほうが先に参ってしまうのよ」

マルグリットが、なにかを言っている。でも、まったく内容が頭に入ってこない。不快なノイズにしか聞こえない。うるさい、うるさい、もうこれ以上、変な音は立てないで！

そして、稲子は、電話を切った。立っているのも煩《わずら》わしくて、その場に座り込む。尻が冷たい。なにかがじわじわと染み込んでくる。道行く人々の視線が、ちらちらとこちらを見る。

……このまま、死んでしまいたい。もう、なにもかもが、面倒臭い。

でも。

オムツ、……買ってこなくちゃ。

＊

もう、今日でどのぐらい日が経ったのだろう。喉が渇いた、水を、水を。しかし灼熱の西日が容赦なく、部屋を焼く。窓を開けて、せめて、窓を開けて。

西日が夕日に変わった頃、稲子が帰ってきた。

「お帰りなさい」

何度もつぶやくが、どうしても言葉にならない。もどかしさで体を震わせていると、稲子は、枕元に、菓子パンを数個置いた。

「これ、食べていて。あたし、ちょっと旅行にいってくるから」

旅行？　キヨは、腕を上げようとしたが、しかし、それは一センチも上がらないうちに、元の位置に戻った。

「しばらく戻れないから。あとは、母さんがひとりでやって。薬も、病院からもらってきたから」

そして、菓子パンの隣に、薬の袋が置かれた。

しかし、水は置いていってくれなかった。

遠ざかる稲子の後ろ姿を見ながら、キヨは、つぶやいた。

「いってらっしゃい」

それが、キヨが見た、娘の最後の姿だった。

×　×　×

S「さてさて。……なんか、また、事件が起きたんだって？」
W「うん。〝青い六人会〟のメンバーの一人が、姿をくらました」
S「前回はメッタ刺しで、今回は、失踪か。なんか、〝ジャンヌ〟って、やっぱり呪われているんじゃないの？」
W「まあ、それは確かだよ。〝ジャンヌ〟は間違いなく、呪われている。打ち切られたあのときから」
S「打ち切られた原因は、あの問題のシーンだよね？」
W「うん。大騒ぎになって、新聞沙汰にもなった」
S「それにしてもだ。（『少女ジュリエット』をめくって）このシーンって、なんで掲載できたんだろう？　普通、編集サイドで止めるだろう？　それとも、当時は規制がゆるかったのかな？」

W「まあ、今より規制がゆるかった、というのはあるかもね。それに、七〇年代という空気もあったのかも。七〇年代は、トラウマ漫画の宝庫でもあるし」
S「だからって、それまで少女漫画の王道をいくような内容だったのに、よりによって、ヒロインが……輪姦されてんだよ？　しかも、四肢を失うほどのリンチも受ける。スカトロプレイまである。これ、少女漫画コードにひっかかりまくりでしょう？　いくら、七〇年代だって。しかも、『少女ジュリエット』は、どちらかというと保守的な漫画誌だったわけだし」
W「情報通の某氏によると、当時の少女マンガは週刊ベース、毎号毎号ギリギリの締め切りで、印刷所でトーン貼り植字貼りなんていうのは当たり前、編集による事前チェックがちゃんと機能していなかった、つまり、内容はある程度作家任せで、編集をスルーして印刷所っていうのはフツーにあったみたい。いや、編集サイドがチェックしていたとしても、NGは出せないってこともあったと思うよ。なにしろ、駄目出ししたところで連載に穴があいちゃうわけで、そっちのほうが当時は大問題だった。しかも、〝ジャンヌ〟は当時の目玉作品、なにがなんでも穴をあけるわけにはいかない。穴なんかあけたら、編集の一人や二人首がふっ飛ぶわけで。むしろ謎なのは、こういう展開にした秋月美有里の心理のほうだよ。前号までは普通にロマンチックに進んでいたストーリーがさ」
S「そうそう、その寸前までは普通の歴史大河ロマン、お目々きらきら、フリルふりふり、薔薇はらはら、運命の恋人たちがくっついたり離れたりの胸キュンストーリーなわけだ。ところが、大切なクライマックスで、いきなりのダーク展開。びっくり仰天。自殺者も出るほどの大騒ぎ。で、……単行本は、そのシーンどうなってるの？　まさか、そのまま転載？」
W「いや、さすがに、それは削られた。その代わりに、なんとも無難なハッピーエンドが、突貫工事でつけられた」
S「そうなんだ。ところで、その単行本、絶版にされたまんまなんでしょう？　復刊は？」
W「前に復刊の話もあったけど、立ち消えた。作者本人が失踪中だからね、復刊は、難しいと思うよ」
S「しかも、秋月美有里二人説まであるんだもんな、著作権問題もありそうだな。二人がもめていたとしたら。……ああ、もしかしたら。そのもう一人の秋月美有里が〝青い瞳のジャンヌ〟をああいう形で終わらせてしまったということは？」
W「うん、それは、考えられる。実は、僕もそう考えていた。これは、あくまで推測なんだけど、もう一人の秋月美有里は、影武者として生かされている状況に鬱憤《うっぷん》がたまっていたんじゃないかと。で、復讐するために、あんな展開に……」
S「なるほど、それだったら筋が通るね。本来の自分というのがあるにもかかわらず、世間的には漫画家秋月美有里の影武者として生きなければならなかった状況、これはまさに、飼われている状態だ、被支配者だ。支配者に対して、反逆したくなるかもね。で、復讐された支配者の秋月美有里は世間の顰蹙《ひんしゅく》を買い、そのまま姿を消す。いや、失踪といってもいい。いまだに行方は不明だ。……と、なると、そのもう一人の秋月美有里は？」
W「皆目、分からない」
S「しかし、どんな事情があるとしても、あんな形で終わってしまったら、ファンは置いてけぼりだな。浮かばれないでしょ？」
W「そう、残されたのは、ファンたちだ。……ファンの怨念と執念だ」
S「あるいは、ファンの怨念が、ジャンヌの呪いを生んでいるのかもね」

〈月刊『アングラカングラ』（二〇〇八年九月号）より〉

ジゼル

「ミレーユさん、どうしたんでしょうか？　今日も欠席なんですね」

九月。池袋のフレンチレストラン、ナプキンで口元を拭いながら、ガブリエルがつぶやいた。本来は六人であるのが決まりの幹事スタッフだが、今日は四人しかいない。

「サイトの掲示板にも現われていないみたいだし。誰か、連絡した人、いますか？」

ガブリエルの問いに、残りの三人が顔を見合わせる。

「あれから、どんな感じだったんですか？　マルグリットさんたちは一緒に帰ったのでしょう？」

「ええ」マルグリットが、喉を押さえながら声の調子を整える。「ええ、帰りも、元気でしたよ。本当に楽しそうだった。そうよね？　エミリーさん」

「え？」いきなり振られて、エミリーの眼鏡がびくんと震える。「ええ、とても元気でした。元気すぎて、困ったぐらい」

「ほんと。鬱病かもしれないなんて言っていたのに、ものすごいハイテンションだったわよね」マルグリットが、ひっつめ髪をなでつける。

旅行当日、待ち合わせ場所に現われたミレーユに誰もが呆れ返った。乳房がはみ出さんばかりのキャミソールドレスはスケスケで、実際、乳首が透けて見えていた。なによりとんでもない厚化粧で、目のやり場に困った。車の中でも始終ひとりで喋《しゃべ》りまくり、息継ぎもしないものだから、時々呼吸困難のような発作を起こす。ホテルについても大騒ぎで、一分もじっとしていない。スタッフを捕まえては同じことを繰り返し繰り返し質問し、あちこちを走り回った。部屋決めのときも、ひと騒動あった。予約していたのはツインのセミスィートを三部屋。ジゼルとエミリー、マルグリットとミレーユ、そしてガブリエルとあらかじめ部屋を決めていたのだが、土壇場でミレーユがガブリエルと一緒の部屋がいいと言い出し、それは無理だと言ってもきかずガブリエルの部屋に押しかけた。それならばとエミリーまでガブリエルの部屋に押しかけ、結局、その日はみんなでガブリエルの部屋で夜通しトランプをすることになった。しかし、これもまた騒ぎの元になり、負けがこんだミレーユは、インチキだインチキだと暴れだした。挙句の果て、わけのわからないことを叫び続け、とうとうホテルから厳重注意を受けてしまった。ジゼルが機転を利かせ、持参していた睡眠薬でどうにかミレーユを寝かしつけたが、それがいけなかったのか翌日はますます悪化し、不機嫌な上にハイテンション。手のつけられない酔っ払いのごとく、ありとあらゆるものに因縁をつけては、わめき散らした。寝不足がたたって頭痛がはじまったガブリエルは朝食もとらずにジゼルの車で先に東京に戻り、残されたマルグリットとエミリーがミレーユを車に押し込み、どうにか帰路についた。

「あのときは、本当にごめんなさい。面倒をマルグリットさんとエミリーさんに押し付けた格好になって」

ガブリエルは、軽く頭を下げた。

「ううん、そんな」マルグリットが、そのこけた頬に無理やり笑みを作る。「ガブリエルさんの具合が悪かったんだもの、あれは仕方なかったのよ。ね、エミリーさん」

振られたエミリーも笑みを作ると「そう、仕方なかったんです」と、力なく答えた。

「いずれにしても、あの旅行以来、ミレーユさんからは連絡ないんですよね？」ガブリエルが言うと、

「あ、でも。ファンクラブを脱会したいというようなことは言っていたわ。お母様の看病で大変なんですって。そうよね？　エミリーさん」と、マルグリットは答え、

「え？　ええ、そうです、そうです、脱会したいって、そんなこと、言ってました」と、エミリーが同調した。

「脱会？……そうなんですか」ガブリエルが、ワインを傾ける。「前にもそんなことを言ってましたよね。よほど、介護が大変なんでしょう。それなら、仕方ないですね。それにしても、シルビアさんもあんなことになって。いくらなんでも、四人でサークルを運営するには限界がありますね。十月にはお茶会も控えているのに」

「そうね。そろそろ、新しいメンバーを補充しなくちゃいけませんね」マルグリットが、早《さ》苗《なえ》のほうを見た。「ジゼルさん、どなたかいい人いないかしら？」

「さあ、どうでしょう」仔牛のワイン煮を刻みながら、早苗。

「ニーナさんとか、どうでしょうか？」隣に座るガブリエルが、間髪いれずに、答える。

「ニーナさん？……悪くはないですね。でも」マルグリットが、パンにたっぷりとバターを塗りながら、苦笑を浮かべた。「ニーナさんは、前にジゼルさんと」

「いえ、大丈夫です。あれは、ちょっとした戯れですから」

　早苗は言ってはみたものの、ニーナは苦手だ。なにかと、私につっかかってくる。チャットにしろ掲示板にしろ、私がなにか発言すると、必ず、揚げ足をとるのだ。いつだったか、我慢ができず、反論したことがある。そのときは、ちょっとしたバトルになった。

「他にもいろいろと候補を挙げてから、考えましょうよ。急ぐことはないんですもの。お茶会の準備は、もうあらかた済んでいるのだし。お茶会が終わったあとにでも、ゆっくりと」

マルグリットの言葉に、早苗は、ほっと胸をなでおろした。できれば、ニーナだけは、避けてほしい。

「でも、ニーナさん、いい人ですよ。ネットではちょっと弁慶になるところがあるけれど」

引き下がらないガブリエルに、

「ガブリエルさんは、ニーナさんのことどれだけ知っているの？」と早苗は訊いてみた。

「お茶会で、お会いしただけですよ。そのとき、ちょっと話をした程度です」

まさか、私の悪口？　早苗の瞼がひくひく痙攣する。しかし、ガブリエルはそれを宥めるように、早苗の膝にそっと手を添えた。これをやられると、しゅんとおとなしくするしかない。顔が、いやになるほど火照る。斜め前に座るマルグリットが、意味ありげな眼差しでこちらを見ている。早苗は、ガブリエルの手をそのままに、仔牛のワイン煮を刻み続けた。そんな早苗に、ガブリエルが囁く。

「実際のニーナさんは、とても朗らかで明るくて、謙虚な方ですよ。ネットではちょっと暴走するところがあるって、ご自分でもとても反省していました。想像ですけれど、オフではジゼルさんと気が合うんじゃないかと」

「まさか」つい、本音が飛び出す。「とても、そんなふうには思えないわ。なにか、目の敵《かたき》にされているみたいなんだもの。オフだったら、ますます、嫌われそう。実際、お茶会のときだって、あの人、あからさまに私を無視するんだもの。目も合わさないの」

「それは、ジゼルさんの思い過ごしじゃないでしょうか？　過剰に反応しているだけなのかも」

「そんなことはないわ」明らかに、いつでもニーナから喧嘩を吹っかけてきている。早苗は、身を乗り出した。「私の被害妄想だって言うの？」

——あなた、生霊が憑《つ》いているわよ。

「え？」しかし、早苗は、身を引いた。

——その生霊は、あなたの知っている人。女の人よ。とても、危ない怨念を感じるわ。気をつけて。

得体の知れない吐き気が突然やってきて、早苗は小さくえずいた。

「どうしたの？　ジゼルさん」マルグリットの怪訝《けげん》そうな眼差しが、早苗を追いかける。

「ジゼルさん、今日は顔色がよくないですね、どうかしました？」隣に座るガブリエルも、顔をのぞき込む。「さっきから、気になっていました。もしかして、熱でもあるんですか？」

「ううん、大丈夫よ。ごめんなさい。本当に、なんでもないの」

早苗は言ったが、頰が赤らんでいることは自分でもよく分かった。いまだ膝の上にあるガブリエルの手のせいではない。今日は、微熱がなかなかとれない。

「そう、なら、いいんですけれど」

ガブリエルの笑顔が、ワイングラスに映りこむ。……相変わらず、きれいな顔をしている。ちらりとのぞく八重歯は、往年のアイドルを髣髴《ほうふつ》とさせる。身のこなしもスマートで、誰にでも優しく、口調も穏やかだ。……実際、ガブリエルは、サークルのアイドルだった。みんなが、ガブリエルの歓心を買おうと、躍起になっている。特にエミリーなんて、見ているこちらが恥ずかしくなるぐらい、うっとりとガブリエルの視線を追っている。マルグリットだって。

早苗もまた、そうだった。それは、自分でもよく分かっている。でも、「私、実はガブリエルさんのこと、少し苦手なの」というポーズをとっている。「いちいち、わざとらしいじゃない？　前髪をかきあげるその仕草も、ワインを飲むときのその指使いも、ナプキンの扱いも、どこか芝居がかっている。若いうちはいいけれど、ああいう骨格の人は、歳とともに必ず太るわ。あのサラサラの髪だって、五年もしたらどうなるか分からない。ああいういかにも儚《はかな》げな人は、あっというまに別人になるものよ。だって、あのアイドルがそうだったでしょう？　あのアイドルだって」

しかし、それは本音の裏返しだということを、早苗自身が一番知っている。本当は、たまらなく、ガブリエルに惹かれている。その細くて白い指で触れられたら、理性なんて吹っ飛んでしまう。だから、あのときだって……。

ワイングラス越しに、エミリーのねっとりとした視線が飛んできた。ガブリエルの隣を陣取っている早苗に、エミリーはなにかと、きつい視線を送ってくる。

――あなた、生霊が憑いているわよ。

またあの言葉を思い出して、早苗は、ワインを一気に飲み干した。


――あなた、生霊が憑いているわよ。

そう言ったのは、姑の友人だった。

昨日、突然、夫の母親が訪ねてきた。彼女のいきなりの訪問には慣れている。姑は、嫁とうまくやっていると一方的に思っているようで、その訪問にも礼儀というのが一切なく、いつでも自分の都合だった。が、友人を連れてきたのは、はじめてのことだった。その人は姑の近所に住むご婦人で、もともと占い師をしていたが最近になって霊感を身につけたという。ご婦人は、紫苑《しおん》と名乗った。不自然なほどの黒髪にボブカット。体はむしろ貧相なほど細く小さいのに、首から上は被り物をつけているかのように印象が濃く、バランスが悪かった。菓子屋の前で首を振る、ペコちゃん人形に似ている。ペコちゃんを、あの丸顔そのままに、乾燥室にぶちこんで一気に老けさせた感じだ。

「紫苑様の占いは昔から絶対に当たるのよ。信一郎《しんいちろう》が学校に入るときだって、公務員になるときだって、みんな紫苑様にみてもらって、それでうまくいったんですもの」信一郎とは、夫の名前だ。姑は、息子を溺愛している。「でも、結婚運がね、ちょっと心配って言われちゃって、それをずっと気にしているんだけど」

つまり、嫁に不満があるということなのだろうか。なら、言い返すが、こっちだって、男運・結婚運に難ありと、結婚前に何度も言われた。だからお互い様です。もちろん、そんなことは言わず、早苗は、姑の独擅場を許していた。このまま姑の一方的なおしゃべりが無事終了すれば、姑は、はぁと、すっきりした表情を浮かべ、満足げに帰っていくのだ。この人も、家でいろいろとあるようだ。寝たきりの夫の介護にパラサイトシングルの娘の世話。だから、こうやってガス抜きに来るのだ。ガス抜きは必要だ。下手に溜め込んで病気になられたほうが困る。皺寄せが必ずこちらにもくる。これ以上の面倒は真っ平だ。だから、ガスが完全に抜け切るまでの辛抱。早苗は、言いたいことをすべて飲み込んで、姑のおしゃべりにひたすら頷く。

「――でね、紫苑様がおっしゃるの。息子夫婦に、何か危機が迫っているって。で、心配になってね、今日、一緒に来てもらったのよ。あなたたち、何か、あった？」

それは当たっている。というか、夫婦なんて、爆弾をお互いのオデコに挟んで、さらに蓋のない硫酸の瓶をそれぞれの頭に載せて、二人三脚しているようなものだ。「何かあった？」と訊かれれば、百人中百人は、「はい」と答えるだろう。さらに、「それは、お互いのすれ違いが原因かしら？」と問われれば、百人中九十九人が、「ええ、そうです、なんで分かったんですか？」と、勝手に当たったと錯覚するのだ。当たったも何も、トラブルの原因は、ほとんどがすれ違いだ。このトリックに、百人中何人かは気づくだろう。コールド・リーディングというやつだ。身なりや口調、またはさりげない質問や会話などを通して、相手のことを言い当てる話術だ。占い師や詐欺師のテクニックのひとつだそうだ。前にテレビでやっていた。なるほど、この紫苑様もまた、このテクニックに長《た》けているというだけの人なんだ。しかし、姑はこの人に心酔し、お金も相当つぎ込んでいるようだった。この鑑定にも、それなりの値段がつけられているのだろう。やれやれだ。

「ドレッサーの右の引き出しの奥、青いクリアファイルに、離婚届を忍ばせてありますね」

しかし、紫苑様は、そんなことを言った。あまりに具体的な指摘に、早苗は、持っていた急須を落としそうになった。ううん、でも、違う、これは、ホット・リーディングというやつよ。相手の周辺をこっそりリサーチし、その内容を、あたかも今ここで霊視したというように演じて、言い当てる。有名な霊能者たちが好んで使用する、さらに手の込んだテクニックだ。

「あら、早苗さん、そうなの？　離婚届、持っているの？」

姑の乾いた唇が、迫ってきた。早苗は、咄嗟の判断で、持っていた急須でそれを防御した。

でも、どうして、分かってしまったのかしら。夫が見つけて、それを姑にチクった？　ううん、でも、あの引き出しは鍵つき。簡単には開けられない。ううん、だからこそ、あの中に秘密を隠してあると誰でも推測するだろう、そして、その中味を知りたいと思うだろう。鍵？　所詮、ドレッサーの引き出し、鍵なんかなくても、ヘアピンか針金があればピッキングなど、素人でもワケないだろう。

「いえ――」早苗は、愛想笑いを瞬時に作ってみた。しかし、紫苑様は、なおも続けた。

「あなた、最近、体調が悪いでしょう？　例えば、食べたものをすぐに吐いてしまうとか。体重も、ここ一週間で二キロほど減っているわね」

すべて、当たっていた。しかし、それも、夫なら知っているだろう。先週、体重計に乗っているところを夫に見られた。なにかばつが悪かったので、二キロも体重が減ったのよと、ダイエット成功に喜ぶ妻というやつをやってみた。間違いない、黒幕は、あの人ね。

「いえ、心当たり、ないですね、とっても、元気ですよ」早苗は、できる限りの笑顔で、応えた。

しかし紫苑様は、「ふーん」と、低い唸《うな》り声を漏らしながら、その窪んだ目を、早苗の輪郭に沿ってゆっくりと動かしはじめた。視線は、早苗の口元で止まった。早苗は、思わず、俯いた。紫苑様は、弱点をみつけたとばかりに、自信ありげに、しかし囁くように、言った。

「生霊が憑いているわよ。その生霊は、あなたの知っている人。女の人よ。とても、危ない怨念を感じるわ。気をつけて」

これも、自称霊能者といわれる人の、常套手段じゃないか。闇雲に怖がらせて、怯えさせて、脅かす。目的は何かしら？


馬鹿馬鹿しい。早苗は、軽く頭を振った。

今は、この時間を楽しむのよ、こんなところに来てまで、姑のことを思い出すことなんてないわ。

「ところで、ジゼルさんは持ち家ですよね？　一戸建てでしたわよね？」

いつからそんな話になったのか、マルグリットが突然、そんなことを訊いてきた。

「ええ、まあ」

「なら、気をつけないと」

「え？」

「旦那様になにかあったとき、遺産相続、なにかとモメるわよ。ミレーユさんとこみたいに」

ああ、そういえば、ミレーユさん。遺産相続で兄弟ともめていたんだっけ。それにしても、彼女、本当にどうしたんだろうか。

「だから、ジゼルさんとこも、気をつけないと」

マルグリットが繰り返す。「だって、杉並区のあんな一等地の一戸建てだもの、絶対、相続でモメるわよ。なにしろ、井の頭公園の近く」

それから、マルグリットは、〝一等地〟というのを何度も繰り返した。

「マルグリットさんだって、世田谷区の一等地じゃないですか」早苗が言い返すと、

「いやだ。私のところは、ただの社宅だもの。ジゼルさんとこの旦那さんと違って、うちの旦那の甲斐性じゃ、二十三区に一戸建ては無理だわ。なにしろ、ジゼルさんとこは上級公務員。うちなんて、電機メーカーの子会社の営業。その代わり、相続関係でもめることはないけどね。でも、ジゼルさんのところは、いざというとき大変よ。どんなに仲のいい家族だって、遺産を前にしたら絶対にもめるわ。だって、あんな一等地だもの」

一等地？　早苗は乾いた笑みを浮かべた。そりゃ、井の頭公園はすぐそこだけど。小さい家よ。建売よ。それに、私、あんまり愛着ないの。

仲のいい家族？　相続でもめる前に、うちの家族なんてバラバラよ。みんな、自分のこと

しか考えてない。だから、夫に万が一のことがあったら、あんな家、すぐに捨てるわよ。

*

三鷹台駅から歩いて十五分、井の頭公園の南側にある住宅密集地の一角、南仏をイメージした明るい外壁とおしゃれなデザイン。

でも、この家は、私を拒絶している。この建売を買うと言い出したのは夫で、十年前のことだった。役宅住まいではますます気が病むだろうと、夫が姑と見つけてきたのが、この家だった。頭金の三千万円は、姑が用意した。間取りもキッチンの仕様も壁の色もすべてが出来合いで、すべてが気に入らなかったが、夫と姑は満足している様子だった。

これで、嫁の病気も治まるだろう。

当時、早苗は、児童虐待の嫌疑をかけられ、一時、強制的に入院させられていた。息子が通っている小学校で虱《しらみ》が流行し、その発生源にされたことが原因だった。早苗は役宅の隣人に教えられた通り、息子の頭に熱風のドライヤーを長時間あててみた。そうすれば、虱は全滅すると教えられた。が、その前に、息子は頭部に火傷を負ってしまった。それは軽いものだったが、夫と姑と役宅の一部の親たちが騒ぎ出した。

息子は、そのときのことを大袈裟に吹き込まれたのか、それとも自分自身で誇大化してしまったのか、早苗に対して反抗的な態度をとり続けている。

息子が書いた小説のようなものを読んだことがある。ブログの日記だ。まだ彼の引きこもりが軽度だったころ、彼の外出を利用して部屋に入ると、つけっぱなしのパソコンにそれが表示されていた。

内容は、小さいときに母親にひどい虐待をうけた少年が、その傷を癒すかのように、同じ傷を持つ少女とともに殺人を繰り返すというような、酷いものだった。小説の中の早苗は自分勝手でひとでなしの母親で、子供がイメージする汚くてずるい愚かな大人を代表するような存在だった。そんな大人たちを残酷な方法で殺すことによって問題を解決するという話なのだが、大人を殺すことによって二人の子供たちが大人になってくれればいいのだろうけれど、それならば何度殺されても構わないのだけれど、二人はいつまでも子供のままで、どこまでいっても被害者のままで、こんな殺人鬼になったのは社会のせい、トラウマのせい、大人のせいとぼやきながら、お互いを〝純粋な存在〟と言い合いながら、〝守ってあげるからね〟と言いながら、話は続いている。

そして、この話にはラストはないのだろうと、早苗は、思った。それはつまり、息子が大人になることはないということを意味していた。このまま息子が自分を恨み続けることはいい、恨み続けることで生きる意味を見出してくれるのなら、それもまたひとつの方法だ。しかし、彼は、恨みながらも、この家にしがみつき、自分の側《そば》を離れないのだろう。彼に、一人で生きていく術《すべ》を教えることができなかった。それが一番悔やまれる。

要するに、失敗だった。子育ても、もっと遡れば、結婚も。

とにかく、すべてが失敗だった。

リビングに行く前に、二階に上がる。息子の部屋の前には、レジ袋一杯の汚れ物と、朝食と昼食の食べ残しが置いてあった。それらを拾い上げると、池袋のデパートで買った惣菜と菓子パン、そして二リットル入りのペットボトルを袋ごと置く。息子の部屋には、この半年、入ったことがない。食事は、こうやって部屋の前に置いておく。

息子がこんな状態になったのは母親のせいだと、誰もが言う。姑も、夫も。おまえの虐待が原因なのだと。それを償え、一生をかけて償えと、誰もが言う。はい、分かりました。死んだつもりで、息子に償います、尽くします。しかし、あの子は、私が死のうがどうしようが、変わらないのだろうと、早苗は思った。あの子は、私にそっくりだ。だから、あの子の歪んだ頑さは、私が一番知っている。あの不器用な反抗心は、私そのものだ。

レジ袋の中には、自慰の痕で汚れた下着が、なんの羞恥もなしに詰め込まれていた。吐き気が込み上げてくる。夫もそうだが、なぜ、こんなものを人に託して平気でいられるのだろう？　家族だから？　家族。やめてよ、そんな都合のいいときばかり、そんな奇麗事を持ち出すのは！

早苗は、レジ袋ごとダストボックスに放り込むと、ハンドソープのノズルを何度も押して、泡を手に擦りつけた。

どこで、失敗したのだろう。やり直せるとしたら、どの時点？　やっぱり、結婚を決意する前だろうか。それとも、もっと前？　出来るなら、違う母親から生まれたかった。あんな母親だったから、私はこんなに卑屈になってしまったんだ。私だって、私だって、……ジャンヌのようにまっすぐな女の子になりたかったんだ。

いつのまにか、受話器をつかんでいる。こういうときは、誰に話を聞いてもらえばいい？　大学時代の友人？　近所の奥様？　あるいは、紫苑様？　だめだめ、みんな、秘密を守れない人ばかり。なら、マルグリットさん？　エミリーさん？　ううん、……やっぱり、この人しかいない。

「かわいそうな、ジゼルさん。うちもね、家庭内差別がひどかった。母は妹だけを溺愛して。自分はなんでもかんでも、我慢させられた」

ガブリエルは、思ったとおり、いつもの調子で早苗を慰めた。意見を言ったり諭したり、そんなことは一切せずに、ひたすら話を聞いてくれる。そして、お決まりの、「かわいそうなジゼルさん」。これを言われると、いくらか気分が落ち着く。しかし今日は、落ち着くどころか、ますます昂った。

「私も、なんでもかんでも、我慢させられたのよ。母は、兄と妹だけを愛したわ。特に、兄は特別だった。『我が家の長男殿』などと呼んで、兄にはなんでも買い与えていたわ。私には、漫画すら買ってくれなかったのに。少女ジュリエットだって、買ってもらえなかったんだから。兄は、母にそっくりだったの。奇麗な顔をしていたの。でも、私は、醜い父親にそっくり。特に、この歯並び、まるっきり父のコピーよ」

早苗は、口元を手で覆った。「母は、いつでも言ったわ。『あんたはブスなんだから、せめて性格でカバーしなくちゃ駄目よ。誰の言うことも聞いて、素直ないい子でいなさい』って。ブス、ブスって言われ続けたのよ」

「そんなことは、ないですよ。ジゼルさんは、奇麗ですよ。もっと自信持って」

「ううん、駄目。私なんか……。私なんか」

「だから、そんなに自分を虐めちゃ駄目ですよ」

「私は、顔だけじゃなくて、性格もブスなのよ。そうよ、腹黒いの。これは母に似たのよ。きっと、母が私に辛く当たったのは、自分に似ているからなんだわ。ああ、そうなんだわ、きっと、そう。……そうそう、こんなこともあったの。あるとき、ちょっとした悪戯で、兄が大切にしていたグローブを隠したことがあるの。本当に、ちょっとした悪戯だったのよ。すぐに見つかるところに移動させただけなのよ。なのに、兄ったら、大騒ぎして。そしたら……」当時の感情がそのまま蘇ってきて、早苗の声は嗚咽に飲み込まれた。

「いいんですよ、ジゼルさん。言いたくないことは、無理しなくても」

「いいえ、聞いて」早苗は、顎を上げると、一気にまくしたてた。「そのとき、母はとても苛々《いらいら》していて、なのに、妹は、『お兄ちゃんのグローブを隠した犯人はお姉ちゃんだ』って、母に言いつけたの。苛々の矛先が自分に向かないように、妹は先手を打ったのよ。あの子は、私の犯行を知っていたのにずっと黙っていて、それを言いつけるタイミングをずっとはかっていたのよ。妹はそういうズルいところがあった。妹の思惑通り、母は、苛々を私にぶつけたわ。まず、私を殴り、そして、私のランドセルの中味をぶちまけて、友達に借りていた少女ジュリエットを、私の目の前で破り捨てたのよ！　あの出来事だけは、私、死んでも忘れない。妹を許せない、母を許せない、だって、母のせいで私は――」

借りていた『少女ジュリエット』は、翌日に返す約束だった。しかし、母に破り捨てられ、約束を果たすことができなかった。そのことで友人の信用を失い、それはクラス中に広まり、静かな制裁が半年ほど続いた。私に話しかける級友はいなくなり、私は〝えんがちょ〟とされた。

しかし、それはどうにか耐えることができた。どうしても耐えられなかったのは、ジャンヌを読めなくなったことだった。本屋で立ち読みしようと何度も試みたが、店主にその都度追い出され、どこかに『少女ジュリエット』が落ちていないかとゴミ箱を漁《あさ》ってもみたがそれが級友にみつかり、ますます〝えんがちょ〟の刑がきつくなった。そんなとき、近所に住む親戚の家に、妹と同じ歳の女の子が週末ごとに遊びに来るようになった。彼女は、『少女ジュリエット』を持っていた。私は、不本意だったがこの少女を王女のように扱い、そして、ようやく、〝ジャンヌ〟にありつくことができたのだ。あんな、なんのとりえもない、だらだらと太った醜い子をちやほやするということは、耐えられなかった。でも、私には『少女ジュリエット』が必要だった。たかが百円のそれが買えないばかりに、私は、プライドを売ったんだ。

プライドを、売ったんだ……。

「ジゼルさん？」

ガブリエルの声が、優しく語りかける。

「いずれにしても、もっと自信を持ったほうがいいですよ。あなたは、とても魅力的な人です」

ありがとう。そう一言だけ言うと、早苗は受話器を戻した。

ガブリエルの電話を切ってしばらくすると、携帯電話の着信音が鳴った。マルグリットからだった。

「家の電話、ずっとお話し中だったから、こっちに電話してみたわ」

定例会が終わって家に着くころ、決まってマルグリットから電話がかかってくる。こうやって、他のメンバーにも電話しているのだろうか。

「ガブリエルさんも、そういえば、お話し中だったわ」

マルグリットは、なにかを含みながら言った。変な勘ぐりをされるのは面倒なので、早苗は言った。

「ええ。今まで、ガブリエルさんと話していたの」

「そうなの」

何を話していたの？　定例会では話せなかったこと？　秘密のお話？　……そんな好奇心が、その息遣いから伝わる。

「ただの、世間話よ」

早苗は、その好奇心を跳ね返した。「で、どうしたの？」

「ううん。心配だったから、電話してみたのよ」

「心配？」

「あなた、とても顔色が悪かったから」

「そう？」

「吐き気もあったんじゃない？」

「え？　……ええ、まあ、少し」

「ちょっと、浮腫《むく》んでもいたし」

「浮腫んでいた？」

「うん。いつもと、なんか違っていたわ。化粧のりも悪かったみたいだし。いつもは、完璧なのに」

「寝不足かしら？　ここんところ、ちょっと不眠症で。医者からもらった睡眠薬も、最近、効かないのよ」

「生理は？」

「え？　……ああ、生理はまだ」

「ちゃんと来てる？　生理。なんか、前に、遅れているみたいなこと言ってなかった？」

「ええ、まあ、ちょっと、……まだ遅れているかも」

早苗は、壁に貼ってあるカレンダーに視線を飛ばした。……もう、三ヵ月近く、来ていない。

「あなた、もしかして、出来ちゃった？」

「え？」

胃から食道をつたって、胃液がせりあがってくる。

電話を切ると、早苗は洗面台に急いだ。

瞼が重たい。鏡を見ると、目が醜く腫れあがっていた。……本当だ。こんなに浮腫んでいる。

「あなた、もしかして、出来ちゃった？」

マルグリットの言葉が、顔の周りをぐるぐるとまわる。

やだ、まさか。

私、妊娠した？

早苗は、カレンダーを思い浮かべた。指を折り、逆算してみる。

いやだ、まさか、あのとき？

あの日、酔って帰ってきた夫は、寝入りばなの早苗の足を広げ、そのまま、自分の性器を押し込んできた。薄目を開けて、夫の顔を見てみる。半開きの薄い唇からのぞく、不自然なほどに白い、均整のとれた差し歯。射精の準備に入ったのか、口はますます広がり、歯茎がむき出しになった。白い歯とは対照的な病的な赤。さらに口は広がり、歯の裏側までもが丸見えとなった。表の白さとは裏腹の、汚れた黒。この差し歯を入れるときも、姑がお金を出したという。二百万円はかかったと、姑がこっそり教えてくれた。差し歯にする前の夫の顔は、どんなふうだったのだろう。「あなたと同じ、酷いらんぐい歯だったのよ」「あなたも、歯をなおしたら、結構いい感じになると思うんだけど、残念ね」姑の入れ歯がにっと笑う。早苗は、歯を食いしばった。射精が終わり、夫の息が、早苗の顔にいくつも落ちてきた。臭くて、たまらない。

そうだ、あのときだ。

やだ、どうしよう。……妊娠。どうしよう。

あんな男の子供なんて、もう欲しくない。きっと、また、あの男とそっくりの、小心者のくせして身内には尊大な、偉そうな正論を吐くくせに、自分は寝転がったまま目の前のゴミさえ拾わない、そんなどうしようもなく情けない男の子が生まれるのだろう。もう、まっぴら。

なら、女の子なら？　女の子なら、私が叶えられなかったいろんなことを、してあげよう。可愛い服をたくさん買ってあげて、歯の矯正だって小さいときからはじめて、バレエにも通わせて、ピアノだって買ってあげる、漫画だって、欲しいものなら、なんでも。……でも、やっぱり、いらない。

電話が鳴っている。しかし、早苗の意識は、音とは反対方向に、散り散りに飛んでいく。

子供なんていらない。子供なんて、いらない。

電話は、八王子に住む妹からだった。特に用事もないくせに、こうやって時々連絡がくる。昔からこの子はそうだ。この馴れ馴れしさは、誰に似たんだろう？　誰にでも懐いて、誰とでもべたつくような関係を築こうとする。あの太っちょな子とも、結局は仲良くなってしまった。あの子は、『少女ジュリエット』を、私より先に、妹に読ませることも多かった。憎らしい、あの太っちょ。私がどんなに心待ちにしているか知っていて、そういう意地悪をするんだ。妹も、きっと、優越感に浸っていたに違いない。

「なに？」早苗が言うと、「ううん、元気かなぁと思って」と妹は応えた。

「元気よ。特に、変わったことはなし」

「なら、いいんだけど。お母さんから、連絡なかった？」

「ないわ。あの人、私のこと嫌っているから」

「そんなこと、ないよ。お母さん、お姉さんの電話、待っているんだよ」

「で。何か用事？」

「ジャンヌの最終回が載っている少女ジュリエット、オークションに出品されているよ」

早苗の唇が、ひくひく震えだした。見ることができなかった、最終回。その掲載誌が、ネットのオークションにたびたび出ていることは早苗も知っていた。しかし、いつでも高値がつき、迷っているうちに、他が落札してしまう。もう、三回も、逃してしまっていた。

「だから、何？」早苗は、強い調子で返した。

「えっと、だから、教えてあげようかなって」

「そんなことで、わざわざ？」

「だって、姉さん、最終回が載っているジュリエットに、ずいぶんとこだわっていたじゃない」

「あなた、本当は、最終回、読んでいるんじゃない？　あの子に借りて」

「何言っているのよ、あの子は、あれきり、ぷつりと、来なくなったじゃない」

「だから、私に隠れて、こっそりと会ってたんじゃない？」

「なに、言っているのよ」

「あんたたち、私がいないときに、いっつも、こそこそと何かやっていたじゃない」

「それは――」

「私、知っているのよ。あなたたち——」

「あ、ごめんなさい、娘が起きちゃったわ。じゃ」

妹との電話は、いつでもこんな調子だった。こちらが一方的に喧嘩をしかけ、しかし妹はそれには乗ってこず、いつの間にか電話を切る。

ああ、本当に、苛々する。どうして、あの子は、私より先に電話を切ってしまうのだろう。

それをやられると、たまらなく調子が狂う。

それに、なんで今更、私の古傷を抉《えぐ》るようなことを言うのよ。

ジャンヌの最終回？　ええ、私は、それをリアルタイムで読んでいない。

『少女ジュリエット』を運んできていた太っちょのあの子は、最終回を前にして、突然、現われなくなった。土曜日になると、早苗はそわそわとその子の到着を待っていたが、とうとう、彼女は現われず、ジャンヌは最終回を迎えてしまった。その内容は衝撃だったらしくクラス中の女子が騒然となり、しかし、早苗だけは、そのラストを見ることができなかった。

早苗の瞼に、暗く重いあの日の湿った空気が蘇る。ひとりぼっちの教室。みんな帰ったあと、クラス中の机を確認して回った。誰かが、『少女ジュリエット』を置き忘れていないか。そして、ゴミ箱を漁っているときに、忘れ物を取りに戻ってきた級友の一人に、その姿を見られた。〝えんがちょ〟の刑はさらにエスカレートし、泥棒呼ばわりまでされ、その余韻は中学校まで続いた。ひとりぼっちの給食、ひとりぼっちの放課後。

一方、妹は。その要領のよさと人懐っこさで、いつもたくさんの友人に囲まれていた。中学校では生徒会の副会長に選ばれ、高校では演劇部の部長に選ばれた。妹が青春を謳歌している陰で、私は。一人部屋に引きこもり、鬱々と、カレンダーに×印を書いていた。まるで、囚人のような生活。ううん、囚人のほうがまだマシ。だって、いつかは、解放される日がやってくる。でも、私のカレンダーには、終わりがない。今も、そしてこれからも、カレンダーは続くのだ。ただただ、無機質な数字が無意味に並ぶカレンダー。朝起きて、朝食を作って、洗濯をして、掃除をして、昼食を作って、買い物に出て、洗濯物を取り込んで……。そんな繰り返しのカレンダー。

早苗は、いつのまにか、二階のベランダにいた。洗濯物を取り込んでいる。なんて、みごとな習慣。そんなことをしたいなんてひとつも思っていないのに、ちゃんとこうやって、時間になれば洗濯物の前にいる。……本当に、私ってなんなんだろう。いつまで、こんなことを続けさせられるのだろう。終わりにしたい。

誰か、終わらせて、カレンダーを。


洗濯物を取り込んだついでに寝室に寄ると、早苗はドレッサーの前に座った。小物入れの中から鍵を引きずり出すと、引き出しの穴に差し入れる。鍵をひねると、引き出しは、あっけなく開いた。これじゃ、空き巣が入ったら、真っ先に盗まれるわね。

早苗は、預金通帳を引っ張り出した。夫には内緒のへそくりだ。はじめは生活費の足しにと思いはじめたが、どうしてもやっていけなくなったらこれを持って家を出ようと、解約もしないで今も貯め続けている。残高は、五百万円とちょっと。これだけで、どのぐらい暮らせるのかしら？　一年？　半年？……やっぱり、働かなくちゃ。でも、私になにができる？

引き出しのさらに奥には、青いクリアファイルがあった。そこには、離婚届を忍ばせてあった。いざとなったら、自分で夫の名前も書き、役所に提出しようと思っている。早苗にとっては切り札であり、心の拠《よ》り所でもある。これがあるから、今までなんとかやってきた。でも、この切り札を使ったあとは、どうすればいいの？　私にはたった五百万円しかない。これだけを保険に、この生活すべてを捨てていいものだろうか。だからといって、この生活を続けるのも、地獄。大きな絶望や苦痛はないけれど、小さな吐き気が喉の奥で生まれては消える毎日。この慢性的な疲労と睡眠不足。じりじりと拷問を受けているような毎日だ。

気がつくと、早苗はペンを握りしめていた。ペンの先には、離婚届の夫の署名欄。早苗は、そこに夫の名前を書いた。

電話が鳴っている。なんだって、今日はこんなに電話が多いのよ？　受話器をとると、姑のねちっこい声。明日、そっちに行っていい？　ええ、もちろんです。どうぞ。

嘘よ、嘘に決まっているでしょう。そんなことぐらい、察しなさいよ。

早苗は、姑が電話を切る前に、受話器を置いた。


「でも、来年から、あなた、運気が上がるわよ」

今日も紫苑様がやってきて、そんな無責任なことを言う。その隣では、姑が、うんうんと頷いている。

「今はちょっと停滞期に入っているから気分が沈むこともあるけれど、それも嘘のようになくなるわ」

私の鬱気分は今にはじまったことじゃないわよ。それに、この憂鬱は、あなたたちも関係があるのよ。どうして、こう、しょっちゅう、やってくるの？　少ないときで週に一度、多いときで一日おき。どうせ息抜きで来るんだろうけど、息抜き場所に選ばれたこっちの身にもなって。早苗は、姑が持ってきたロールケーキを切り分けながら、紫苑様のありがたいお言葉に適当に相槌を打つ。

今日は、いいことしか言わない。いつもなら、生霊だなんだって、脅迫めいたことを言うくせに。

「そうよ、そうよ。早苗さんはもともと、強運の持ち主なんだもの、この停滞期が過ぎれば、がらりと世界が変わるわよ」

姑まで、とってつけたようにそんなことを言う。

ああ、そうか。あの青いクリアファイルね。ドレッサーの引き出しにしまったはいいけれど、鍵をするのを忘れた。きっと、夫が、それを見つけたのだ。そして、離婚届に自分の名前が書かれているのを見て、夫は母親に相談したに違いない。息子から泣き言を言われた姑は、今度は嫁を持ち上げる作戦に出たのね。……どこまでマザコンなのかしら。そういうところも、大嫌い。

「早苗さんは強運の持ち主よ。だから、このままでいいのよ。今のままが一番」

姑が、何度も何度も繰り返す。「早苗さんほど、運のいい人はそうそういないわ」

強運の持ち主？　はっ、何を言っているんだか。私は、運のない女よ。

＊

「そんなこと、ないわよ。ジゼルさんは運が強いわよ」

幹事会の定例会、三次会のカラオケ店で、マルグリットにそんなことを言われた。最近手相をはじめたというマルグリットは、早苗の手をみるなり、「や、っ、ぱ、り、玉の輿の相が出ているわ」と声を上げた。

「玉の輿？」

「そう、はっきりと出ている」

「でも、〝やっぱり〟って？」エミリーが好奇心丸出しで質問すると、マルグリットはまるで自分のことのように答えた。

「ジゼルさんの旦那様のご実家は、資産家なのよ。地元の名士。そして、旦那様は都庁にお勤めのエリート公務員。息子さんはK大付属のK高校」

「まあ、K高校？　すごいですね！　だったら、大学はそのままK大に？　それとも、T大？」

子供のように質問を繰り出すエミリーに、ジゼルは軽く頭を振った。

「あの子は全然、駄目。今、不登校の真っ最中。卒業だってちゃんとできるかどうか」

「まあ……、せっかくのK高校なのに」

「K高校なんて、大したことないわよ」

気のせいか、空気が止まった気がした。マルグリットの窪んだ目がじっとこちらを見ている。

「あ、次は私、私をみてください！」エミリーが唐突に、自身の手をマルグリットのほうに差し出した。「正直に言ってくださいね、私、もうなにも怖くありませんから」

「あ、じゃ、ちょっとごめんなさい。またあとで」

早苗の手から、マルグリットの手が離れた。早苗はその隙に、お絞りで指を一本一本拭う。と、同時に、聞き覚えのあるイントロが流れてきた。じゅん&ネネの〝愛するってこわい〟。

ガブリエルの十八番だ。が、ガブリエルは歌わず、

「マルグリットさんの娘さん、K高校、落ちたんです」と、早苗に耳打ちした。

「え？　そうなんですか？……全然、知らなかった」

本当に知らなかった。そういえば、私、メンバーのプライベートなことはなにひとつ、知らない。みんなが、話したがらないからだ。でも、みんなは……特にマルグリットは、他の人のことをよく知っていた。そういうところも、苦手だ。その微笑の裏に、何かを隠しているような気がしてならない。

「じゃ、誰か、ネネ役をやって」

ガブリエルがようやくマイクを持つ。

手相に夢中だったマルグリットとエミリーが、リモコン操作されたおもちゃのように、同時に手を挙げる。短い譲り合いの結果、マルグリットがマイクを持った。エミリーが、仏頂

面で手拍子をはじめる。早苗も、遅ればせながら手拍子を打った。しかし、微妙に、リズムがズレる。早苗は、懸命に、リズムを追った。

どういうわけか、最近、なにかにつけて、居心地の悪い距離を感じる。以前は、あんなに息が合っていたのに、ふと気を抜くと、私一人、浮いているときがある。……もう、このサークルも潮時なんだろうか？　早苗は、そんなことを思いながら、手拍子を続けた。

＊

「私、妊娠したの」

妹にそんなことを言われて、早苗は、自身の下腹に手を添えた。

「そう、おめでとう。……でも、そしたら年子じゃない？」

「うん、そうなのよ。油断しちゃった。まさか、この歳になって、立て続けに妊娠だなんて」

「でも、年子はいろいろと大変なんじゃない？」

「そうね。でも、授かりものだし」

「産むのね」

「う……ん」

「仕事は？　引き続き、休職？」

「そうね。……それが問題なのよ。このご時世だもの、あまり休んでいると、追い出されそう。実際、そういう人、多いのよ。産休明けに、突然解雇って」

「でも、あなた、管理職なんだし」

「名ばかりよ」

「じゃ、産まないの？」

「……産むに決まっているじゃない」

「じゃ、それでいいじゃない」

妹からの電話は、早苗に得体の知れない焦燥感を芽生えさせた。

三つ年下の妹は、今年で、三十九。中堅電機メーカーの正社員で、キャリアウーマンとしてそれなりの地位を築き、三十五歳のとき部下だった五歳年下の男性と結婚、そして妊娠。

一方、自分は。家を出たい一心で、大学を卒業してすぐに、合コンで知り合った男と関係を持った。そして、同棲、妊娠、結婚。颯爽としたキャリアウーマンも甘い恋愛も、仕事と恋愛の狭間で悩む経験もすることなく、二十代は子育て、三十代は子供の教育に費やして、とうとう四十代を迎えてしまった。これが、私の人生なのだろうか？　息子と夫と姑の顔色を窺いながら暮らす日々。

「でも、姉さんは、人生、楽しんでるじゃない」

妹が、そんなことを言う。

「楽しんでなんかないわ。いつもいつも、悩みの種で両手が塞《ふさ》がっている状態よ」

「でも、お友達とお食事会したり、お芝居にいったり。……人生を謳歌しているって感じ」

「そのぐらいは、息抜きよ」

「でも、たいがいの人は、息抜きしたくても、お金がついていかないもんよ。その点、姉さんは……。そうそう、この夏には、旅行にも行ったじゃない。西伊豆のシャトーホテル。いいわよね、私もあそこ、行きたいのよ」

「たいしたことないわよ、あんなホテル」

あの日のことが思い出されて、早苗は眉の間に陰を集めた。あんなひどい旅行、そうそうない、あんな、ひどい旅行。……あ。なんだろう、今、なんともいえない不安が、過ぎった。

「どうしたの？　姉さん」

「もう、いいかしら？　これから、お稽古があるのよ。もう行かなくちゃ」

「お稽古？　また、なにかはじめたの？」

「夫の上司の奥様に誘われて、いやいやよ。だから、行かなくちゃ」

支度を整えて、玄関まで来たとき、早苗は激しい吐き気に襲われた。我慢ができず、その場で胃の中のすべてを吐き出す。

……やっぱり、そうなのかしら？

生理は、相変わらず来ていない。でも、こんなことは前からだ。ストレスのせいか、生理不順になってもう三年になる。

もし、そうなら、妹と同じ年に出産ってことになる。なんていう、偶然。息子が生まれて十七年。特に避妊していたわけでもないのに、妊娠なんかしなかった。なのに、よりによって、妹と同じ年に妊娠するなんて。しかも、私、もう四十過ぎよ？　こんな歳になって妊娠するなんて。これは、なにか意味があるのかしら？

「ええ、そうです。それは意味のあることなんです」

紫苑様に電話すると、彼女は神妙な口調でそう言った。「その子は、あなたにとって、福の神になるでしょう」

「福の神？」

「そうです。今までの憂いも、厄介ごとも、すべてを払拭してくれる福の神です。ですから、必ず、産みなさい」

「あの、このことは、お義母さんには黙っていてくださいね。私の口から報告したいんです」

「ええ、もちろんです。それにしても、あなたのほうから、連絡してくれるなんて、嬉しいわね」

本当に、なんで、電話する気になったんだろう？　妊娠を確信したとき、真っ先に頭に浮かんだのが、紫苑様の声だった。

——あなた、生霊が憑いているわよ。

それが、今までになく、ひどく生々しい調子だったので、早苗は居ても立ってもいられない気分になった。そして、衝動的に、姑が残していった紫苑様の電話番号を押したのだった。だからといって、妊娠のことまで告白してしまうなんて。まんまと、紫苑様の話術にひっかかってしまった。さすがに、占い師というだけあって、人のウイークポイントを引き出すのが、上手い。妊娠のことは、今日中に姑の耳に入るだろう。そうなれば、選択肢はひとつ。産むしかない。

「あの……」早苗は、ためらいがちに、言葉を濁した。「憂いも厄介ごともすべて払拭されるとなると、前に紫苑様がおっしゃってた、……生霊も解消されるんでしょうか？」

「生霊？……ああ、はいはい、そうね、そうね、あなた、生霊が憑いていたのよね、男性の生霊が」

「男性？」

「そう。見ず知らずの男性」

前は、女性って言っていたのに。それは私の知っている人だって。やっぱり、口からでまかせの人なんだ、紫苑様は。肩から力が抜ける。馬鹿馬鹿しい。おかしくて、たまらない。

「その男はあなたに一方的に恋している。あなた、美人なんだもの、気をつけないと。お姑さんも、それが心配で仕方ないのよ。あなたが、よその男性と……って。旦那様もそればかりを心配している。あなたは、もう少し、自分の身を守ることに注意を払わなくては駄目よ」

なにを言っているのかしら、このインチキ占い師。

電話を切ると、早苗は、一人、大笑いした。やっぱり、インチキなんだ、デタラメなんだ、紫苑様は。あんな人に心酔している姑は、とんだピエロだ。ああ、笑っちゃう、お腹が痛い。はははははははは。バカみたい。ははははははは、とんだ詐欺師だわ、はははははは……。

笑いが引くと、頭の中のもやもやがきれいに晴れていた。長雨のあとの快晴のように、心身とも、軽い。

産もう。

胸の中から、忘れかけていた温かい感情が込み上げてきて、それはまたたくまに早苗の全身を包み込んだ。陽だまりのようなこの感覚。

　母性だ。

　早苗は、病院に行くことを思いついた。


「妊娠、八週目ですね」

医者の言葉に、早苗は頭の中で指を折った。

違う。あの日じゃない。夫が酔っ払って帰ってきたのは、三ヵ月前の六月。

「本当に、八週目ですか？」

「ええ、そうですよ」

二ヵ月前に、受精したということ？

二ヵ月前。

早苗の顔が一瞬強張り、しかし、それは笑みに変わった。

病院を出ると、早苗は早速、マルグリットに連絡を入れた。来週は定例会の日だ。十月のお茶会を控えた、大切な定例会だ。

「ごめんなさい、次の定例会、出られないわ」

「そうなの？」

「たぶん、当分、出られない。……お茶会も」

「どうしたの？」

「妊娠したのよ」

「やっぱり？」

「そう」

「旦那さんの子？」

「え？」早苗の頬から急激に笑みが消える。

「ううん、ごめんなさい。だって、いつか、旦那さんとはもう全然、そういうのないって、話していたから」

「ああ、そうね。そんなこと、話したわね。でも、夫が酔って帰ってきたことがあって」

「あ、そういうことなのね。そういうこと、よくあるわよね」

「うん、だから、避妊もしてなくて」

「そう。……あなた、今年、何歳だったかしら？」

「え？　……四十一よ」

「確か、誕生日近いわよね？　来月だったかしら？　じゃ、来月で四十二？」

「ええ。でも、まだ四十一だけど」

「そう。どのみち、高齢出産ね」

「ええ、そうね、高齢出産ね。でも、今どき、珍しくもないでしょう？」

「それもそうだけど。……でも、いろいろとリスクあるみたいよ、歳いってからの子供は。ご近所に、やっぱり四十を過ぎて妊娠した人がいたんだけど、ひどい妊娠中毒症になって。……挙句には流産したのよ」

「……そう」

「とにかく、そういうことなら、体は大切にしなくちゃね。歳も歳なんだし。あ、定例会のほうは心配しないで。私たちだけで、ちゃんと運営するから」

「……ありがとう」なによ、歳、歳って。私は、まだ、四十一よ。来月で四十二になるけど、今はまだ四十一よ！

「……ね、本当に旦那さんの子供よね？」

しかし、早苗はその返事をせず、電話を切った。

＊

「なんか、とうとう、三人になっちゃいましたね」エミリーが、つぶやく。

十二月に入っていた。

池袋サンシャインシティ近くのカラオケボックス。エミリーが、好物のナポリタンをフォークに絡めながら、言った。「ジゼルさん、妊娠したんですよね。もう、戻ってこないんじゃないかしら」

「大丈夫よ」マルグリットは、たこ焼きを頬張りながら言った。「あの人は、なんだかんだいって、ジャンヌに一番執着しているんだから。ファンをやめるなんてこと、考えられないわ。だって、なにしろ、高校時代から、ファンクラブの会員なんだもの」

「高校時代から？　そうなんですか。みなさん、ファンクラブ歴、長いんですね。マルグリットさんも、確か」

「ええ、私は中学生のときから」

「すごいですね！　羨ましい。私なんて、九州だったから、ファンクラブの存在すら知らなかった」

「まあ、そうね。古い会員は、ほとんど、東京近郊に住んでいた人たちね」

「そういうところにも、地域格差を感じるわ。でも、中学校の頃からというと――」

「秋月美有里先生が顧問をしてくださっていた頃からの会員よ」

「ということは、先生にお会いしたこと、あるんですか？」エミリーの眼鏡の縁が、好奇心たっぷりに光る。

「ええ。一度だけ、お茶会に出席されたことがあるわ」

「どんな人なんですか？」

「とても奇麗な人。背もすらりと高くて」

「うわー、私もそのお茶会、参加してみたかったわ」

「……そうね」

マルグリットは、言葉を濁した。幼い日の青い情熱が蘇る。でも、仕方なかったんだ。あのときは、まだみんな若かった。幼すぎた。それに、それだけ、みんな、ジャンヌを愛していた。

「ミレーユさんも、古い人なんですよね？」エミリーが、口の端についたケチャップをぺろりと舐めながら言った。

「え？」

「マルグリットさんより、古いんですよね、ファン活動」

「ええ、そうね。私が入会したとき、もういたわね、あの人。確か、高校生だった。すぐに中退しちゃったみたいだけど」

「昨日のニュース、見ました？」

「え？」

「小田原山中で、身元不明の女性の死体がみつかったって。死体の状態から、死後、五ヵ月ぐらい経っているんじゃないかって」

「五ヵ月？」

「……もしかして、ミレーユさんかも」

「え？」

「でも、さすがに、幹事が三人というのは、問題ですね」ガブリエルがミックスナッツを摘みながら、話を遮った。「この秋のお茶会だって、そのことが問題になりましたし。そろそろ、新しい人を入れたほうが」

「ええ。そうね。……どなたか、適当な人、います？」マルグリットは、一度口に運んだたこ焼きを、受け皿に戻した。

「前にも言ったけど、ニーナさんはどうでしょうか？」ガブリエルが意見すると、

「ええ、そうね」と、マルグリットは、手帳をめくりだした。「でも、あの人、娘さんが受験じゃなかったかしら。いろいろと忙しいんじゃないかしら」

「それは大丈夫だって言ってましたよ。定例会にも必ず出席するって」

「そう。そこまで言うなら。……責任感もあるみたいだし。ファンクラブ歴はそんなに長く

ないけれど――」

「ニーナさんも、出戻り組ですか？　私みたく、ネットでファンクラブの存在を知って……」エミリーの問いに、マルグリットは、手帳をさらにめくった。

「ええ、そう。確か、あの人が入会したのは、……そうそう、六年前。でも、リアルタイムでジャンヌを読んでいたというから、ファン歴は長いみたいよ。連載当時は、出版社主催のファンクラブにも入っていたというし」そして、手帳になにかを書き込むと、ひとりごとのように言った。「……そうね。ニーナさんね。……私も彼女で異論はないんだけど、でも、ジゼルさんが」

「確か、ニーナさんとネットで何度かやりあっているんですよね？　でも、ジゼルさん、当分、欠席でしょう？　それに、戻ってくるかどうかも分からないんだもの、もう、いいんじゃないのかしら？」エミリーが、ナポリタンをするすると吸い込みながら、言った。ガブリエルも、頷いている。

「ええ、そうね。じゃ、ニーナさんに打診してみるわ。帰ったら、早速、連絡してみる」マルグリットは、手帳にペンを走らせた。その手帳は辞書のようにぶ厚く、そこには、ファンクラブに関するありとあらゆる情報が書き込まれている。

「マルグリットさんって、すごいですね」

「え？」エミリーに突然そんなことを言われて、マルグリットのペンが止まる。

「だって、ファンクラブの運営をすべてこなしているのは、実質、マルグリットさんじゃないですか。定例会の段取りも、お茶会の企画も、サークル誌の手配も、お金の管理も、会員への連絡も、各方面の折衝も、全部、マルグリットさんがやっている。もう少し、私たちに振ってもいいんですよ？　ね、ガブリエル様」

言いながら、エミリーは隣のガブリエルにしなだれかかった。手にしたフォークには、スパゲティが二本、だらしなくだらりと垂れさがっている。その腕には、真新しい時計。……この人、会うたびになにか新しいものを身につけている。化粧も服も派手になって。それだけ、保険金が入ったってこと？　……うちも、夫が死んだら、三千万円、入るわ。でも、三千万円で何ができるというの。ろくなマンションも買えない。

「本当に、なんでも手伝いますから、私たち」

「ううん。いいの」マルグリットは、白髪交じりの頭を軽く振った。「これは、好きでやっていることだから。私、こういうことって好きなのよ。逆に、仕事を取られたら、私、生活の支えを失ってしまうわ。私にとって、この活動だけが、生き甲斐だから」

そしてマルグリットは、手帳を閉じると薄く笑った。

＊

つわりがひどく、妊娠五ヵ月目に入っても、思ったように体が動かない。早苗は、マルグリットの言葉を思い出していた。

「でも、いろいろとリスクあるみたいよ、歳いってからの子供は。……ひどい妊娠中毒症になって。……挙句には流産したのよ」

ううん、大丈夫よ。早苗は、大きく頭を振った。

体調は最悪だったが、悪い事態にはなっていない。むしろ、状況は良い方向に進んでいる。十七年振りの妊娠は、早苗の生活と環境を根こそぎ変えていた。閉ざされていた部屋の窓を開け放したように、新しい風が濁った空気を浄化していく。

夫は「恥かきっ子だな」と言いながらも嬉しさを隠しきれない様子だったし、姑の干渉は相変わらずだったが、家事や買い物を代わりにしてくれるので、とても助かっている。一番の変化は、息子だった。引きこもっていた部屋から出てくると、学校に復学することを宣言した。行きたい大学もあるという。どうやら、目標が見つかったようだ。

紫苑様の言っていたように、お腹の子は、本当に福の神なのかもしれない。先日の検診で、女の子だと言われた。女の子。ああ、女の子なのね。きっと、きれいな子が生まれる。……ああ、楽しみだわ、どんな服を着せてあげようかしら。初節句にはローズピンクのドレスを着せてあげよう。七五三のときには誰にも負けない豪華な着物を買ってあげて。そして、ピアノとバレエも習わせて。

「それでね、ゲストルームを改造して、ベビールームにしたの。今日、ベビーベッドが届くのよ」

マルグリットからの電話に、早苗は声を弾ませた。定例会はずっと休んでいるが、こうやって時々、マルグリットから電話がかかってくる。

「元気そうで、なによりだわ。体調が悪いって聞いていたから、心配していたのよ」

「ええ、でも、一日中寝たっきりってわけじゃないの」

「それは、よかった。……ところでね」

「なに？」

「ニュース見た？」

「え？　なんのニュース？」

「小田原山中で見つかった死体ね、どうも、ミレーユさんみたいなの」

「え？」

「どうも、殺されて埋められたみたい」

「……そ、そうなの？」

「これで、何人目かしら。やっぱり、ジャンヌの呪いってあるのかしら？」

「ジャンヌの呪い？」

「ネットで、そういうことを言う人がいるのよ。ジャンヌのファンは呪われているって」

「まさか」

「だから、あなたも気をつけてね。大事なときなんだから」

「え……ええ」

「それでね、本題なんだけど」

「え？」

「幹事スタッフのことなのよ。あなたも欠席しがちだし、ここで正式にスタッフをひとり、補充しましょって話がでているの」

「ああ、そうなの」

「ニーナさんに決まりそうなんだけど」

　ニーナという名前を聞いて一瞬、不快感が過ぎったが、今となっては、それほど積極的に反対する気分でもない。

まだ、口には出していないが、このファンクラブは、ゆくゆくは脱会しようと思っている。子供が生まれたら、ファンクラブどころではなくなる。実際、ファンクラブに対する情熱も〝青い瞳のジャンヌ〟に対する拘《こだわ》りも、嘘のようになくなっていた。所詮、あの情熱も拘りも思春期の浮かれ熱のようなもので、家庭や家族や人間関係から逃げるための方便に過ぎなかったのだ。ネットという新しいツールを手に入れたことも、逃避にますます拍車をかけてしまった。

今思えば、私があんなものに現《うつつ》を抜かしていたものだから、現実世界のいろんなものに歪みと亀裂が入ってしまったのだ。息子が部屋に閉じこもるようになったのも、サークル活動に精を出した頃だ。自分の快楽に忙しく、あの子の苦悩のサインになにひとつ気づいてやれなかった。……家庭はまさに崩壊寸前だったのに、私はそれをすべて他のせいにして、自分だけをかわいそうな人間に仕立てて、逃避を続けた。極度の視野狭窄に陥っていたのだ。

でも、今は違う。妊娠を機に広角レンズの視野を取り戻した。そうなると、いろんな歪みが見えてくる。例えば、この電話だ。慣例で〝マルグリットさん〟と相手のことを呼んでみるが、それがなんとも照れくさくて馬鹿馬鹿しくて仕方ない。さらに〝ジゼルさん〟なんて呼ばれると、背中からお尻にかけてむずむずしてくる。

「ニーナさんでいいんじゃないかしら」早苗は、早口で言った。

「ほんと？　ニーナさんでいい？　でも、あなたたち――」

　ほんと、些細なことでよく言い争ったわ。今思えば、本当に馬鹿馬鹿しい諍い。小学生の喧嘩だわ。どうかしていた、私。

「ええ、異論はありません」

「そう、なら、よかった。ジゼルさんとニーナさんが仲良くやってくれれば、私も胃を痛めなくて済むわ」

　でも、それは、ちょっと無理な気がする。あの人とは、絶対、無理。だから、私が辞めなくちゃ。……そうよ、いい口実ができた。ニーナさんを口実にすれば、誰も、私の心変わりを責める者はいない。悪く言う者はいない。……まあ、マルグリットさんの胃は痛むかもしれないけど。

「ところでね。話は変わるんだけど、エミリーさんがね」マルグリットの声が、尖る。

「エミリーさんが、どうしたの？」

「エミリーさん、旦那さんを亡くしてから、妙に大胆で。なんだか、はしゃぎすぎ。見ていて、なにか困惑してしまうわ」

　確かに、エミリーは、あの事件を境にどこか変わった。なにをするんでも控え目だったのに、事件後は誰よりも積極的で発言も多い。そして、妙に明るい。

「昨日だって、高そうな時計をしていたわ」

「そういえば、前はシャネルのバッグを新調していたわね。今度、バーキンが欲しいなんても言ってたし。よほど、保険金、入ったのね」

「あの人、やっぱり……」

マルグリットは、はっきりとは言わないが、エミリーがシルビアを殺害したのではないかと思っているようだった。

「保険金が入って、気が大きくなっているだけよ」

「そうかしら？　だったら、誰がシルビアさんを？」

「だから、エミリーさんの旦那さんでしょ」

「それを鵜呑みにするの？　そういえば、シルビアさんの息子さん、どうしているのかしら」

「九州の親戚に引き取られたって聞いたけど」

「あの息子さんも、気の毒よね。あんな親を持って。でも、今では、きっと、せいせいしているんじゃないかしら。幸せになってほしいものね」

「……ええ、そうね」

「それにしても、問題なのは、エミリーさんよ。昨日だって、ガブリエルさんにべったりで。見ているほうが、恥ずかしかった」

「ガブリエルさんに？　……でも、エミリーさんがいくら自分をアピールしても、所詮は新参者よ」

「そうよね、新参者よね」

「そう。今となっては、あなたが最古参なんだから、もっと、自信を持って」

「そうよね。そして、あなたも」

「え？」

「私たち、仲間よね？」

マルグリットの話は続いた。仲間。嫌な感情が一気に溢れ出した。……仲間。〝青い瞳のジャンヌ〟のテーマだ。そして〝青い六人会〟の合言葉だ。忘れていたわけではない。でも、これから先も、この言葉に縛り付けられるのは、いや。絶対、いや。いつまでもみんなと一緒だなんて、……いや。

「ええ、仲間よ」

しかし、早苗は答えた。そして、電話を切った。今日はベビーベッドが届く日だ。電話なんか、している暇はない。

ベビーベッドはまだ届かない。苛々しながらソファーに横たわっていると、電話が鳴った。

業者からの連絡かと、早苗は急いで子機を手繰り寄せた。

「早苗？」

母親からだった。

「なんだ、お母さん。……なに？」つい、つっけんどんになる。

「理恵《りえ》のことは知っている？」

妹の名前を出されて、そういえば、最近連絡がないことを思い出した。あの子も、そろそろ五ヵ月目だ。

「理恵がどうしたの？」

「やっぱり、知らないの？」

「だから、なに？」

「まったく、あんたたちは。大事なことは話さないんだから」

「だから、なに？」

「流産、したのよ、あの子」

「え？」

「先月のことよ」

「……そうだったの？　全然、知らなかった」

は言った。

「落ち着いたら、見舞いに行ってやりなさい。あなたたち、近いんだから」

近くなんてない。ここからだと、優に一時間半かかる。それに、私だって体調が悪くて、近所に買い物に行くのだって難儀している。しかし、そんな本音はすべて飲み込んで、早苗は言った。

「うん、分かった。落ち着いたら、様子を見に行くわ」

でも、どうして、流産なんて。

なにかあったのだろうか？　子機を充電器に戻そうと手を伸ばした途端、ぐらりと目の前が真っ暗になった。いつもの、目眩《めまい》だ。妊娠してからずっと、こんな感じで目眩に襲われる。

精神科の医者に処方された薬を引っ張り出すと、早苗はそれを口に押し込んだ。そんな強い薬ではない。胎児にも影響がないと聞いた。これだけは、やめられない。早苗は、ソファーに深く沈みこんだ。

ジャンヌの呪い。マルグリットの言葉が、耳の奥に蘇る。……だから、あなたも気をつけてね。大事なときなんだから。

鬱蒼とした山の中、ミレーユの腐った顔が浮かんできて、早苗の体は、大きく跳ねた。

動悸が速い。

早苗は薄目を開けながら、深呼吸を繰り返した。

そうだ。ベビーベッド。まだかしら？

気配がする。誰？

なに？　あなたたち、誰？

「ベビーベッドをお届けにまいりました」

どっから入ってきたの？　ね、何しているの？　勝手に人の家に上がらないでよ！　ちょっと、ね、ちょっと！

「ベビーベッドは、どこに置きましょうか？」

もういいわ、その辺に置いておいて、そして、さっさと帰って頂戴。

「ここでよろしいでしょうか？」

ちょっと、待って。そのベビーベッド、私が買ったものじゃないわ、こんな古臭いベビーベッド、私が買うわけないいじゃない。だいいち、色が全然違う。私が買ったのは、ローズピンクよ。だって、女の子なんだもの。そんな暗い色のベビーベッド、買うわけないじゃない。

「いいえ、ちゃんと、ローズピンクですよ。ほら、よくご覧ください」

何言っているの、それはローズピンクなんかじゃない。

「いいえ、ちゃんとご覧ください、ほら、ほら」

あ、本当だ、きれいなローズピンク。なんて、きれいな色。なんて……、え？　なに、これ？　……なによ、これ！　血？　血だわ！　なんで、こんなところに血が？　なんで、こんなに血が？

「奥さん、それはあなたの血ですよ、奥さん、あなた、血だらけですよ。……まさか、流産ですか？」

え？　嘘、まさか。

「ああ、やっぱり、流れちゃったんですね。自業自得ですよ。天罰ですよ」

天罰ってなによ？

「ご自分が一番、よく知っているくせに。そんなことより、ほら、血だらけですよ、血が止まりませんよ」

本当だ、血がこんなに。いや、いや、いや。

赤ちゃん、私の赤ちゃん！

自分の声に驚いて、早苗は飛び起きた。手から、薬が零《こぼ》れ落ちる。

「赤ちゃん！」

慌てて、下半身を確認してみる。異常はない。

よかった。夢だったんだ。

嫌な夢を見た。……本当に、嫌な夢を見た。

やっぱり、私がやろうとしているのは、道徳に反することなのかしら？　だから、あんな夢を見るのかしら。道徳に反する？　早苗は、自嘲した。なによ、今更。道徳なんて。

でも。

早苗は、ドレッサーの引き出しから、青いクリアファイルを引っ張り出した。離婚届が入っている。あるいは、このまま離婚して、あの人の胸に飛び込んだほうがいいんじゃないかしら？　それが、正しい道なんじゃないかしら？　やっぱり、正しい道を選ぶべきじゃないかしら？

あの人に、会わなくちゃ。あの人に。

早苗は、携帯電話を握り締めると、その名前を表示させた。

しかし、電話はつながらなかった。

お仕事かしら？　忙しいのかしら？

今、何時？　あ、まだお昼ちょっと過ぎなのね。……ベビーベッド、まだかしら。

携帯が鳴っている。あの人からかしら。しかし、表示されているのは、マルグリットの名前。また？　さっき、話したばかりじゃない。

「ね、ジゼルさん」

「なに？　今、出かけるところなのよ」そんなつもりはなかったが、早く話を切り上げたくて、そんな嘘が飛び出す。

「ベビーベッド、待っていたんじゃないの？」

「ええ、でも、急用ができたのよ、八王子の妹のところに行くの、あの子、流産したのよ」

それは、事実だった。口にしたとたん、本当に妹を見舞ってやらないといけない気分になった。

「まあ、お気の毒に」

「だから、様子を見に行ってやらないと」

「そんなときに、ごめんなさい。ね、一つだけ、教えてくれない？」

「なに？　本当に急いでいるのよ」

「ね、ね、そのお腹の赤ちゃん、……本当に旦那様の子なの？」

＊

「元気そうね」

早苗が言うと、妹の理恵はあからさまな不機嫌顔で返した。

「私のことはいいわよ。それより、姉さんよ」

突然の姉の訪問に、理恵は少なからず困惑しているようだ。お茶も出さずに、ただ、ひたすら、質問を繰り返す。

「連絡もよこさずに、いきなり来るなんて」

「お母さんから電話があって、あなたのこと聞いたから」

「でも、姉さんだって、大事なときなのに」

「あなたのことが、心配だったのよ」

「姉さん、妊娠中毒症なんでしょう？　今だって、顔色、よくないわよ？」

「私は大丈夫よ。今日は、だいぶ、具合がいいのよ」

「でも、……こんな時間に」

理恵は、時計を見た。夕方の五時を五分過ぎている。こんな中途半端な時間に……といわんばかりの妹に、早苗は応えた。

「ベビーベッドが、来なかったのよ」

「え？」

「今日、来るはずだったの。でも、連絡があって、入荷が遅れているんだって。年末だから、いろいろと遅れているらしいのよ。だから、当分は来ないのよ」

「そうなの」

「で、理恵ちゃんは、もう、体調、いいの？」

「うん、おかげさまで」

「でも、どうして？　なにが原因なの？」

「う……ん？　……会社に行ったのよ」

「会社に？　どうして？」

「体調もよかったし、娘の保育園も決まったし」

「でも、休職してたんじゃないの？」

「ちょっと様子を見に行ったのよ」

「どうして？」

「だって、仕方ないじゃない。うちは、所詮は小さな会社よ。産休を理由に解雇されたら、たまったもんじゃないわ。だから、時々は、顔出さないと」

「だからって、そのせいで」

「会社は関係ないわ。具合が悪くなったのは、電車の中」

「ラッシュに巻き込まれたの？」

「ラッシュは避けたつもりだったんだけど」

「バカね、本当に、バカ。ラッシュを避けたって、ここから都心までは二時間はかかるのよ。それだけで、体には負担よ」

「そうね。ここは、田舎だもの」

精一杯、同情の気持ちを表わしたつもりだが、理恵にはうまく伝わらなかったようだ。理恵はまくし立てた。

「姉さんのところみたく、丼の頭線に十五分乗っていれば渋谷、なんてわけにはいかないわね。ほんと、いやんなっちゃう、こんな田舎で」

そして理恵はきゅっと唇を閉ざすと、ようやく薬缶《やかん》を火にかけた。

沈黙は続いた。カラスの鳴き声が煩い。

「ね、姉さん」ティーカップを用意しながら、理恵がつぶやくように言った。

「なに？」

「姉さん、〝青い伝説〟っていうサイト、知ってる？」

「え？」瞼がびくんと痙攣する。「……なに、それ？」

「青い瞳のジャンヌの、ファンサイトだって」

「そ、そう。……でも、なんで？」

「いつか話した、オークションに出品されていた少女ジュリエット」

「あ、ああ。ジャンヌの最終回が載っていたってやつ？」

「そう。その少女ジュリエットね、ミーちゃんの少女ジュリエットだったのよ」

「ミーちゃん？」

「そう、ミーちゃん。覚えている？」

もちろん、覚えている。毎週、『少女ジュリエット』を運んできたあの太っちょ。『少女ジュリエット』を餌に、私たち姉妹を振り回したあの太っちょ。

「でも、なんで、ミーちゃんのジュリエットだって分かったの？」

「オークションに出品されていた少女ジュリエットの画像を見ていたらね、気がついたの。表紙に、名前が書いてあることを」

「名前？」

「ほら、ミーちゃん、何でもかんでも、自分のものに名前を書いていたじゃない」

「ええ、そうだったわね」

「そのジュリエットにも、〝ミーちゃん〟って、マジックで書いてあった」

「でも、本当にミーちゃん本人？」

「私もそれを確認したくて、出品者に質問メールを出してみたのよ。そしたら、ミーちゃん本人だった。懐かしくて、電話番号を教えたら、すぐに電話がかかってきて」

「彼女、今、どうしているの？」

「主婦だって。小平のほうに住んでいるみたい。でね、ミーちゃんが、おもしろいサイトがあるよって、〝青い伝説〟を教えてくれたのよ」

「そ、……そうなの？　彼女も、会員なの？」

「そうみたい。もう長いみたいよ。……そうか、姉さん、知らなかったのか。絶対知っていると思ったのに。もしかしたら、会員かも？　とも思ったのに」

「まさか、こんないい歳して、そんなものに入るわけないじゃない」

「だって、姉さん、ジャンヌ、あんなに大好きだったじゃない」

「それほどでもないわよ。他にも好きな漫画なら、たくさんあったわよ」

「まあ、どうでもいいけど。でも、ミーちゃんは、姉さんのこと、知っている風だったから」

——あなた、生霊が憑いているわよ。

紫苑様の言葉が突然蘇って、瞼を押しつぶす。目の前が真っ暗になって、早苗は、椅子から転げ落ちた。

「やだ、姉さん！　大丈夫？」

「うん、大丈夫」椅子に座りなおした途端、聞き覚えのある着信音が鳴った。早苗は、バッグから携帯を引っ張り出した。

あ、……さん？　早苗は、慌てて、携帯を耳に当てた。

理恵が、怪訝そうな眼差しで、じっとこちらを見ている。

携帯を切ると、早苗は言った。

「……私、帰らなくちゃ」

「でも、顔色、真っ青よ」

「帰らなくちゃ」

「本当に、大丈夫？　……駅まで、車で送っていこうか？」

「大丈夫よ。だって、子供がいるでしょう？」

「でも」

「大丈夫よ、本当に大丈夫」

「ラッシュは、大丈夫かしら？」

「だって、乗るのは上り電車だもの。この時間なら、きっとガラガラよ」

しかし、電車は混《こ》んでいた。身動きができない。無数の息がとぐろを巻き、温度も信じられないぐらい上がっている。立っていられない。お願い、誰か、席を譲って、お願い、お腹を押さないで、お願い、私、妊娠しているのよ！

「あら、早苗ちゃんじゃないの？」

誰？

「私よ、〝ミーちゃん〟よ」

ミーちゃん！

「最近、どうしたの？　掲示板に書き込みがないから、心配してたのよ」

掲示板？

「青い伝説の掲示板よ。私も書き込んでいたんだけど、気がついた？」

あなた、誰？　誰なの？　目を凝らすも、その顔がはっきり見えない。

「だから、私よ。〝ミーちゃん〟よ。今は、ニーナというハンドルネームで参加しているけれど」

ニーナ？　あなた、ニーナだったの？

「今度、幹事会に参加することになったわ、よろしくね。一緒に、会を守り立てていきましょうね」

いやだ、いやだわ、こっちに来ないで。

「そんなに、嫌がらないで。私は、あなたに、会いたかったのよ。どうしても、渡したいものがあって」

暗闇からにょきっと生えたように、『少女ジュリエット』が早苗の目の前に差し出された。

「ほら、これ。少女ジュリエット。最終回が載っているやつよ」

ああ、これが、あの、『少女ジュリエット』。読みたかった、ずっと、読みたかった。

でも、どうして？　どうして突然、ミーちゃんは来なくなったの？　あんなに可愛がってあげたのに、あんなに遊んであげたのに。

「家の事情で、突然引っ越しが決まっちゃって。……知らなかった？　父の会社が倒産して、夜逃げ同然で引っ越ししなくちゃいけなかったのよ」

母と父がそんなヒソヒソ話をしていたのを聞いたことがある。でも、そんなこと、どうだっていい。私が待っていたのは、『少女ジュリエット』、〝青い瞳のジャンヌ〟だけだったのよ！

「そうよね、あなたの目的は、それだったのよね。私を可愛がってくれたのも、遊んでくれたのも、全部、ジュリエットを読むためだったのよね。ジュリエットを読み終わったあなたは、とたんに冷たくなったわ。それがとても悲しかった。でも、私はあなたのことが好きだったから、あなたに遊んでほしかったから、毎週、律儀にジュリエットを買って、あなたが住んでいた街に行っていたのよ」

なのに、最終回が載ったジュリエットだけは、あなた、持ってきてくれなかった。どうして？

「嘘よ。私、ちゃんと持っていった。でも、あなたはまだ学校から帰ってなくて、だから、理恵ちゃんに、渡したわ。そして、翌日、お姉ちゃんも読んだからって、返してもらったのよ」

やっぱり、やっぱり、そういうことだったのね、理恵は読んでいたのね、そういうことだったのね！

「なら、なおさら、このジュリエット、あなたが持っていて。私が持っているより、あなたが持っているほうがいいと思うの」

いいの？　本当にいいの？

「うん、あなたにもらってほしいの」

いいの？　私がもらっていいの？

「うん。だから、はやく、読んでみて。ジャンヌの最終回。単行本には掲載されなかった、幻の最終回」

読みたかったの、ずっと読みたかったのよ、これが読みたくて、読みたくて、私……。

痛い、痛い、痛い、だから、お腹を押すのはやめて、やめて！　本当にお願い、お腹だけは、お腹だけは……。

「早苗ちゃん！　大変、赤ちゃんが、赤ちゃんが！」

股からぬるりと何かが滑り落ちた。

ああ、どうしよう、こんなところで赤ちゃんが、こんな人ごみで赤ちゃんが、こんな汚い床に赤ちゃんが！　早く、へその緒を切らなくちゃ、赤ちゃんを抱いてやらなくちゃ、だから、どいて、その足をどけて、いや、やめて、ここに赤ちゃんがいるの、踏まないで、それは赤ちゃんよ、私の赤ちゃんよ、みんな、お願い、踏まないで、踏まないで、赤ちゃんが、赤ちゃんが！


がくっと首が落ちた気がして、早苗は、額に手を添えた。影が過《よ》ぎる。長い髪。誰？

「次は、吉祥寺です」

そんなアナウンスが、聞こえたような気がした。車窓の外を見ると、見慣れた景色が近づいている。

……また、嫌な夢を見た。

降りなくちゃ。腰を浮かせたところで、なんともいえない違和感を覚える。スカートが、重い。……ぬらぬらと、濡れている。前に立つ女子高生の顔が、不思議そうに歪む。彼女のピンク色のリップクリームが、かすかに動く。その動きはしだいに大きくなり、ついには悲鳴になった。

なに？　どうしたの？　ね、どうしたの？

「ジゼルさん」

え？

「ジゼルさん、大丈夫？　立てる？　ジゼルさん」

誰？　あなたは誰？　……シルビアさん？　なんで、あなたが？　だって、あなたは、あなたは……。

「そうよ、死んだのよ、殺されたのよ。あの女に殺されたの。あの女は怖い女よ。あなたも、このままじゃ、殺されるわよ。だから、早く、立って。そして、逃げるのよ」

誰から、逃げるの？　誰に殺されるの？

「生霊よ。あなた、生霊が憑いているわよ」

紫苑様！　誰なの？　誰なんですか？　生霊って、誰なんですか！

「これは、ジャンヌの呪いよ」

呪いなの？　やっぱり、呪いなの？

「いいから、早く、逃げるのよ！」

ミレーユさん？　ミレーユさんじゃない。いったい今までどこに行っていたの？　ね、みんな、心配していたのよ、ミレーユさん！

「いいから、早く逃げないと！　あの女に殺されるよ、あの女に！」

シルビアさん、ミレーユさん、待って、待って、駄目よ、立てない、だって、ものすごく痛いの、お腹が痛いのよ！　なに？　私、どうしちゃったの？　ね、どうしちゃったの？

なんの匂い？　消毒液？　ここは、どこ？　白いカーテン、白い壁。……病院？　なんで？　私、まだ夢を見ているの？　そうね、夢を見ているのね。眠いわ、たまらなく、眠い。ねえ、まだ寝ていていいかしら？　もう少しだけ、あと、五分、眠らせて。だって、こんなに深い眠りは久し振り。とても気持ちがいい。だから、もう少し、眠らせて。


カタカタカタカタカタ。

なんの音？　ものすごく聞き覚えがある。

カタカタカタカタカタ。

ああ、そうか。キーボードを打つ音。

靄《もや》がかかった視界の中、誰かの背中が見える。……理恵？

「あ、姉さん」

理恵の顔が、靄の中、振り向いた。

「大丈夫？」

「……私、どうしたんだっけ？」

「あのまま、眠るように気を失って」

え？　じゃ、私、まだ理恵の家にいるの？　体を起こすと、ソファーの上だった。ブランケットがずり落ちる。

「あ……あ、そうか、私、あのまま」

「そうよ。もう、びっくりしちゃった。でも、うちにいる間に倒れてよかったわ。電車の中とかだったら、大変だったわよ」言いながら、理恵は再びパソコンに向かった。カタカタカタカタカタ。さすがに、キータッチが速い。

「仕事？」

「う……ん。ちょっとね。ところで、今日は、泊まっていくでしょう？」

「ううん、悪いわ」

「でも、もう、遅いわよ？」

「何時？」

「もう、十時」

「……旦那さんは？」部屋が、妙に静かだ。二人以外に、人の気配がない。……そういえば、子供の声もしない。一歳半の煩い盛りだというのに。

「言ってなかった？　子供も旦那も、あちらの実家に戻っているの」

「そうだったの。……なにかあったの？」

「ううん、特には。あちらのお義母さんが寂しがっているから、しばらくはあっちにいるみたい。それに、あっちのほうが、旦那の職場に近いし」

「ああ、そうね、あちらの実家は千葉だものね。確かに、あちらのほうが近いわ。確か、職場は幕張よね？」

「ほんと、バカみたい。ここにマンションを買ったとたん、幕張に異動になっちゃって。ここからじゃ、まるでちょっとした旅行よ。片道、三時間もかかる」

「それで、あなたは？　なんで、あちらの実家に行かなかったの？」

「私？　……ほら、私はあちらのお義母さんにあまりよく思われてないじゃない。年上の嫁なんかもらうもんじゃないっていうのが、口癖の人だもの」

「そう。あなたも、大変ね」

「だから、泊まっていってよ。私、一人だし」

「じゃ、そうするわ。……電話しとかなくちゃ」

「義兄さん？　さっき、電話があったから、今日は泊まっていくって、言っておいた」

「電話、あったの？」

「姉さんの携帯にかけても出ないから、うちにかけてきたのよ。ものすごく心配していた。いいわね、姉さんところは、愛されていて」

「愛？　……そんなロマンチックなものじゃないわよ」

「ううん、愛よ。明日、仕事を休んで、うちまで迎えにくるって」

「そんな、わざわざ、休まなくても」

「それと、ベビーベッド、届いたって」

「そう」

――あなた、生霊が憑いているわよ。

また、そんな声が聞こえてきて、早苗は、咄嗟に耳を塞いだ。

「どうしたの？　姉さん」

「ね、ミーちゃんのことなんだけど」

「ミーちゃんがどうしたの？」

「私のこと、知っているって、さっき言ってたじゃない」

「うん。姉さんが妊娠したこととか、知ってたよ。だから、てっきり――」

「私が妊娠していること、知ってるの？」

「それだけじゃなくて、いろいろと知っていたから、びっくりしちゃった。家のこととか、義兄さんのこととか……」

――あなた、生霊が憑いているわよ。

「姉さん？　どうしたの？　顔が真っ青。和室に蒲団敷いといたから、そっちに移る？　大丈夫？　立てる？」

うん、大丈夫、大丈夫。和室は、隣よね。一人で行けるわ。あなたは、仕事してなさい。

……ところで、なんの仕事しているの？

え？　なに？　この画面。あなた、何を開いているの？　これって、〝青い伝説〟の掲示板？

のぞき込もうとしたとき、ディスプレイは理恵の体で覆われた。

「じゃ、姉さん、お休みなさい。何かあったら、言ってね」

「うん、ありがとう。……お休みなさい」

＊

違う。これは、私が頼んだベビーベッドじゃない！

家に戻るなり、早苗は叫んだ。夫がおろおろと、宥める。

「だって、仕方ないじゃないか。君が頼んだのは品切れで、入荷されるまで半年かかるっていうんだ。それじゃ、間に合わないじゃないか」

「だからって、こんな古臭い、こんな暗い色だなんて」

「でも、同じブランドだよ？」

「それでも、いやよ、こんなの。だって、女の子なのよ？　女の子には、やっぱり、ローズピンクよ」

「でもな……」

「他のにするわ、これは返品して」

「我儘言うなよ」

「我儘？　私のどこが我儘？　私、ずっとずっと、妥協してきたのよ。息子の名前だってお義母さんが決めて、この家だってお義母さんが勝手に決めて、壁の色もお義母さんの好みで、カーテンもカーペットもお義母さんから押し付けられたんじゃない。ベビーベッドぐらいは、私の好きにしたいのよ。もっといえば、こんな歳して、赤ん坊なんて欲しくなかった。なのに、あなたが、あなたが」

「全部、僕とお袋のせいか？」

「そうよ、全部、あなたとお義母さんのせいよ」

「もう我慢できない。僕とお袋は、いつでも君のご機嫌を伺ってきた。君がどうすれば気に入るか、それればかりを考えてきたんだ」

「私のことを考えてきた？　それは、ただの押し付けよ、私にとっては、どれも負担だったわ」

「負担？　そんなに負担か？」

「ええ、負担だわ。そもそも、結婚じたいが間違っていたわ」

「そうか、そんな風に考えていたのか、なら、別れよう、離婚しよう」

「離婚できるぐらいなら、とっくの昔にしていた。でも、できるわけないじゃない、私ひとりでどうやって生きていくっていうのよ。生きていけないわ、よく分かっている。だから、私、妥協する人生を選んだんだわ、あなたに養ってもらうという最も惨めな人生を選んだのよ」

「惨め？　僕といるのが、そんなに惨めか？」

「惨めよ、惨めだわよ！　でも、それが私の人生だって、分相応の人生だって、諦めたのよ。だから、せめて、ベビーベッドぐらいは、拘りたかったのよ。なのに、こんな古臭い、こんな暗い色のベッドだなんて、こんなベッドに寝かせるぐらいなら、赤ちゃんなんていらないわ！」

「なら、今すぐ、堕ろせ。赤ん坊を殺してしまえ！」

あなた、なに？　なによ、なに、そんなに怖い顔して、やめて、違うのよ、冗談よ、冗談だってば、だから、やめて、やめて、やめて！

夢。……また、嫌な夢を見た。頰に手をやると、涙でぐっしょり濡れている。

なに？　なんの音？　……ああ、たぶん、ゴミの収集車だ。

ここは、どこ？

ブランケットが、ずり落ちる。ああ、理恵の家ね。私ったら、またあのままリビングのソファーで寝てしまったんだ。

今、何時かしら？

部屋を見回すが、時間を示すものはなにもない。

あ、お腹が、痛い。……お腹が痛いわ。ねえ、理恵ちゃん、いるの？　聞こえている？

お腹が痛いのよ！

あ。

ガラステーブルの上、つけっぱなしのノートパソコン、何かが表示されている。

ああ、やっぱり、〝青い伝説〟の掲示板だ。でも、なんで？　もしかして、理恵、一晩中、アクセスしていたの？

え？　うそ、なに、これ。

掲示板の投稿欄、名前を書き込むスペースに、クッキーが残っている。

ニーナ。

うそ、うそ。理恵が、ニーナ？　あの、憎たらしい、ニーナだったの？

玄関から音がする。

「ああ、間に合わなかったわ」

そんな独り言を言いながら、ゴミ袋をふたつ持って、理恵がリビングに入ってきた。

「姉さん？」

――あなた、生霊が憑いているわよ。

「姉さん、起きてたの？」

――あなた、生霊が憑いているわよ。

「体はもう大丈夫？」

——あなた、生霊が憑いているわよ。

「姉さん？」

早苗は、ゆっくりと、理恵を振り返った。

「あなたが、ニーナだったの？」

理恵の唇が、震えている。が、それはすぐに、微笑みになった。

「そうよ、姉さん。私がニーナよ」

「なんで？　なんで？」

「そんなの、決まっているじゃない。私、姉さんのこと、大嫌いだもの。だから、姉さんが嫌がることをするのが、私の唯一の楽しみなの」

理恵は、右手に持ったゴミ袋をこれ見よがしに揺らした。袋の中味が、がさごそと、音を立てる。

「あ、それ」

〝青い瞳のジャンヌ〟の単行本全巻が、袋から透けて見える。『少女ジュリエット』も。

「それ、もしかして」

「そうよ、姉さんがずっと読みたがっていた、ジャンヌの本当の最終回が掲載されている、少女ジュリエット」

「捨てる気なの？」

「そう、捨てるわ。こんなの、私には全然必要ないもの」

「だったら、私に譲って」

「いやよ。これは、捨てるの。そして、これもね」

理恵は、今度は左手に持った袋を揺らした。袋の中味が、ぐちゃりぐちゃりと、鈍い音を立てる。

「……それは、……なに？」

早苗は、目を凝らした。生ゴミの中に、なにかが混ざっている。……それは、なに？　人形？　人形の手？　人形の足？　人形の……。

まさか、まさか。

赤ちゃん？　そうよ、赤ちゃん。……私の赤ちゃん！

これは、夢よね？　そうよ、私はまた夢を見ているのだ。

早苗は、確認するように、腹部に手を持っていった。しかし、そこには胎児の気配はなく、さらにそこはぱっくりと裂かれ、血がしたたっている。

やだ、なに、これ。

嘘よね、嘘よね、これも夢なのよね、そう言って、お願い、理恵、……夢だと、そう言って。

「夢なんかじゃないわ、姉さん」

なんで、なんで、こんなことに？

「かわいそうな姉さん。足もこんなことになって……」

理恵の視線に沿って、恐る恐る、足元を見てみる。

ない、ない、ない、……足が、ない！

なんで、なんで？　どうしてこんなことに？　なんで？

なんで！

早苗が目を覚ましたとき、視界に広がっていたのは、夫の顔だった。泣きそうな表情で、こちらを窺っている。

白いカーテンが、ふわりと舞う。

早苗は、ゆっくりと視線を動かした。ここは、病院？

「あなたは、昨日の午後七時半頃、吉祥寺駅で、事故にあったんですよ」

そんなことを、誰かが説明する。
しかし早苗は、その説明を全部聞き終わる前に、瞼を閉じた。

× × ×

S「〝ジャンヌ〟の呪い。マジかもしれないね。……また、事件、起きたでしょう?」
W「うん」
S「今までに起きた事件をまとめてみると――」
W「まずは、板橋区主婦惨殺事件。無職のおばさんが、自宅アパート内の通路で惨殺されたやつ」
S「資料によると、二〇〇七年の九月に起きた事件だね」
W「次は、二〇〇八年十二月、やっぱり無職のおばさんが小田原山中で変死体で見つかった事件」
S「えっと、資料によると、……ゴミ袋に詰められていたんだ、そのおばちゃん。で、遺棄されて約五カ月が経っていたと。ということは、二〇〇八年の七月頃に殺害されたってことか」

W「そして、今回起きた、吉祥寺駅妊婦死亡事件」

S「つくづく、悲惨な事件だったよね。吉祥寺駅のホームで、妊婦が突き飛ばされて電車に巻き込まれた事件でしょう？」

W「そう。下半身を電車に巻き込まれちゃって、両足切断。しばらくは意識はあったが、翌日、死亡」

S「三人とも、〝青い六人会〟のメンバーだったんだよね？　やっぱり、呪いか？」

W「実は、もう一人、失踪しているんだよ」

S「マジで？」

W「うん、〝青い六人会〟のメンバーで、ファンクラブの代表だった女性。二〇〇六年の十二月頃から姿を消している」

S「マジで？……やっぱり、呪いなんじゃないの？」

W「呪い、なのかな……」

〈月刊『アングラカングラ』（二〇〇九年二月号）より〉

マルグリット

「本当に、この三人になってしまいましたね」

　馴染みのカラオケボックス、一曲歌いあげると、ガブリエルは唇を震わせた。心なしか、睫毛もうっすらと濡れている。「ジャンヌの呪いって……、本当にあるんでしょうか？」

「呪いなんて、あるわけないじゃないですか」

　エミリーが、ガブリエルとの距離を縮めながら言った。「偶然ですよ、偶然。だって、ほら、私たち更年期障害の季節じゃないですか。この季節に入ると、いろんなことが起こるもんなんですよ。ちょっとしたことでトラブルになったり、諍いがはじまったり。で、事件に発展することも多いんですって。だからこの年頃って、事件の被害者とか加害者にもなりやすいんですって」

　この人、最近、ますますおしゃべりになった。以前はおどおどと、安っぽい黒縁メガネを弄《いじ》りながら頷いていただけなのに。なのに、今じゃ、こんな成金趣味のごてごての眼鏡。

やっぱり、懐が満たされると、性格まで変わるもんなのね。

リモコンボタンを操作しながら、絹江《きぬえ》は、エミリーの唇をみつめた。……なによ、そのリップの色。そんな嫌らしいピンク色が似合うのは、せいぜい二十代までよ。

「ところで、マルグリットさん」

エミリーの唇が、こちらに向けられた。胃が、ちくりと痛む。

「娘さん、大学に合格したんですよね？　おめでとうございます」

いったい、どこから仕入れてきたのか、最近、この人の情報網は馬鹿にできない。……きっと、どこの大学に入ったのかも入手済なのだろう。絹江は、鳩尾にそっと手を当てた。

「ええ、ありがとう。高校のときは失敗しちゃったけど、大学はなんとか」

「国立ですよね？」

「ええ、まあ」

「でも、地方なんですよね？　……確か、静岡？」

「ええ」鳩尾に当てた指に力がこもる。

「じゃ、娘さん、静岡に一人暮らし？」

「ええ」苦い胃液が、食道を遡ってくる。喉がひりひり痛い。

「……大変ですよね、いろいろと」

エミリーが、含みのある笑いを浮かべた。馬鹿にしているような、同情しているような。娘も、時折こんな笑顔をしてみせる。

あのときも、そうだった。パソコンの中のメールを見られたとき。

「なに？　〝マルグリット〟って」

あのときの、あの子の顔。いまだに忘れられない。キモいことやってんのね。こんなものに現《うつつ》を抜かしている場合？　そんなことを言いたげな、あの眼差し。

違うのよ、違うの。これは、私のたった一つの支えなのよ。ただの遊びなんかじゃない。これがあるから……。胃液が口いっぱいに広がる。絹江は、小さくえずいた。

「マルグリットさん」

名前を呼ばれて、絹江は視線を上げた。「この曲入れたの、マルグリットさんですよね？　マルグリットさんの大好きな〝同棲時代〟」

ガブリエルがマイクを差し出している。いつもの、いい香り。その笑顔を見ているだけで、……私。

イントロが、ゆっくりと流れる。

絹江は、マイクを握りしめた。

――愛はいつもいくつかの過ちに満たされている

＊

まったく馬鹿馬鹿しい。実に馬鹿馬鹿しい話なんですが、聞いてください。私の母親、イカれているんです。

いきなりで、すみません。はじめまして。月刊『アングラカングラ』のバックナンバー（二〇〇七年十一月号）、見ました。なるほど、宗教ですか（笑）。でも、確かに、そうかもしれませんね。ある意味、最強の宗教です。〝青い瞳のジャンヌ〟のファンクラブは。

私の母親が、その〝青い六人会〟というやつの会員なんです。ファンクラブのことはひた隠しにしているけど、お食事会だなんだって、しょっちゅう外出してましたから、バレバレです。たぶん父親も知っています。近所でも有名ですし（笑）。だって、とんでもない若づくりして出かけるんですよ、私の服とか着たりして、ちょっとした笑いもんなんです。

私も、ときどき、笑われてました。

「あそこの家もいろいろと大変ね。旦那様は降格、娘さんは高校受験に失敗、奥様がおかしくなるのも分かるような気がするわ」

なんて、言われてました。

確かに、私は高校受験に失敗して、ランク落ちの高校に行くことになりましたが、はじめからあの高校は無理だったんですよ。だから、私自身はまったく気にしてなかったんですが、母親が馬鹿みたいに落ち込んじゃって。落ち込むだけならまだしも被害妄想みたくなって、それで、ますますファンクラブにのめり込んでいったんです。父親も鬱病の一歩手前みたいな感じだし、もう、みごとな家庭崩壊。どうにも居心地悪くて、私は地方の大学を選んで、家を出ました。そうです、逃げだしたんです。

なのに、母親は、自分に変なハンドルネームをつけて、妄想の世界で遊んでいるんです。母親が、〝ジャンヌ〟のファンクラブに精を出しはじめてから、まったくいい事がありません。母は、完全に、イカれています。

弘田里彩子《ひろたりさこ》が、編集部宛てにそんなメールを打ち込んだのは、六月の初めだった。実家を出て、二ヵ月。しかし、母親からは頻繁に電話があり、いつでもすぐそこに、母親の執拗な視線を感じる。あの視線。……あんなふうに人を見るようになったのは、いつ頃だろうか。

なにかおかしい。そういう思いは、今にはじまったことではない。これは母親の性格なのだ、そう諦めて付き合ってはきたが、ここ数年はそんな諦めでは済まなくなった。

とにかく、おかしい。具体的にずばりとは言えないが、とにかくおかしい。

「具体的な原因があるとしたら、やっぱり、これだ」

里彩子は、大学の図書館で見つけた『アングラカングラ』という雑誌を、ゆっくりとめくった。

……ジャンヌの呪い。

呪い。そうなのかもしれない。母親は、何かに呪われているのだ。だとしたら、それを解除するにはどうしたらいいのだろうか？

里彩子は、キーボードに指を載せた。


——とにかく、母はイカれています。これも、ジャンヌの呪いなんでしょうか？ 呪いだとしたら、……どうしたらいいんでしょうか？


電話が鳴っている。

きっと、母親からだ。もう、今日はこれで、何度目？

いい加減にして！

里彩子は携帯電話を手にすると、電源をオフにした。

＊

あ、また切られた。

絹江は、鳩尾を押さえながら、受話器を置いた。胃が痛い。

ああ、胃が痛い、痛い、痛い！　どうして、あの子は、こんなに冷たくなったのかしら。以前は、なにからなにまで私に頼りっきりだったのに。お母さん、お母さんって、あんなに私に甘えていたのに。なのに、地方の大学に行くなんて。東京にはこんなに大学があるのに、わざわざ地方の大学に行くなんて！　どうしてなの？　ねえ、里彩子ちゃん、どうしてなの？　あなたがいないと、お母さん、とても寂しいわ。時間の流れが嘘のように遅いのよ、一時間経ったかと時計を見てみると、十分も経ってないのよ。あなたがいないと、この部屋が嘘のように広いのよ。どこから掃除していいのか、さっぱり分からない。お母さん、なにをしていいのか、さっぱり分からない。

里彩子ちゃん、里彩子ちゃん、あなた、どうしてここを出て行ったのよ？

ああ、胃が痛い、痛い、痛い！

どうして、こんなことになってしまったんだろう。どこが、分岐点だったのか。

絹江は、愛用の手帳をめくってみた。しかし、めくってもめくっても、同じようなことが書き連ねてあるだけで、肝心なことはなにひとつ分からない。なんて役立たずなの。なによ、こんな手帳！　手帳を振り上げたが、指が震えて、それは床にばさりと落ちて終わった。

電話が鳴っている。ディスプレイに表示されているのは、下の階の奥さんの名前だ。ああ、そうだった。今日は生協の日だった。注文した品を、班長のお宅に取りに行かなくちゃ。

……でも。

まだ、電話が鳴っている。先週も、結局は欠席した。その前の週も欠席。……きっと、奥さんたちは私について、あれこれ言っているのだろう。

「あの人、前はあんなに熱心だったのに」「班長だって、自ら進んでやっていたのに」「今じゃ、廃品回収にも草取りにも出てこないのよ。自治会にも」「ほら、あそこのお嬢さん、高校受験に失敗して、ランク落ちの公立に行ったじゃない？　それが原因なんじゃないかしら」「K高校は間違いないって感じだったのにね。制服を買ったりして」「バツが悪いのよ。だから、私たちと顔を合わせられないんだわ」「旦那さんも、降格されちゃって。営業から備品調達室に異動になっちゃったのよね」「あれは、お気の毒。営業と備品調達室じゃ、お給料も全然違うでしょう？　これで、当分は、この社宅から出られないわね」「あの人、もうここに二十年近くいるわよね。他の人は、十年も住めばほとんどは家を買って、ここを出てらっしゃるのに」「奥様の浪費がたたっているって噂よ。あと、借金もあるみたい」

やめて、やめて、やめて！

絹江は、耳を押さえてしゃがみ込んだ。電話は、まだ鳴っている。

うるさい、うるさい、うるさい！

床に、ゴキブリが這っている。それが棚の裏に隠れたとき、電話はようやく鳴り終わった。

絹江は、その場にへたりこんだ。痛い、痛い、痛い、胃が痛い！　本当に痛いのよ、どうにかして！

今度は、携帯が鳴っている。

表示を見ると、あの女からだった。絹江は鳩尾を押さえ込んだ。鋭い痛みが指の先に集中する。

呼び出しコール六回目で、絹江は観念して携帯に出た。

「あ、私」

媚《こ》びたような、女の声。エミリーからだ。絹江の肩に、自然と力が入る。胃のあたりが、きりきりと疼《うず》く。「なに？」絹江は、可能な限り、穏やかに応えた。

「来週の土曜日、ちょっと会えませんか？」

「……え？　定例会でもないのに？」

「なにか、用事入ってますか？」

絹江は、手帳のカレンダーをめくった。『病院』と書き殴ってある。

「病院を予約してあるのよ」

「病院？」

「ええ、胃の調子がちょっと。吐き気もするし」

「吐き気も？」

「最近、ひどいの」

「そうなんですか。……その日、ガブリエルさんも来るんだけど」

「ガブリエルさんも、来るの？」

「はい」

「……そう。うん、私も大丈夫よ。来週の土曜日ね。何時？」

「午後四時に、例のところで」

＊

本当に、お母さん、マジで変だ。里彩子は、携帯の着信履歴をひとつひとつ削除しながら、ため息を小刻みに吐き出した。すべて、母親からの着信だ。

「弘田……里彩子さんですか？」

声をかけられて、里彩子は、はっと我に返った。六月の生温かい風が、前髪を揺らす。

ああ、そうだった、待ち合わせしていたんだ。

JR川崎駅。でも、待ち合わせの相手は、今日、はじめて会う人だ。先週末、突然、メールが来た。

『アングラカングラに記事を書いている、フリーライターの渡瀬《わたせ》と申します。是非、取材させてください』

フリーライターって、やっぱり、無精髭とか生やして小汚い服装で、ちょっと小太りだったりするんだろうな。以前、テレビに出ていた自称フリーライターが、まさにそんな男だった。しかし。

「弘田里彩子さんですよね？」

その顔が近づいてきて、里彩子は不本意ながら、少し顔を赤らめた。

「……渡瀬さん……ですか？」

「はい、そうです」

差し出された名刺には、確かに、『フリーライター　渡瀬晃《あきら》』とある。里彩子は、その男を見上げた。

……なんか、結構、フツーの人だ。歳は……三十歳ぐらい？　背は……百七十八センチぐらい？　ちょっとニヤけた感じがアレだけど、まあ、結構……悪くないかも。……えっと、誰かに似ている、誰だっけ？　……ああ、そうだ、あの俳優、昨日もテレビのトーク番組に出てた。名前は、名前は……。

「どうか、しましたか？」

「え？」いつもの悪い癖で自己の世界に浸《つ》かっていた自分に、里彩子はさらに顔を赤くした。

「今日は、すみません。わざわざ静岡から出てきてもらって。交通費はお支払いしますので」

「いえ、川崎に住んでいる友人にも会いたかったし」里彩子は、乱れた前髪を今更ながらに、なでつけた。

「ご実家には、帰られるんですか？」

「……、そうですね」

その予定は、まるでなかった。今日は、レイコの部屋に泊まらせてもらって、明日の午前中には静岡に戻る予定だ。

不意に目を反らした里彩子の気配に何かを察したのか、渡瀬は、話題を変えた。

「お昼は？」

「いえ」

「なら、いいお店があるんです。バーですが、今なら、ランチタイムです。行きませんか？」

里彩子が小さく頷くと、渡瀬はリードするように歩きだした。

里彩子は、その背中を懸命に追った。百五十五センチ、高くはないが、だからといってコンプレックスの種でもない。が、今は、この足の短さが恨めしい。ショーウインドーに映り込む、ふたつのシルエット。ああ、このチュニックブラウス、全然、似合ってない。色が悪いのかしら、ペイズリー柄がいけないのかしら、それとも、やっぱり、デザイン？　これじゃ、まるで妊婦だ。……もっと、マシな格好をしてくるんだった。ヘアースタイルだって、伸ばしっぱなしの髪を適当にひとつにまとめただけだ。しかも、黒ゴムで。これじゃ、まるでおばさん……。クリップかコームで今風に結いあげればよかった。せめて、シュシュでまとめれば。……だって、新幹線に乗り遅れそうになって、時間がギリギリだったから。

「あと、もう少しです」

「え？」渡瀬の言葉に、里彩子ははっと視線を止めた。

小さな路地が三つ延びている。それぞれ、〝のん兵衛通り〟だの〝おかず商店街〟だのと看板を掲げ、各路地の入り口には、どういうつもりで作ったのか小さな花壇が拵えてあった。

マリーゴールドやら小菊やらが考えなしに植えられている。なにかの目隠しかもしれないが、どうやってもそこは猥雑で饐《す》えた、取り残された裏路地という風情だった。

「まだ、撮影、しているんだ」

渡瀬が、つぶやく。見ると、ロケバスが止まっている。

「なんですか？」

「うん？　再現ドラマの撮影で、雰囲気のあるバーを探していたから、僕が紹介したんです」

「再現ドラマ？」

「僕、本業は構成作家なんですよ。でも、そっちだけでは食べていけなくて、フリーライターの真似もしているんです」

「そうなんですか。……構成作家では、食べていけないもんなんですか？」

「この業界も、ピンキリだからね。僕は言うまでもなく、底辺です」

こんなところにも、格差社会。「構成作家がダメならば、俳優になればいいじゃないですか」里彩子はつぶやいた。つぶやいて、すぐに後悔した。私は、マリー・アントワネットか。

「俳優か。……実は、以前、劇団にいたことがあったんだけど。でも、性に合わなかった」

なんだ、やっぱり、俳優やってたんだ。うん、だって、そんな感じだもの。あの俳優にもそっくりだし。……名前はどうしても思い出せないけど。でも、この人の場合、俳優というよりは、ホストのほうが似合いそう。

「ホストも、実は、やってました。学生の頃」

やっぱり。

「でも、客とトラブルがあって、やめたんです。まあ、長く続けるつもりははじめからなかったし」

そんなことを言っている間にも、ロケバスに慌ただしく人々が乗り込み、そして発車した。

「……あ、撮影はもう終わったみたいだね、じゃ、行ってみますか」

渡瀬が、〝のん兵衛通り〟と〝おかず商店街〟の間に延びる細い路地に靴を進める。

路地は、軽トラック一台がなんとか通れるほどの幅で、猥雑だが不潔な感じは受けない。でも、匂いは独特で、香辛料なのか脂なのか酒なのか下水なのか、それともそれらがすべて混ざったものなのか、つんと鼻を刺激する。

酒の配送車が、体ぎりぎりを通り過ぎた。それに突き飛ばされる形で、里彩子は横道に追いやられた。視界が急激に暗くなる。

そこは、おとな二人がぎりぎり通れるほどの横丁だった。奥行き十メートルもないその先は何かの建物に塞がれ、一日中、日が当たることはないのだろう。地面はじっとりと湿り苔に覆われ、その上に、重なるように五つのネオンボードが置かれている。どれもスナックで、その中で、一軒だけ、開いている店があった。ネオンボードに灯りがついている。バー……、なんて読むんだろう？　ガ、ガブ？　ガブ……？

＊

「胃痛は、いつからですか？」

初老の医師が質問する。歳はずいぶんといっているようだが、ドーランを塗ったかのように不自然に顔色がいい。

「学生の頃からですから……もうかれこれ、三十年近くなります」絹江は答えた。

「どんなときに、痛みますか？」

「やはり、ストレスを感じたときですね」

「お仕事はなにを？」

「専業主婦です」

「主婦ですか。いろいろと大変ですよね、近所付き合いとか」

「そうなんですよ。今日も、ちょっと苦手な人と会わなくてはいけなくて」

「それは、ご苦労も多いでしょう」

「ええ、人間関係のあれこれで、一日が費やされるといっても言い過ぎではありません。家が社宅なものですから、日常的に監視されているような感じですし」

「社宅ですか。それは、ますますご苦労ですね」

「ええ。それも、胃痛の原因かもしれませんね」

それまで、笑みをたたえながら問診していた医師の顔が、少しだけぴりりと引き締まった。

「自己診断は非常に危険です」

「あ、すみません」絹江は、医師のほうに乗り出していた体を、さっと引いた。胃が、きゅっと縮む。

絹江の恐縮した様子を察したのか、医師は、再び笑みを浮かべた。

「確かに、胃痛の原因のほとんどは、ストレスですけどね」

「やっぱり、ストレスでしょうか？ ええ、心当たりはあるんです。心当たりは」絹江は、再び、身を乗り出した。あの女の顔が、ちらちらと浮かぶ。

「で、今日は、食事はされてきましたか？」

「いいえ。食事どころか、水も――」

胃カメラの検査を見込んで、朝から食事も水もとっていない。

「準備万端ですね」

「ええ、胃カメラを飲むときの注意をネットで調べて――」

医師の顔が、また少し硬くなったような気がして、絹江は、口をつぐんだ。

医師は、しばらくはカルテに何かを書いていたが、ボールペンを投げつけるようにペンスタンドに差し込むと看護師を呼びつけ、日本語とは思えない奇妙な言葉を交えて何か指示を出した。

それから絹江は、数字が書かれた札だけを持たされて、違う部屋に案内された。数字は、44。なんの数字だか分からないが、あまりいい気分はしない。

「それでは、これでうがいをしてくださいね」

ローズピンク色のナースワンピースを着た若い看護師が、小さな容器をふたつ差し出しながらニコリと笑う。透明なプラスチックに入ったそれは、灰皿の底に溜まった水のような色をしている。ニコチンの色だ。――いやな色だ。

どうやら、それは麻酔薬のようだった。こんな量で、どれほどの効き目があるのだろうか。半信半疑でカップをふたつ、両の手で受け取ると、絹江はそれをしばらく眺めた。

「それぞれ、一分間ずつうがいをしてくださいね。なるべく喉の奥のほうで行うと、あとが楽ですよ」

看護師に促されて診察台横に設置されている洗面台に向かうと、絹江は、ひとつめのそれを口にした。苦い。これは、相当苦い。入れたとたん、口の中がちりちりする。吐き出したい気分にもなったが、看護師が見ている。足を肩の幅に広げ、背を反らせ、顔を天井に向けてそれを喉に流し込んだ。

ちょうど目の前の壁に時計があったので、その秒針を頼りにうがいをはじめる。ガラグァラグァラグァラ……。しかし、一分というのは、長い。十五秒もしないうちに、まず首が疲れてきた。ガラグァラグァラグァラ……。駄目だ。三十秒のちょっと手前で、絹江は喉にためた薬を吐き出した。はぁはぁはぁ。なんなの、この疲労感は。振り返ると、看護師が、笑顔のまま軽く首を振っている。三十秒で吐き出すのは、やはりよくなかったようだ。よし、今度こそ。絹江は、残りの容器を唇に当てると、それを一気に喉に流し入れた。ガラグァラ、うっ……。今度は、五秒ももたなかった。これじゃ、いくらなんでもまずいだろうか。しかし、看護師は相変わらずのニコニコ顔で「では、しばらく診察台に座って楽にしていてくださいね」と、言いながら、容器を撤収してしまった。

それぞれ一分と言われていたのに、合計三十秒とちょっとしか行使できていない。これで、本当に麻酔はかかるのだろうか。またもや半信半疑で診察台に腰掛けていると、口いっぱいに広がっていた苦味が、しだいに痺れに変わってきた。すごい、ちゃんと効いている。たったあれだけで、これだけの効果があるなんて、すごい。などと感心していると、スカートにぽたりと何かが落ちた。染みが見る見る広がっていく。え？　口元に指をもっていくと、それは自分の涎《よだれ》だった。あっというまに手が涎塗《まみ》れになるほど、それはとめどなく口から溢れてくる。慌ててポケットからハンカチを取り出すが、その間にも、涎はとめどなく零れ落ちる。

涎と格闘していると、先ほどとは違う医師が入ってきた。正確な歳は分からないが、たぶん、自分よりは少し若いかもしれない。頭髪に白いものはちらほら交じっているがそれは若白髪という程度のもので、肌には張りがあり、瞳にも生命力が漲っている。しかし、顔色は、少々、悪かった。

「今日の検査を担当する……と申します」

医師は名前を名乗ったようだが、それはあまりよく聞き取れなかった。

「よろひくおねがひしまふ」

絹江も頭を下げたが、その声は情けないほどろれつが回っていない。唇も舌も充分に麻酔がかかっているようだ。

「では、胃の動きを止めるための注射をします」

看護師が用意した注射器を右手に持つと、医師は言った。「少しだけ、チクリとしますよ」

確かに、チクリとした。が、それはまだ序の口だった。医師が、胃カメラを手にした。

「大丈夫ですよ、体の力を抜いてください。痛くないですよ。痛くないですからね」そして、胃カメラが口に押し込まれた。「挿入《い》れちゃいますよ、いいですか、……ほら、挿入《い》れちゃいましたよ」「はい、無事、入りましたよ、もう、大丈夫ですよ」「さあ、もう、喉を通過しましたよ、これが、あなたの食道ですよ。見えますか？」

薄く目を開けると、モニターに、何かが映し出されている。赤くて、ぬるぬるしていて、てかてか光っている。あまり、気持ちのいい映像ではない。そんなことより、ゲップが出そうだ。出していいのかしら？　ダメ？　でも、我慢できない。……。おえっおえっおえっ。

「駄目ですよ、じっとしていてください。我慢してください」

医師の言葉に、絹江は、きゅっと両の手を握り締めた。足の先にも力を込めてみる。

「力を抜いてください。そんなに力を入れちゃ、駄目ですよ」

そんなこと言ったって。目尻にじわじわと涙がたまる。

辛い。想像以上に辛い。胃に向かって、異物がずんずん押し込まれていく。やめて、もうよして。……やっぱり、うがいをもっと真剣にやっておけばよかった。あんなうがいでは、やっぱり、足りなかったのだ。ああ、駄目だ、ゲップが出る、ゲップを出したい、そして、この異物ともども、吐き出してやりたい。

「ほら、もう胃ですよ」

絹江の苦痛を知ってか知らずか、医師が無邪気に実況を続ける。薄目を開けてモニターを見てみるが、しかし、視界がかすんでよく見えない。

「ああ、これは……ですね。うーん。……みたいですよ、これは……かもしれません」

医師の声が、段々と遠のいていく。そして、ついには、じぃじぃという、機械音だけとなった。なんだか、気持ちが和らぐ音だ。絹江は、その音に合わせて、足の先でそっとリズムを刻んでみた。

じぃーじぃじぃーじぃ。じぃーじぃじぃじぃーじぃ。

じぃーじぃじぃ…………。

どこか遠くで、声がする。

あれは、誰の声？　とても耳障り。とても不愉快。……ほんと、煩い、もう、やめて、静かにして、もう、静かにしてってば！

静かにしてください！

そして、私の話を聞いてください！

先生、先生はどういうつもりなんですか？

先生は、本当にジャンヌを愛しているんですか？

私たち読者を馬鹿にする気ですか？

私たちは、誰よりもジャンヌを愛しています。そうです、先生なんかよりも、何十倍も何百倍も、ジャンヌを愛しているんです。

ジャンヌは、先生のものじゃないんです。

私たちのものです。

先生の横暴さは、もはや、独裁主義者です。

ジャンヌを汚さないでください。

ジャンヌを一番愛しているのは、私たちなんです。

先生に反省を求めます。

反省してください、徹底的に反省してください！

＊

「あ、いらっしゃい」

バーから、女性が出てきた。均整のとれた長身で、宝塚の男役という雰囲気だ。亜麻色に染めた髪をオールバックにし、細身のパンツを見事に着こなしている。きれいな人だ。何歳だろうか？　二十歳にも見えるし五十歳にも見える。薄明かりのせいなのか、それとも化粧のせいなのか。なにか、能面を連想させる。

　このバーのママですよ。渡瀬が、里彩子に囁く。なにかいい匂い。なんのコロン？

「今、ちょうど撮影が終わったとこよ」目尻にやわらかい皺を刻みながら、ママがにこりと笑う。

「今日は、どうもすみませんでした。お忙しいところ」

「いえいえ、撮影ってどんなものか、興味もあったし。……まあ、こんなところではなんですので、どうぞ」

　ママの手招きで、渡瀬が店に入っていく。里彩子もそれに倣った。

「ドラマの撮影っていうから、もっとなんていうか、仰々しいものだと思っていたわ」

　ママが、お絞りを差し出した。それを受け取りながら、里彩子は店内を見回した。西洋趣味と和風居酒屋が無秩序に混在した、無国籍のカオス。やや西洋趣味が勝っている。ステンドグラスに燭台、十字架に聖人の絵。まるで、どこかの教会のようだ。ママはママで、まるで聖職者の説教のように、柔らかい低音で語りかける。

「ヘアーメイクさんとかスタイリストさんとかマネージャーさんとかいろんな人がいて、もっと活気あるもんだと思ってたわ」

「スタイリストだなんて」渡瀬は、自虐的に笑った。「再現ドラマの場合、服もメイクも、自前である場合がほとんどだよ。それと、マネージャーが年がら年中くっついてくるような人は、相当な売れっ子」

「そうなの？　ずいぶんと、イメージと違うのね」

ママは、手にした茶封筒の中味をのぞき込むと、その整った顔を少々歪めた。

茶封筒の中味は、この店の使用料だろうか。いくら入っているかは分からないが、その表情から、期待はずれだったとみえる。テレビ局の謝礼というと相当な金額を想像する人が多いが、実はそれほど出ないものだ。下手すると、局のロゴ入りボールペンで済まされることもあると聞く。

「どうりで、知らない俳優さんだったわ。一応、サインはもらっておいたけど」

ママの視線が、棚に飛んだ。追いかけると、真新しい色紙が飾られている。サインは、確かに、知らない名前だ。

色紙は他にもあった。これも知らない名前だ。というか、達筆すぎて、まともに読めない。サインの横に添えてある〝保子さん江〟という為書きがようやく読める程度だ。

「あれは、先月ここに来てくれた、プロ野球選手の人。為書きを書くから、本名を教えろって、随分しつこくされたわ。本名なんて、恥ずかしいのに」

渡瀬が、どういうわけか、にやりと笑った。「保子さん、いい名前じゃないですか」

「そう？　地味よ。華がないというか。……ところで、そちらの若いお嬢さんは？」

ママの視線が、こちらに飛んできた。里彩子は意味もなく、体を竦ませる。

「僕の取材相手だよ」

「あら、そう。なら、うんとサービスしないとね」ママはボトルを棚から下ろした。ボトルのラベルには、赤い制服の近衛兵《ビーフィーター》が描かれている。「いける口でしょう？」

「いえ」こんな昼間から、……お酒？

「あら、もしかして、未成年？」

そりゃ、確かに、年齢より老けて見えるけど。こうあからさまに間違えられると、少し傷つく。

「そう、なら、ジンジャーエールでも飲む？」

「はい、それでお願いします」

ジンジャーエールの瓶とグラスが置かれると同時に、渡瀬もボイスレコーダーをカウンターに置いた。

「ところで、『アングラカングラ』は定期購読しているんですか？」渡瀬のインタビューが、早速はじまる。

「いえ。大学の図書館でたまたま見つけて。〝青い瞳のジャンヌ〟という言葉を表紙にみつけたんで、読んでみたんです」

「うちの編集部にメールを送ろうと思ったのは？」

「なんとなく。……あんまり深い意味はないんですけど、ただ、〝ジャンヌの呪い〟というのに引っかかって」

「なるほど。で、あなたのお母様が、〝青い六人会〟のひとりというのは、間違いないですか？」

「はい。本人は、必死に隠してますけどね。でも、家族共有のパソコンで会員たちとやりとりしているんで、バレバレなんですよ」

それから里彩子は、家族の内情を簡単に説明した。その間にも、料理が次々とカウンターに並べられる。これも、見事なカオス。フランスパンとチーズの盛り合わせ、そしてカルパッチョが出てきたかと思えば、ひじきの煮物がその隣に並ぶ。鴨肉の香草焼きの次はほっけの開き。しかし、それらはどれも美味しかった。ナイフとフォークで食べるほっけの開きなんて、なかなか経験できるもんじゃない。

里彩子がカルパッチョをつっついている横で、渡瀬はシステム手帳の一枚を引き抜いた。そして、三色ペンで、マルグリット、ミレーユ、ジゼル、シルビア、エミリー……と書き込んでいった。

「これは、〝青い六人会〟のメンバーのハンドルネームです。あなたのお母様は、誰にあたるんですか？」

里彩子は、その名前をひとつひとつじっくりと眺めた。ああ、これだ。

「これです」そして、里彩子は、〝マルグリット〟という文字に指を置いた。

「ああ、マルグリット。そうですか」

渡瀬は、どういう意味なのか、何度も頷いて見せた。そして、カウンター向こうのママに、妙な視線を送った。それからしばらく視線を宙に漂わしたかと思ったら、メモに〝連続殺人事件〟と書き殴った。

「連続殺人事件？」

「そうです。シルビア、ミレーユ、そしてジゼル。この三人が殺害されているんです。世間では、『板橋区主婦惨殺事件』『小田原山中変死体事件』『吉祥寺駅妊婦死亡事件』ということで、バラバラで認識されているけれど。でも、この三つには共通点があるんですよ」

「被害者は、みな、青い瞳のジャンヌのファンだった？」

「そう。そのせいで、〝ジャンヌの呪い〟などと言われて、本質をうやむやにされてしまったけれど」

「本質ってなんですか？」

「ファンだったということより、この三人が顔見知りだったということが重要なんです。で、その三人が被害にあったというのは、明確な意志のもと行われた連続殺人事件であると考えるほうが、理屈に合っている」

「なら、警察はなぜ、その線で調べないんですか？　連続殺人事件の線で？」

「『板橋区主婦惨殺事件』が、一応解決しちゃったから」

「そうなんですか？」

「そう。単独の事件ということで、一件落着」

「犯人は、誰だったんですか？」

「〝青い六人会〟の一人だった村上枝美子が、犯人は自分の夫だと警察に届けたらしい。その男はアルコール依存症で、ふだんから素行が怪しかったそうです。村上枝美子も夫から逃げていたらしい」

「その村上……枝美子って人は？」

渡瀬は、三色ペンの赤を選択すると、〝エミリー〟という文字に下線を引いた。

「エミリー？　殺されたのがシルビアで、殺したのがエミリー？」

「違う違う。だから……」

渡瀬はもう一枚、メモ用紙をシステム手帳から引き抜くと、簡単な相関図を書き込んでいった。

「つまり、ファンクラブの幹事スタッフ、〝青い六人会〟だったのが、この人たちで――」

マルグリット、ミレーユ、ジゼル、シルビア、エミリー。

「本名が分かっているのが、この四人」

ミレーユ〈酒井稲子〉、ジゼル〈保科《ほしな》早苗〉、シルビア〈咲野詩織〉、エミリー〈村上枝美子〉。

「そして、『板橋区主婦惨殺事件』で殺害されたのがシルビア〈咲野詩織〉。容疑者とされたのが、エミリー〈村上枝美子〉の夫の、村上久志《ひさし》」

そして渡瀬は、〝村上久志〟と書き加えると、赤色の抹消線を入れた。「でも、村上久志は、捕まる前に、自殺している」

「え、この人も、死んでいるんですか？」

里彩子のフォークが、中途半端な位置で止まった。フォークの先のカルパッチョがぽたりと落ち、里彩子のチュニックを汚す。しかし、里彩子はそのままに、質問を続けた。「で、その妻のエミリーって人は？　今はどうしているんですか？」

「今も、〝青い六人会〟に参加しています」

「えー、自分の旦那が仲間の一人を殺害したのに？」

「あまり、気にしてないようですね」

「おばさんって、そういうところ神経が図太くて、なんというか、信じられない。私なら、間違いなく、逃げだしている。だって、バツがわるいじゃないですか？　自分の旦那が、メンバーの一人を殺害しているんですよ？」

「まあ、普通ならばね」

「あ、もしかして、そのエミリーって人が、真犯人だったりして？」

「うん、僕も最初はそれを疑ったんだけど。それで、シルビアこと咲野詩織の息子を捜したりもしたんだけど」

「なんで、シルビアの息子を？」

渡瀬は、システム手帳から一枚の切り抜きを引き抜いた。『板橋区主婦惨殺事件』を伝える新聞記事だ。

——同居している長男は同署の調べに対し「午前一時半ごろ、誰かに呼び出されてひとりで外出した」と話していることが分かった。同署は、咲野さんを呼び出した人物の行方を捜している。

「つまり、咲野詩織の息子は、真犯人を知っている可能性があるってことなんですよ」

「その息子さん、今は、どこに？」

「九州の親戚に引き取られていたんですが――」

渡瀬の三色ペンが、幽かに震えている。そのペン先が、意味ありげにカクカクいっている。

「去年、交通事故で亡くなったらしいんです」

「その人まで、死んでいるんですか？」里彩子のフォークが、再び止まる。

「そう。……で、次に殺害されたのが――」渡瀬は、〝ミレーユ〈酒井稲子〉〟の文字にも、抹消線を引いた。「行方不明になったのが、二〇〇八年の七月下旬。その五ヵ月後の十二月に、小田原の山中で発見されています。……これは、遺体発見から一ヵ月後の、二〇〇九年一月の記事なんですが」

言いながら、渡瀬はもう一枚、切り抜きをカウンターに置いた。


小田原市の山中で、埼玉県川口市の無職酒井稲子さん（48）の遺体が見つかった事件は、7日で発生から1ヵ月を迎える。小田原足柄署は殺人、死体遺棄事件として現場周辺や酒井さんの立ち寄り先の聞き込み捜査などを続けているが、犯人に結び付く有力な情報は得られていない。

これまでの調べでは、事件は先月7日午前11時ごろ、山中の不法投棄ゴミの回収作業をしていた清掃業者が異臭のするゴミ袋を見つけ、市に連絡して発覚。同署は8日午前から司法解剖や現場検証を行い、所持品から酒井稲子さんであることが分かった。同署によると、遺体は死後約5ヵ月が経過、腐敗が激しく、死因は特定できなかった。

「そして、その次に殺害されたのが――」渡瀬のペン先が、〝ジゼル〈保科早苗〉〟の上に置かれた。「そのときの記事が、これです」

東京都のJR吉祥寺駅ホームで電車に接触して女性が死亡した事故で、女性はホーム上で誰かに突き飛ばされた末に事故に遭った可能性が高いことが井の頭署の調べで分かった。同署は傷害致死事件とみて調べている。

同署によると、死亡したのは東京都杉並区、主婦保科早苗さん(42)、妊娠5ヵ月だった。事故は9日午後7時30分ごろ、中央線上りホームで発生。同署によると、保科さんは高尾発東京行き快速電車に乗車し、吉祥寺駅4番線で降車する際、反対側の3番線から出発直後の東京発高尾行き快速電車に向けて倒れ込んで車両に接触したとみられるという。接触の際、両脚を切断、病院に搬送されたが出血多量で翌日に死亡が確認された。

JR東日本によると、事故当時、快速電車は時速60キロほど出ており、車掌と駅員が異変に気付き緊急停止した。駅員はホーム中央部に1人いたが、事故現場から約100メートル離れていた上、階段などが死角となり、発車前にトラブルには気付かなかったという。


「突き飛ばした犯人……、分かっているんですか？」

「いや、まだ捕まってない。ただ、ジゼル……保科早苗さんの近くに、女性がいたという目撃情報はある」

「女性……」

「ところで、君は、お母様からなにか聞いてませんか？」

「え？」

「だから、ファンクラブのこととか。……エミリーって人について、なにか？」

「いえ。うちの母、そういうことはまったく家では話題にしませんでしたから」

「そうですか」

「渡瀬さんは、もしかして、ファンクラブの中の人が怪しいと思っているんですか？」

「あるいは」渡瀬は、鴨肉の香草焼きをフォークでつっつきながら、ジントニックをくいっとやった。その視線が、再び、カウンター向こうに飛ぶ。

里彩子は、ガーリックトーストをかじりながら、カウンターの上のメモを眺めた。

シルビア〈咲野詩織〉がメッタ刺しにされて、ミレーユ〈酒井稲子〉が山の中に埋められて、ジゼル〈保科早苗〉が電車にはねられた。

そして、残っているのは、エミリーと、……マルグリット。口の中が、急激に渇いていく。

「まさか、この二人のうち、どちらかが？」

「あるいは」渡瀬のこめかみが、妙な具合に強張る。

「まさか、そんな」

里彩子は、無理矢理、笑みを作ってみた。お母さんが犯人だというの？　そりゃ、確かに、あの人最近おかしいわよ、昔からおかしかったけど、最近は輪をかけておかしいわよ。だからって。……それとも、エミリーって人が犯人？　だとしたら、次のターゲットは、……お母さん？

里彩子は残りのガーリックトーストを口の中に詰め込んだ。しかし、その大半は、口の端から零れ落ちた。

なにか曲が流れてきた。見ると、ママが古いラジカセを操作している。

うわ、いかにも昭和の歌謡曲。なんて曲だろう？

「じゅん＆ネネって、知らない？」

ママが、リズムを刻みながらひとりごとのように言った。「まあ、知らないわよね、古い曲だもの。でも、私は大好き。カラオケでは、いつもこれよ。私は〝じゅん〟役なの」

ママが、壁に飾ってあるレコードジャケットを嬉しそうに指差した。いかにも七〇年代メイクの女性が二人。しかし、ひとりは男装をしている。……なにか、宝塚みたいだ。

「ママは、いっつもこの曲なんだよ。おかげで、僕も覚えちゃったよ」渡瀬がホスト仕込みの笑みでにこりと笑う。が、すぐにライターの表情を作ると言った。

「実は、亡くなったのは、この三人だけじゃないんですよ」そして渡瀬は、三色ペンを握りなおした。書かれた文字は、〝ソフィー〈吉村淑子〉〟。

「このソフィーって人が、二〇〇六年の十二月頃に失踪しているんです」

「この人は？」

「ファンクラブの代表だった人です。この人がいなくなって、マルグリットさんが代表になったんですが」

「……ああ、そういえば」ジンジャーエールで口の中味を流し込むと、里彩子は言った。

「アングラカングラで見たんですけど、秋月美有里って、二人いるんですって？」

そんなことにはまったく興味はなかったが、とにかく話題を変えたい、里彩子は、言った。

「影武者説って、本当なんですかね？」

「さあ、どうなんでしょうね」渡瀬は、スモークサーモンをフォークに巻き付けた。「はじめは、二人いたんじゃないかって僕も思っていたけど、どうも違うんじゃないかって」

「違うんですか？　でも、前半と後半じゃ、あまりに絵が違いますよ？」

「読んだことあるの？」

「ええ、母のやつですけど」

「全巻？」

「はい。全巻。で、読んでいて、あ、途中から絵が違うって思ったんです」

「あ、ママ。ちょっと、〝青い瞳のジャンヌ〟の単行本、貸してくれる？」

渡瀬が言うと、ママは、「どうぞ」とばかりに、店の隅にある棚を視線で指した。そこには、古今東西の古い本が無造作に詰め込まれている。そこだけ、さながら神保町の古本屋のような雰囲気だ。その中でも、特に異様な雰囲気を放っている本の群れ、それこそが、『青い瞳のジャンヌ』だった。

「あ、全巻、揃っている」里彩子は、大袈裟に驚いて見せた。「すごい偶然ですね」

「偶然でもなんでもないですよ。ここでジャンヌを見つけて、それで、興味を持ったんです。そして、アングラカングラに企画を持ち込んだんですよ」渡瀬は、その細い指を優雅に操りながら、一冊一冊を棚から引き抜いた。「ここに来るまでは、秋月美有里のこともジャンヌのことも、なにも知らなかった」

渡瀬の視線がママをちらっと見る。ママはそれに応えるように、バスケットにパンを足す。

「ママには、それ以外にもいろんなことを教えてもらったんですよ。フレンチのマナーから昭和の歌謡曲、そして心理学まで。実に博識なんです」言いながら、渡瀬は、単行本を里彩子の前に並べた。「秋月美有里の影武者説に疑問を持ったのも、ママが指摘してくれたからなんです。あ、これこれ。八巻。この八巻途中から、絵柄が変わるんですけど――」渡瀬は、八巻を手にすると、絵が変わったと思われるページを開いた。

そうだ、八巻の途中から絵柄ががらっと変わる。もちろん、それまでの作風は踏襲されているのだが、とにかく、その雰囲気がまったく違うのだ。違う人間が描いたと判断したほうが自然だろう。

「確かに、ここのページを境に、絵は変わっています。でも、見てください、このエキストラキャラ。群集の中に必ずこのキャラクターだけはいるんです。この、髪の長い女。これです」

渡瀬は、ヒロインの後ろに群がるエキストラの一人を指した。

「この黒髪キャラだけ、必ず群集の一人として登場しています。たぶん、これは、自画像なんじゃないかと思うんです。というのも」渡瀬は、今度は三巻を引き抜いた。そして、ページをめくると「これです、これ」と、指を置いた。

渡瀬の指が置かれたのは、ページ端のコラムだった。

「雑誌掲載時にはたぶん広告枠だった部分です。単行本にするとき、作者の書き下ろしメッセージや主要キャラクターの捨てカットなどを差し込むのが通例だと聞いたことがあります」

渡瀬は、そのコラム欄の中からさらに焦点をしぼって、その部分に指を置いた。そこには、原作者秋月美有里の手書きメッセージと自画像があった。

「この自画像、さっきの黒髪のエキストラキャラとそっくりです」渡瀬は、言うと、絵が変わったといわれる八巻の後半をぺらぺらとめくった。「あ、あった、これです。これ」そして、黒髪のエキストラキャラを指差した。

あ、本当だ。このキャラだけ、まったく変わってない。

「でも、その黒髪キャラだけは一貫して特定のアシスタントが描いたとかじゃないですか？」

「ま、そうかもしれないけど。でも、秋月美有里はひとりだったと思いますよ。影武者はいなかったと」

「じゃ、秋月美有里は今、どうしているんですか？」

「秋月美有里という名前を捨てて、今も普通に生活しているんじゃないかな」

渡瀬の視線が、また、カウンター向こうに飛んだ。その口元は、なにかの意味を孕《はら》んでいるかのように、にやついている。

「実はね」渡瀬が、里彩子の顔をのぞき込んだ。その仕草は、まさにホストだ。この人は、根っからのホスト気質なのかもしれない。「実はね、ここだけの話なんだけど、秋月美有里、近々復活するらしいですよ。で、〝青い瞳のジャンヌ〟の連載を再開するんだそうだ」

「本当ですか？」

「だから、ここだけの話ね。里彩子ちゃんだから、特別に教えてあげたんですよ」

な、なんで、いきなり、里彩子ちゃん呼ばわり？　里彩子の耳たぶが真っ赤に染まる。

「そんな秘密の話、されても困ります。私、絶対、誰かにしゃべっちゃいますよ？」

「しゃべってもいいけど、今月末まで待って。今月末に発売される『アングラカングラ』で、そのことについて触れているから、それまでは秘密にしておいてください」

渡瀬は、里彩子の唇に自身の人差し指を当てた。……ホント、この人、ホストだ。こんな仕草、普通の人がやったらセクハラだ。でも、おばさんだったら、まんまと騙されるかも。

「……あ、もうこんな時間か」

渡瀬は、時計をちらりと見た。午後二時半。渡瀬は布ナプキンで口を押さえると、それをくしゃりと丸めた。「今日は、いろいろとご協力、ありがとうございます」と、茶封筒をテーブルに滑らせた。

「こちらこそ。……ありがとうございます」

「また、連絡するかもしれません。いいですか？」

「え？　……」渡瀬の顔が近づいてきて、里彩子は体をひいた。が、渡瀬はなおも追いかけてくる。「ええ、はい、構いません」仕方なく、里彩子は応えた。

「ありがとうございます」

「お嬢さん、うちにも必ず、また来てくださいね」

ママが、マッチをテーブルに置いた。

だから、未成年だって言っているじゃん。しかし、里彩子はそれをバッグの内ポケットに忍ばせた。

＊

「大丈夫ですか？」

目が覚めると、絹江は、違う部屋のベッドに寝かされていた。腕が重い。見ると、細い管が注入され、点滴がぶら下がっている。

「止血剤を点滴しています。内視鏡で見たところ相当の出血痕が認められましたので。血液検査の結果、ヘモグロビン値が相当下がっていることも分かりました。強度の貧血です」

　さきほどとは違う、年季の入った看護師が、カルテを見ながら淡々と症状を告げる。少し無愛想な感じだ。さっきの看護師は逆にわざとらしい愛想笑いが多かったが、ここまで無表情なのも、少し困る。そういえば、ナースワンピースの色が違う。今度はミントグリーンだ。胸元の名札には、看護師長とある。……どこか、ソフィーさんに似ている。

「もう、胃カメラは終わったのですか？」

「はい」

「途中までは覚えていたんですが。そのあとは、……まったく、記憶がありません」

「麻酔が効きすぎて、眠ってしまったようですね。よかったじゃないですか、眠っているうちに検査が終わって。辛くなかったでしょう？」

「ええ、まあ」本当は拷問を受けているかのような辛さだったが、ここでそれを訴えても仕方がない。

「中には、麻酔があまりかからずに、検査中おえっおえっと苦しがる患者さんもいるんです」

　それはまさに自分のことだが、これも言ったところで、仕方がない。絹江は、話題を変えた。「で、検査の結果は？」

「あとで、担当医師のほうから説明がありますが、とりあえずは、大きな潰瘍《かいよう》がみつかりましたよ」

「とりあえず？」

「細胞を少し取りましたので、その検査もしますが、その結果は、また次回です」

どういうわけか、看護師は笑った。絹江も笑おうと、唇横の筋肉に力を込めたが、うまく笑えない。顔中の筋肉にあちこち力を込めてみるが、どうも、うまくいかない。笑うって、どうするんだったろう。ひくひくと筋肉をあれこれ動かしていると、今度はまったく違う制服を着た女性が部屋に入ってきた。タータンチェックのベストに白いブラウス、そして紺色のキュロットスカート。受付にいた、事務職の女性だ。女性が看護師になにか耳打ちする。うんうん頷きながら聞いている看護師の顔から、また笑顔が失《う》せた。

「失礼ですが、保険証の有効期限が切れているようなのですが」看護師は、言った。

「え？」

そういえば、会社の総務からなにかお知らせが来ていた。……まさか、あの人、クビになったの？　いやだ、嘘よ、ただの手違いよね？　そうよそうよ、ただの手違いよ。

何か弁解をしなくてはと手が自然と上がったが、点滴の管が、それを邪魔した。それにしても、毒々しい黄色だ。こんなのが、自分の体の中に注がれていると思うと、なんだか気色が悪い——。

「煙草は、やめてくださいね」

部屋に入るなり、初老の医師はカルテを見ながら言った。

「いえ、私は吸いませんが」

「なら、いいのですが」

医師が、疑いの視線で、こちらを見る。だから、私は吸わないって。

「お酒も、いけません」

「お酒も、ほとんど飲んでいませんが」

それは、嘘だった。もともと強くない上、ここ最近はやり場のないストレスを解消するために、安酒をこっそり浴びていた。それが、胃痛を引き起こすひとつの要因となっているのは、間違いない。

「いずれにしても、当分は安静が必要です。最終的な検査結果が出るまでは、胃酸を止める薬と胃の粘膜を正常に戻す薬を処方しておきますので、それを飲んでおいてください。とりあえず、今の痛みは治まりますから」

「……その、最終的な検査結果というのは、いつ出るんですか」

「一週間は見てください」

「ということは、次は一週間後に伺えばいいのですか？」

「そうですね、一週間後……」医師は、首をひねって、壁に貼り付けてあるカレンダーを見た。絹江も首を伸ばしてカレンダーを確認してみたが、視界がかすんで、よく見えない。

「そうですね。一週間後の今日、いらしてください」

「はい。分かりました」

「では、お待ちしております」

部屋を出ていく医師に向かって会釈をしようと頭を持ち上げてみたが、一センチも上がらなかった。点滴は、さきほどからほとんど量が減っていない。

本当に、毒々しい色。本当は、毒なんじゃないかしら。毒だとしても、私にはどうすることもできない。今の私は、電気椅子に座る死刑囚のようなものだ。このベッドから、起き上がることもできない。麻酔がまだ効いているのか、体がぴくりとも動かない。

私は、このまま死ぬのかしら。

死ぬのかしら？

そうですよ、死ぬんですよ。ソフィーさんのように、シルビアさんのように、ミレーユさんのように、ジゼルさんのように。

死ぬんですよ。あなたも、死ぬんですよ。

自分の声に驚いて瞼を開けると、黄色い点滴が揺れていた。

点滴の量が、少しだけ減っている。

「いや！」

「大丈夫ですか？」

ローズピンクの若い看護師が、絹江をのぞき込む。その首にはタイマーがぶら下がっている。

「うなされていましたよ。いやな夢でも見ましたか？」

看護師が、ニコリと笑う。いったいどこで覚えたのか、ホステスのような愛想笑いが、なにか不安にさせる。

「どんな夢を見ていたんですか？」看護師の問いに、

「縁を切りたいのに、なかなか縁が切れない女の夢です」と、絹江は答えた。

「腐れ縁っていうやつですね」

「腐れ縁ですか」確かに、そうだ。絹江は、苦笑した。

「気持ちしだいですよ。夢も、気持ちしだいで、いろいろとコントロールできますよ」

「そうなんですか？」

「夢を見ているとき、これは夢なんだ、夢なんだ、と意識するんです。それができれば、あとは簡単です。自分の意志で、思うように夢を変えることができるんです」

「悪夢でも？」

「そうです。悪夢でも、途中でハッピーエンドな展開にすればいいんです」

「そうですか。じゃ、ちょっとやってみます」

点滴は、まだまだ終わりそうにない。もうひと眠りできるだろう。

なにか、音が鳴っている。

ああ、そうか、タイマーの音か。看護師は、首からぶら下がっているタイマーを止めると、「じゃ、ちょっと失礼します。ごゆっくりお休みください」と、ぱたぱたと、他の患者のもとに走っていった。

管でつながれた腕が、だらりと、ベッドから落ちる。

…………。

これは夢なんだ、これは夢なんだ。

絹江はつぶやきながら、瞼を押し下げた。

ちっちっちっちっちっちっ。ちっちっちっちっちっちっ。

タイマーの音？　あ、看護師さん、もう時間ですか？　え、違う、あなた、ソフィーさん。あなた、戻ってきたのね。よかった、心配していたのよ。さあ、みんなが待っているわよ、ミレーユさん、ジゼルさん、シルビアさん、そして、ガブリエルさん。ほら、みんな昔通りよ、このメンバーで、イチからやり直しましょう。そう、すべてクリアして、イチから。

ソフィーさん、どうしたの？　なんで黙っているの？　ソフィーさん、ソフィーさん、ソフィーさん！　顔が真っ青よ！

目を覚ますと、ローズピンクの看護師が絹江の腕から針を抜いているところだった。点滴がようやく終わったようだ。

「大丈夫ですか？」

看護師が、顔をのぞき込む。「また、うなされていましたよ？」

「ええ、いやな夢を見たもんで」

「これは夢なんだ、これは夢なんだ……って、ちゃんと意識してみましたか？」

「はい、やってみました」

「で、どうでした？」

「……いや、効果があったのかどうか、ちょっとよく分かりません」

「そうですか。でも、慣れれば、必ず夢をコントロールすることができますよ」

それから、A4のプリントを渡された。そこには、検査後の注意事項が羅列されている。それは主に、麻酔による事故を防ぐものだった。

「完全に麻酔がとれるまで、あと、二時間は見てください。食事もそれまでは我慢してくださいね。では、これを」

看護師から札を渡されると、それを会計に持っていくように言われた。しかし、足がふらついて、うまく歩けない。

「大丈夫ですか？　顔が、真っ青ですよ」

「ええ、大丈夫です、大丈夫です」

笑顔を作ろうとしたが、どうしても泣き顔になってしまう。

「本当に大丈夫ですか？　もう少し、休んでいかれますか？」

看護師の目に、同情の色が浮かぶ。

「大丈夫ですか？」

受付の女の子も、妙に親切だ。でも、その顔がどこかひきつっている。

「大丈夫ですか？」

医師までやってきた。

どうして？　どうして、みんな、そんなに優しいの？　前に行った病院なんか、看護師も医師も、みんな冷たかったわ。

もしかして。

絹江は、右の手のひらをそっと開いてみた。うそ。

……生命線が途切れている！

もしかして、癌？　……私、癌なの？

そうなのね、癌なのね、だから、みんな、こんなに親切なのね。

そうなのね。……私、癌なのね。死ぬのね。

絹江は、手のひらをそのままぎゅっと握りしめた。

壁に掛けられた時計が、午後三時を指している。

行かないと、行かないと、だって、ガブリエルさんも来るんだもの。行かないと。

＊

「あれ？」レイコの部屋に着くなり、里彩子は指を折った。

マルグリット、ミレーユ、ジゼル、シルビア、エミリー……。

「もう、里彩子、また自分の世界に入り込んでいる」いきなり、レイコの顔が近づいてきた。

「里彩子の悪い癖。そういうところ、おばさんにそっくりね」

「え？　おばさん？」

「里彩子のお母さん」

「いやだ、やめてよ」

里彩子は、ようやくバッグを肩から下ろした。

「あ、里彩子、なにか匂う」

「え？　うそ」里彩子は、チュニックブラウスの袖を、鼻に当てた。あ、染み。そうか、さっきのカルパッチョ。

「ううん、違う、なにか、コロンの匂い。もしかして、男の人と会っていた？」

その言い方がなにか下世話な感じだったので、里彩子の顔は真っ赤になった。

「違う違う。取材」

「取材？　なにそれ」

「だから……」

「ねえねえ、ピザでも頼む？」

レイコが、いつのまにかピザのメニューを広げている。相変わらずだ。話の途中で興味の対象が次々と飛ぶ。最初はかなり戸惑ったものだが、いつのまにか、このペースにもすっかり慣れた。

幼馴染のこの友人とは、かつて同じ社宅の住人どうしだった。しかし、六年前にレイコの家族は社宅を出て、それ以来疎遠だったが、レイコが一人暮らしをはじめたのを機に、再び連絡をとりあう仲になっていた。

「どのピザにする？」ピザと言われたとたん、なにか小腹が空いてきた。さきほどの店では、結局、あまり食べられなかった。

「うん、任せる」

「そう。なら、ツナとコーンとマヨネーズのピザでいい？　生地はイタリアンクリスピーがいい？　それとも、ふっくらパン生地？」

「じゃ、ふっくらパン生地で」

「了解」

ピザの注文が済むと、レイコは言った。「で、何？」

「え？」

「取材って」

「ああ」そして忘れた頃に、前の話題に戻るのだ。レイコは、本当に、相変わらずだ。

「実はね。今日、取材を受けてきたんだ」

「取材？」レイコのまん丸い目に好奇心の火が灯る。

「うん、『アングラカングラ』っていう情報誌なんだけど」

「ああ、知っている。ちょっとマニアックなお芝居とか映画とかを紹介している雑誌でしょう？　で、どんな取材？」

「〝青い瞳のジャンヌ〟っていう漫画について」

「なに、それ」

「知らない？」

「うん」

「うちの母親が、ファンなんだ、その漫画の」

「へー。有名なの？　その漫画」

「有名っていうか、いわくつきというか」

「どんないわくがついているの？」

「たとえば、単行本を入手するのが難しいとか」

「普通に売ってないの？　ほら、今、昭和の漫画とかが文庫本で復刊されてるじゃん」

「復刊は一切なし。二十五年前に絶版になってそれっきりみたい。だから、マニアの間ではすっごいプレミアがついてるらしいよ。全十二巻で、いくらだと思う？」

「いくら？」

「百二十万円」

「ひぇぇぇ」レイコは、その整った顔には不似合いな奇声を上げた。

「それも、最低ラインね。初版なんていったら、一冊二十万はくだらない。最終巻にいたっては――」

「で、里彩子のお母さん、それ、持っているの？」

「うん」

「すっごいお宝もってんじゃん。なに、リアルタイマー？」

「うん。連載当時、中学生」

「で、他には？　入手困難だけじゃないんでしょう？　〝いわくつき〟っていうのは」

「連載が、打ち切りになったみたい」

「なんで？」

「いきなり問題シーンが掲載されてね。発売日の翌日は、本当に大変だったらしいよ。いつもならクラスの女子全員でジャンヌの話題で盛り上がるはずが、そのときばかりは誰も話題にしようとしない。中には欠席する者や、授業中に泣き出す者までいて、本当に陰鬱な一日だったんだって。実際、自殺した読者もいたとかなんとか」

「へー、そうなんだ」

「たかが、漫画なのに、バカみたいだよね」

「たかが、漫画。されど、漫画」

「え？」

「もっとさ、ファンの身になって考えないと」

「……でも、やっぱり分かんないよ。そりゃ、物語に入り込むことはあるよ。で、気に食わない展開だったりラストだったりすると、しばらくはムカついたり落ち込んだりもするよ。でも、それは一時的なもので……」

「その一時的が重要なんだよ。あとになってみれば馬鹿馬鹿しいと思うことも、その瞬間は、世の中で最も重くて意味のある感情なんだよ。そのジャンヌ？　だっけ？　のファンにとっては、その問題シーンがまさにそれなんじゃない？　っていうか、よっぽどスゴいシーンなんだろうね。トラウマとかになっちゃったりして？」

「トラウマ？」

「トラウマっていうか、……アレかも。ほら、なんだっけ、えっと、PT──」

「PTSD？」

「そう、それ。心的外傷後……ストレス障害だっけ？」

「でも、それオーバーじゃない？　だって、たかが──」

「だから、たかがで済まされないかもよ？」レイコの真剣顔が、近づいてくる。「で、里彩子のお母さんも、その漫画に何か影響されているの？」

里彩子は、はぁと、小さくため息を吐き出した。「かなりね」

「どんなふうに？」

「なんか、イカれているって感じ」

「それ、年齢的なこともあるんじゃないの？　今、何歳だっけ？」

「今年で、……四十六歳かな」

「ほら、それだよ。更年期障害ってやつ」

「ま、確かに、それもあるだろうけど」

「うちのママも、更年期障害ぽい。毎日、死ぬの生きるのってさ」

「まあ、確かに、更年期障害の前兆ではあると思うよ。でも、母親がおかしいのは今にはじまったことじゃないし」里彩子は、自嘲的な笑みを浮かべた。レイコも戸惑いの笑みを浮かべる。

「で、その問題のシーンって、どんなシーンなの？」レイコは、話題を変えた。

「分かんない。問題のシーンは、連載していた雑誌だけに掲載されて、単行本では削られたみたいだから。単行本、読んだことあるけど、ラストは無理矢理なハッピーエンドだった」

「じゃ、単行本では、どんなふうに終わっているの？」

「とってつけたような夢落ち。少女ジャンヌが成長してフランスからアメリカに渡って、そしてさらにいろんな苦難を乗り越えて……って二十年は経っているはずなのに、この二十年が、すべて、病床の少女ジャンヌの夢でした。朝起きたら、昨夜枯れていた白薔薇が咲いていた……っていうやつ」

「すごい、尻切れトンボ」

「でしょう？　全然伏線は拾ってないし、これじゃ、約二年、これを夢中で読んだ読者は浮かばれないよ」

「でも、風呂敷を広げすぎて、たたみきれないでさじを投げた……なんていう漫画なんか、たくさんあるじゃん？　というか、そっちのほうが多いでしょう？」

「まあね。だからといって、あのラストはね……」

「よくあることだよ。熱狂的なファンの期待に嫌気がさして、作品を放り出すって例、結構あるし。シャーロック・ホームズのドイル、アルセーヌ・ルパンのルブラン、……あと、赤毛のアンのモンゴメリーなんかもそうだったんじゃない？　まあ、いずれにしても――」

「なに？」

「いや、いまだにファンやっているなんて、里彩子のお母さん、相変わらず情熱的だなって」レイコは、「相変わらず」の部分を、意図的なのかそれとも無意識なのか、強調した。

「社宅の自治会のときも、おばさん、なんかすっごい頑張ってたよね。わたしのママなんて、『女闘士』なんて、呼んでた」

里彩子の顔が、自然と強張る。「今は、そうでもないよ」

「そうなの？」

「自治会も辞退したし。今じゃ、かなり影が薄い」

「マジで？　信じられない、あの、熱血なおばさんが」

「まあ、その分、ファンクラブの活動に精を出しているんだけどね」

窓から、生ぬるい湿った風がやってくる。里彩子は、テーブルに投げ出されたままのピザのメニューを手繰り寄せた。

「で、ピザ、何にする？」

「やだ、さっき注文したじゃん」

「そうだっけ？……あ」

携帯電話が鳴っている。里彩子は、ジーンズのポケットからそれを抜き出した。母親からだった。里彩子は、携帯を握りしめた。見ると、レイコが、ちらちらこちらを窺っている。里彩子は慌てて玄関先に避難した。

「どこって」

「里彩子ちゃん、今、どこ？」母親の尖った声が痛い。

「明日は日曜日でしょう？　そっちに行っていい？」

「え？　静岡に？」

「だって、入学式以来、あなた、ちっともこっちに帰ってこないし」

「あ、ごめん。今、ちょっと友達んちにいるんだ。明日いっぱいいる予定だから」

「そうなの？　で、どんなお友達なの？」

「……大学の友達だよ」里彩子は、レイコのほうを見ながら、小声で言った。

「彼氏？」

「だから、違うってば、女友達」

「あっ、そう」

「もう、いい？　切るよ？」

「あのね」

「なに？」

「今日ね、病院に行ってきたの。ほら、お母さん、胃が弱いでしょう？　で、最近、胃痛がひどいから、検査してもらったのよ」

「で、どうだったの？」

「癌かもしれない」

「え？」

「私、死ぬのよ」

「え？」

「だから、死ぬのよ」

そして、携帯は途切れた。里彩子の背中に、冷たい汗が流れる。

「どうしたの？　里彩子」

「私、やっぱり、実家に帰る」

「え？　世田谷の社宅に？　でも、ピザ、頼んじゃったよ」

「ごめん、その代金、私が払うから」そして里彩子は、渡瀬からもらった茶封筒の中から、一万円を引き抜いた。

「やだ、お釣りないよ」

「それは、また今度でいい。とにかく、私、帰らなくちゃ」

いったい、なんなのよ、どうしたのよ、癌だの死ぬだの、そんなこと言われたら、帰らないわけにはいかないじゃないの。脅し？　冗談？　それとも気を引くため？　ああ、本当にいやんなっちゃう、あの人には振り回されっぱなしだ。

思えば、物心ついた頃からだった。あの人が勝手に私に期待をかけて、期待が外れたら勝手に絶望して。小学校の頃通っていたバレエ教室のときだってそうだった。勝手に主役に選ばれると先走って、オデットの衣装を購入して。でも、実際に与えられた役は、その他大勢の白鳥。私はそれで全然かまわなかったのに、あの人は、教室に怒鳴り込んだ。児童会選挙のときだって、私が会長に選ばれるように生徒たちにおもちゃを贈って買収までした。結局レイコが当選してしまって、それ以来、レイコとその家族を避け続けた。高校受験のときは、もっとひどかった。もともと無理だったK高校、なのに、あの人は合格すると思い込んで、近所の人にも触れまわった。落ちてランク下の高校に入ったあともひどかった。必ずK高校に編入できるから、必ずそうするから、今のうちから準備しておきなさいと、K高校の制服を買ってきて無理やり私に着せた。……そんなことばかりだ。

もう、たくさん、たくさんなんだからね！　所詮、私はあなたの娘なんだから、程度は知れているでしょ。人間には、生まれ持った器があるの、分相応なレベルというのがあるの。それを無視して高望みしたところで、幸福は絶対やってこない、むしろ、悲劇がやってくるのよ。どうして、そんな簡単なことが分からないの？

ね、お母さん！


「あいつなら、でかけているぞ」

実家のドアを開けるなり、父親がそんなことを言った。ちょっと見ない間に、一回り小さくなった。また、白髪が増えたようだ。その頬も青白い。

「いつから？」

「午前中かな、気が付いたら、いなかった」

「でも、さっき、電話があったよ？　だから、私、帰ってきたのに」

「何時頃だ？」

「一時間ぐらい前」

「一時間前？　ということは、お前はどこにいたんだ？　静岡じゃないのか？」

「もう、私のことはどうだっていいじゃん。問題は、お母さんでしょう？」

「ああ、そうだな」父親が、セリフの棒読みのように言った。その動きも緩慢だ。……まさか、鬱病、再発した？

「お父さん、仕事はうまく行っている？　ちゃんと、休まず行っている？」

「俺のことはどうだっていいだろう。問題は、お母さんだ」

父親は、里彩子の言葉をそのまま返した。その表情は、石像のように硬く冷たい。仕事、きっとうまく行ってないんだ。

「とにかく、喉からから。なんか飲ませて」とりあえず部屋に上がると、里彩子は真っ先に冷蔵庫を開けた。中味がほとんど入っていない。いつもなら、飽食を絵に描いたような冷蔵庫なのに。

「お母さん、いつから具合悪かったの？」

「具合なんか、悪くないだろう」

「いや、だって。電話では今日、病院に行ったって」

「どこの？」

「胃だって。で、癌かもしれないって。死ぬって」

「まさか」

「お母さん、最近、様子おかしくなかった？」

「あいつがおかしいのは、今にはじまったことじゃないだろう」

父親の表情が、ようやく緩んだ。久しぶりの笑顔だ。しかし、その笑顔は間違いだったというように、すぐに無表情に戻った。

ダメだ、今の父親はまったく当てにならない。携帯電話を取り出すと、里彩子は母親の電話番号を表示させた。しかし、つながらなかった。

「きっと、電源を切っているんだろう。いつものことだよ。そんな心配いらないよ」

「いつものことって。最近、お母さん、よく家を空けるの？」

「ああ、そうだね、里彩子が出て行ったあとは、お母さんも家にいることが少なくなったよ。ふらっと、出かけてしまうんだ。俺と二人っきりなのが、厭なんだろうな。……まあ、気持ちは分かる」

見ると、父親はクッキー缶を抱えながら、クッキーをばりぼり頬張っている。父親の上と下の奥歯がクッキーを細かく細かく咀嚼していく。血糖値が高いのに、平気なんだろうか？しかし、父親は、生への執着を放棄した人のように、缶からもう一枚、クッキーを摘み上げ、それを口に押し込んだ。

「一人のほうがなにかといいよ。こうやって自然体でいられる。好きなものも好きなだけ食べられるし」が、その頬の動きが止まった。里彩子が、父親の前に座ったときだ。

「あ」父親の視線が、どこかに飛んだ。そして、小鼻を引くつかせる。

「なに？」

「この匂い」

「え？」

「……いや、なんでもない」しかし、父親の視線は再びクッキー缶へと返っていった。

クッキーを齧《かじ》る音が、次々と壁に吸い込まれる。それは、隣の部屋にまで伝えられるだろう。この社宅の壁は嘘のように薄い。隣人のくしゃみの音まで聞こえる。トイレを流す音なんかはまるでそこに水源があるかのように鮮明に聞こえるので、誰かに何かを言われたのか、母親からトイレに行くことを制限させられたことがあった。

とにかく母親は、体面と、世間からどう映るかをひどく気にする人だった。その割には、自己をまったく客観視できない人でもあった。そのアンバランスさに何度も泣かされたが、でも、母親だ。死ぬと言われたら、放っておくわけにはいかない。

連続殺人事件。

渡瀬というフリーライターの言葉が、唐突に蘇った。〝青い六人会〟のメンバーが次々と殺害され、そして、残ったのは、エミリーとマルグリット。どちらかが犯人かもしれない、そんなようなことも、あの男は示唆していた。

里彩子の脇の下に、じんわりと汗が滲む。

お母さんは、確かに、敵を作りやすい人だけど。根っから悪いわけじゃない。要するに、深情けなのだ。思い込みが激しいだけなのだ、それらが自家中毒を起こしているだけなのだ。

連続殺人事件。

再び、この言葉が浮かんできて、里彩子の体が強張った。……まさか、次に殺されるのは、お母さん？

「なにか、トラブルに巻き込まれたのかも」

里彩子は声を震わせた。「ね、お父さん、なにか手掛かりない？　お母さんの行きそうなところ」

「パソコンを見てみたらどうだ？　あいつ、暇さえあればパソコンやっていたから。何か手掛かりがあるかもしれんぞ」

ダイニングの隅の、小さなワーキングデスク。あの暗がりだけが、母の唯一のパーソナルスペースだ。背中を丸め、熱心にキーを叩いていた母の姿が浮かんできて、里彩子はなんとも言えない感情に駆られた。あそこだけが母の逃げ場だったとしたら。……そうだ。私がここから逃げ出したように、あの人もまた、どこかに逃げ出したかったのかもしれない。

「あ、でも、最近、あいつのアカウント、パスワードかかっているから、入れないかも」父親が頬をパンパンに膨らませながら、のんびりと言った。

あ、本当だ。パスワードを要求された。私がこっそりお母さんのメールをチェックしていたのが、バレたんだろうか？　……お母さん、案外、秘密主義なんだよね。

「な？　パスワードかかってんだろう？」

父親が、まるで他人事のように言う。実際、今となっては他人なのだろう。いつ頃からか、二人の仲はすっかり冷めてぎくしゃくした空気が漂っていた。でも、私にとっては、どこまで行っても、母親なのだ。他人にはなれない。

里彩子は、以前、友人に教わったパスワードの解除方法を記憶の隅から引きずり出した。自分のパスワードが分からなくなり、自分のパソコンなのに使えなくなったとき、大学の友人に泣きついた。ほんの一ヵ月前の話だ。

そういうときは、管理者《アドミニストレーター》のアカウントで、いったんパソコンに入るんだよ。確か、その友人は、そんなことを言っていた。

「えっと、えっと、まずは、いったん電源を落として」

里彩子は、電源をいったん落とすと、再び入れなおした。

「えっと、パスワード画面になる前にファンクションキーを押す……と」

セーフモードが表示される。セーフモードのネットワーク管理者を選択すると、案の定、管理者モードでログオンに成功した。しかし、このままでは、母親が残したデータを見ることはできない。

「この状態で、コントロールパネル、ユーザーアカウントと選んでいって。……H-kinue。よし、これがお母さんのアカウント名だ、これを選択してパスワードを変更するを選択して……よし、これで強制的に新しいパスワードを割り当てれば。……そうね、とりあえず、適当にアルファベットと数字を入れて……St125897。うん、これでお母さんのアカウントに、新しいパスワードが設定されたと。おっと、OKボタン押す前に、パスワードをメモしておかなくちゃ」

しかし、ここで、里彩子の指が止まった。ここでOKボタンを押せば、母親が設定したパスワードは永遠に消え、その代わりに、今、自分が適当に決めたSt125897が新しくパスワードとして設定される。このパスワードを使用すれば、母親がロックしたデータがすべて明るみになるのだ。

里彩子の指が躊躇する。それでいいのだろうか？　母親の秘密をのぞいて、後悔しないだろうか？

しかし、OKボタンは押された。もう、後には引き返せない。里彩子はパソコンを再起動させた。ログオン画面が表示される。里彩子は、アカウント欄にH-kinueとあるのを確認すると、パスワード欄に、St125897と入力した。

そして、［ＯＫ］を押す。

母親のデスクトップの壁紙が、なんのためらいもなく表示される。

それは、天使の絵だった。里彩子の指が止まる。……この絵、どこかで見たことがある。どこだったろう、どこだったろう。

「あ」

玄関先に走ると、放り出したままのバッグの中を探る。

「これだ。このマッチ」

里彩子は、そのマッチを改めてじっくりと眺めてみた。渡瀬というフリーライターに連れて行ってもらったバー。パソコンの壁紙と同じ天使の絵が描かれている。

「有名な絵なのかな？　っていうより、これ、なんて読むんだろう？」

マッチに刻まれたバーの名前、Gabriel。スペルをパソコンに打ち込んでみる。たちまちの内に、数万というサイトがヒットする。

「ガブリエル。……天使の名前だ」

説明には、

――神の言葉を伝える大天使で、マリアに受胎告知をしたとされる。また、最後の審判の日に「終わりのラッパ」を吹き鳴らす天使のひとり。……とある。

そして、デスクトップの壁紙とマッチに使用された絵は、エル・グレコの描いた「受胎告知」……というらしい。

ただの、偶然?

里彩子は、マウスを握りなおした。

＊

――できることなら　あなたを殺して　あたしも死のうと思った

池袋のカラオケボックス、一曲終わると、絹江は、脱力するように、ソファーに体を沈めた。

「マルグリットさん、いつもこの曲ですよね。本当にお好きなんですね」

エミリーが、ナポリタンをフォークに巻きつけながら、そんなことを言う。

「殺すだの、死ぬだの、ずいぶんと物騒な曲ですよね」

「〝同棲時代〟という映画、知らない? そのテーマ曲なのよ。私が小さい頃、ずいぶん、流行ったわよ」

「私、田舎者ですから、……流行に疎いんですよね」

言いながら、エミリーは、ケチャップが飛び散ったブラウスのフリルの襟を布巾で拭った。流行りのデザインだ。認めたくないが、この人、ちょっと奇麗になった。以前は、スーパーのワゴンセールで売ってそうな地味なカットソーに妙に派手な花柄スカートなどという、いかにもドン臭い格好だったのに。今では髪も栗色に染めて、毛先を遊ばせたショートボブ。……似合う。

「マルグリットさん、今日は病院に行ってきたんですよね？　どうでした？」エミリーが、ケチャップで汚れた唇で、にやりと笑う。

「ええ、まあ。……結果は来週ですって」

「え？　すぐに分かるもんじゃないんですか？」

「さすがに、それは。いろいろと検査するみたいだから」

「え？　なんの病院？」

「だから、胃腸病院よ。昔から、胃が弱いの。遺伝的なものかも。親戚も何人か、胃癌で亡くなっているから」

「なんだ。てっきり、産婦人科だと思いました」

「なんで？」

「妊娠したのかと。……ジゼルさんのように」

エミリーが、ミックスナッツをつまむガブリエルのほうを見た。

「で、今日は、なんの用なの？　定例会でもないのに。ガブリエルさんだって、お忙しいのに」

絹江も、ガブリエルのほうをちらりと見た。心なしか、その表情は、少し、疲れている。

「いえ、自分は大丈夫です。仕事は、ひと段落つきましたし」

ガブリエルが、いつものように穏やかな笑みを浮かべた。しかし、その頬は、強張っている。「それで、いったい、今日はなんの用事なんですか？」

「私ね、思い出したんです」エミリーは、勿体ぶった口調で言った。「シルビアさんが殺された夜、私、シルビアさんに、電話したんですよね。深夜の一時過ぎ」

ガブリエルの眼差しに、一瞬、緊張が走る。その唇が、幽かになにかをつぶやいている。

しかし、エミリーはそのつぶやきを遮った。

「そしたら、シルビアさんにキャッチが入ったんです。ある人から、電話が入ったって」

ガブリエルの体が、大きくしなった。「あ、ある人って？」声も、上ずっている。「その人の名前、聞いているんですか？」

「ええ」エミリーは、顎をきゅっと上げると、まるで女王のように、傲慢な笑みを湛えた。

「その人の名前、しっかり、聞きました」

「な、なんで、今になって？」ガブリエルの声が、ますます上ずる。

「実は、すっかり忘れていたんです、その人のことは。でも、最近になって、当時の記事を改めて読んでみて。……だって、ジャンヌの呪いとか言われて、なにか怖いじゃないですか。次は、私かも？　って。だから、事件のことをひとつひとつ、繙《ひもと》いてみたんです。そしたら、事件当日、シルビアさんは電話で誰かの呼び出しを受けている。そう息子さんが証言している記事を見つけて」

　エミリーは、ここで一呼吸置いて、オレンジジュースを飲み干した。そして、小さなゲップを吐き出すと、続けた。

「……私、てっきり、夫のことだと思ったんですよ。だから、すぐに警察に通報した。でも、今になって、あれ？って。夫、シルビアさんの電話番号、知っていたかしらって。もしかしたら調べたのかもしれないけれど、夫の性格からいって、電話なんかするより、直接家に乗り込むだろうって。もしかして、犯人は夫じゃなかったの？　たまたま自殺してしまったから、夫が犯人だってことで解決してしまったけれど。考えれば考えるほど、違和感を覚えてしまって。だって、シルビアさんの息子さんまで死んでいるのよ？　これって、一種の口封じじゃないのかしら？って。で、あの夜、シルビアさんにかかってきた電話のことを思い出したの」

「その人の名前は？」いつものガブリエルとは思えない荒々しい反応に、マルグリットは体を竦ませた。

「その人の名前は？」ガブリエルは、ほとんど叫ぶように、言った。

「たぶん、その人、シルビアさんの嘘に翻弄されていたんだわ」しかし、エミリーは、ガブリエルをはぐらかす。「だって、シルビアさんの嘘は天下一品、私もコロっと騙された。きっと、その人も、自分の弱いところを突っつかれて、シルビアさんに散々お金を絞りとられたんだわ。その人の弱点って何かしら？　過去のこと？　それとも今現在ついている嘘のこと？　いずれにしても、もうこれ以上は無理だというところまで、お金を取られていたんだわ。だから、その人、シルビアさんを殺してしまったのよ。だってメッタ刺しだったんでしょう？　相当な恨みがないと、あんなふうには殺さないものでしょう？」

「だから、その人の名前は！」ガブリエルの声が、信じられないほどどす黒い。その形のいい唇が、無数にひび割れている。

「思うに、その人、ミレーユさんとジゼルさんも殺害しているんじゃないかしら。ええ、間違いないわ。その人がやったのよ。ミレーユさん、西伊豆旅行のとき、酷かったもの。殴ったって蹴ったって、暴走がおさまらなかった。衝動的な殺意が湧いたとしても不思議じゃない。だって、車の中で暴れられちゃ、たまったもんじゃないもの。運転中は集中しないと。でも、ミレーユさんはそんなのお構いなしにしゃべり続け、暴れ続けた。黙らせようと、例えば、クッションかなにかで口を塞いでしまっても、不思議じゃないわ。……ね、ガブリエルさん、あのとき、どんな組み合わせで帰路についたか、覚えている？　確か、ガブリエルさんは……」

「もう、やめて！」絹江は、とうとう、口を挟んだ。

「いったい、なんなのよ。あなた、なんでそんなに偉そうなのよ、なんでそんなに馴れ馴れしいのよ。あなたなんて、あなたなんて、ファンクラブの活動だって短いくせに、新参者のくせに、私なんて、もう三十年以上もファンをやっているの、ファンクラブの運営に人生の半分、ううんそれ以上を捧げてきたの、なのに、あんたなんて、ちょっと絵が上手ってだけで、この〝青い六人会〟に引き上げられただけなのに。ええ、そうよ、私は反対だったのよ、あなたが参加することは。きっと、なにかよくないことが起こるって、私ね、そんな予感がしてたのよ」

「私を厄病神みたいに言わないでください！」エミリーは、ケチャップ塗れのフォークを振り上げた。

「私は少なくとも、人は殺してません、人殺しじゃありません！　メッタ刺しにしたり、小田原の山中に埋めたり、吉祥寺のホームで突き飛ばしたり、そんなことしません！」

「だから、その人の名前は？　人殺しの名前は？」ガブリエルは、エミリーの肩を激しく揺さぶった。まんざらでもないという表情で、勝利の笑みを浮かべるエミリー。

ガブリエルさん、ガブリエルさん、そんな女の言うこと、聞いちゃダメよ。その女こそ、嘘つきなのよ。ガブリエルさん、ガブリエルさん、大丈夫よ、私が、あなたを守ってあげる。

私が……。

*

パソコンのディスプレイに表示されているのは、ようやく返信があったメールの文面。ハンドルネーム〝ニーナ〟からのメールだ。母親のメールソフトに残されていたアドレスを頼りに、ファンクラブのメンバーだと思《おぼ》しき何人かにメールを送ったが、早速送られてきたのが、このメールだった。

――事情、承知いたしました。〝青い瞳のジャンヌ〟または〝青い六人会〟についてお知りになりたいんですね。私でよければ、力になります。私の最寄りの駅は田無《たなし》なんですが、ここまで来ていただければ、二時間後ぐらいにはお会いできます。いかがですか？

今から二時間後といえば、午後七時。田無といえば、西武新宿線。うん、たぶん、一時間もかからないだろう。里彩子はキーに指を置いた。

――はい、もちろん、田無に伺います。では、田無駅改札前、午後七時でよろしいですか？　いろいろとお話を伺いたいです。よろしくお願いします。

「あ、そうだ、写真を持ってきたのよ」

田無駅前のドーナッツショップ。テーブルにつくなり、ニーナはトートバッグから茶封筒を取り出した。「お茶会のときに、撮った写真です。二〇〇七年の三月」

茶封筒の中味は、ざっと数えて二十枚。お茶会というよりは女子大の謝恩パーティのようだ。いや、仮装パーティといったほうがいいか。

「華やかですね」里彩子は写真の一枚を空いている手で引き寄せた。

「でしょう？　年に一度、東京のホテルで開催するんです。会員はこれをとても楽しみにしていました」

「していました……というのは？　今はしてないんですか？」

「そうなんですよ。ほんと、いやんなっちゃう」ニーナは、ドーナッツをかじりながら、顔を歪めた。「人が立て続けにいなくなっちゃって、幹事会の〝青い六人会〟は事実上の解散。

ファンクラブも、死に体。辛うじてファンサイトはありますけどね、開店休業の状態。っていっても、前の状態に戻っただけですけど」

「前の状態というと？」

「はじめは、サイトなんかなかったのよ。ファンクラブがあっただけで。年に一回のお茶会、年に二回の会報発行……ぐらいの活動で、アナログで細々と運営されてきた。でも、ある日突然サイトができてね、それを機に、変な熱気を帯びてきたのよね」

「そのサイトは、いつ頃、できたんですか？」

「そうね。……二〇〇五年ぐらいかしら。ガブリエルさんが立ち上げたの」

「じゃ、はじめは、ガブリエルっていう人の個人サイトだったんですか？」

「そ。それがいつのまにか、ファンクラブの公認サイトみたくなっちゃって」

「きっかけは？」

「当時、ファンクラブの代表みたいなことをやっていた〝ゾフィー〟さんが、ガブリエルさんをファンクラブに入れたのよ。それがきっかけで、ガブリエルさんのサイトは、ファンクラブの公式サイトになったの」

「その、〝ゾフィー〟という人は？」

「え？」

「〝ソフィー〟さんという人は、今？」

「え、ええ」ニーナは、オレンジジュースのストローをくわえこんだ。容器の中の氷が意味ありげに、じゃらじゃらと音を立てる。「……結婚したんじゃなかったかしら？」ニーナの黒目が忙《せわ》しなくあちこちと動き、ぴたっと止まった「ええ、そうよ、結婚したんだったわ。で、南米に行ったのよ。誰かが、そんなこと言ってた。で、結婚を機にファンクラブも〝青い六人会〟も辞めたらしいわ。その代わりに入ったのが、エミリーさん」

言いながら、ニーナは写真を一枚、抜き出した。

「これが、〝青い六人会〟のメンバー」そして、ニーナは、右から一人ひとり指を置いていった。

「ジゼルさん、ミレーユさん、シルビアさん、マルグリットさん、そしてエミリーさん」

あれ？　五人だ。

「このときは、ガブリエルさんは仕事で欠席」

「じゃ、そのガブリエルって人も、〝青い六人会〟の一人なんですね」

「そ。でも、来なくて正解。来てたら、きっと、ひと悶着あったわ」

「どういうことですか？」

「ガブリエルさんが入会してから、いろいろとあったのよ」

「いろいろとは？」

「簡単にいえば、奪い合い」

「奪い合い？」

「そう。ガブリエルさんが幹事スタッフになったのは二〇〇六年で、結構最近の人なんだけど、でも、この人が入ってきたおかげで、トラブル続き」

「それは、なんで？」

「だから、奪い合いよ。ガブリエルさんは、サイトや会報に小説を提供していたんだけど、それが素晴らしく上手くてね、しかも、みんなのツボを直撃するような、甘いロマンスを得意としていた」

「小説って、二次創作ですか？　同人誌に載せるような」

「そう。それで、一気にファンが増えたのよ。そのうち、ガブリエルさん目当てで会員になる人まで現われて。しかも、ガブリエルさん、きれいで若かったから、いい歳したおばちゃんは、メロメロ。ガブリエル様ガブリエル様って、サイトの掲示板も大賑わい」

ニーナは、ドーナッツを右手に、顔の右半分をおもいきり捻りあげた。

「特に、〝青い六人会〟の中では、大変な奪い合いが繰り広げられていたみたい。一番、熱を上げていたのが、シルビアさん」

「シルビア、咲野詩織さんですね」

「そ。この人よ」

ニーナは、写真に指を置いた。フランス人形のような縦ロールの髪、そして銀色のドレス。

……ドラム缶のようだ。

「この人は、割と最近、スタッフになった人なんだけど。なのに、もう何十年もスタッフしてたようなふてぶてしさだったわ。幹事スタッフというのを鼻にかけて、偉そうにしていたし。それに、自分自慢が激しくてね、虚言癖もあったし」

「虚言癖？」

「そ。いろんな嘘をついて、人からお金も騙し取っていたらしいわよ。息子が病気した、甥が借金を抱えている、……そんな感じで、はじめは小さなネタで、少額をみんなから満遍なく借りていたんだけど。どんどんエスカレートしてきて」

「お金、困っていたんですか？」

「そうみたい。聞いた話だと、彼女、生活保護で暮らしていたみたいよ。その上、あちこちから借金があって。それにしても、あれよね、シングルマザーってだけで、生活保護を出すなんて、甘すぎるわよね？　だって、彼女、別に体が悪いわけでも、働けないわけでもなかったのよ。しかも、生活保護のお金で、結構いいところにも住んでいたみたいだし。まったく、働けっていうのよ。生活保護もらって、さらに人からお金を騙し取って、手段のためならどんな嘘もついて。根っからの破綻者なのね、人格障害なんだわ。あれじゃ、子供がかわいそうだわ。母親があんなだから、子供も……」

「お子さんは、息子さんおひとりですか?」

「そ」ニーナは、ストローを思い切り吸い込んだ。ずるちゅると、容器が下品に鳴る。「これ、二〇〇五年のお茶会のときの写真なんだけど。シルビアさん、息子を連れてきたのよ」

引き抜いた写真には、一人の少年が写っていた。十八世紀の貴族風の衣装を着ている。

「その衣装、特注で二十万円したんだって」

「二十万!」

「バカみたいでしょう? こんなところで、こんな無駄なお金遣って。息子さん本人だって、いい迷惑よ。みんなから『きゃー、かわいい! きゃー、触らせてー』って、ペットのようにぺたぺた触られて、泣きそうだったわよ、あの子」

「それにしても、かわいい子ですね」

「芸能人にするんだ、J事務所からも声がかかっている、なにしろ、この子はサラブレッドなんだって。……なんでも、某イケメン俳優との間にもうけた子供みたいよ」ニーナは、にやにや笑いながら言った。「まあ、嘘に決まっているんだけど。ほんと、シルビアさんは、呼吸をするように嘘をついていたから」

「彼女は、他にはどんな嘘を？」

「私が聞いたのは、自分は某劇団女優の隠し子で、父親は某政治家、その秘密を握る闇の組織にお金を強請《ゆす》られている……とかなんとか」

「なんだか、壮大な嘘ですね」

「でしょう？　普通、信じないわよね？　ところがね、エミリーさんたら、ころっと騙されちゃったらしいのよ」

　ニーナは、二〇〇七年に撮られたお茶会の写真を再びテーブルに置いた。「これは、エミリーさんが〝青い六人会〟に参加してすぐに開かれたお茶会なんだけど」ニーナの指が、左端の女性の上に置かれた。いかにも貸衣装のようなピンクのフリルドレス、体に合わないのか、あちこちに無駄な隙間ができている。その眼鏡も、ドレスに合っていない。

「で、エミリーさんがころっと騙されたというのは？」

「シルビアさんにとって、エミリーさんは目の上のたんこぶだったみたいね。なにしろ、エミリーさんは漫画が上手くてね、ジャンヌの模写も完璧だった。それで、エミリーさんは新参だったんだけど、ファンクラブでも結構な人気があったの。シルビアさんは、まず、その人気に嫉妬した。さらに、ガブリエルさんがエミリーさんを〝青い六人会〟に推薦したものだから、ますます嫉妬が凶悪になって。どんな手をつかったのか知らないけれど、エミリーさんをファンクラブから脱会させたのよ。たぶん、またいつもの馬鹿馬鹿しい嘘でもって、騙したんだと思うけど。それだけじゃなくて、お金も結構騙し取ったみたいよ」

「咲野詩織さん、つまりシルビアさんを殺害したのは、エミリーさんの夫だということで一応解決しているみたいですが、あなたはどう思いますか？」

「うーん、そうね。それについては、私もあまりよくは分からないわ。ただ、エミリーさんの旦那さん、アルコール依存症で、かなりイっちゃってたみたいだから、発作的にシルビアさんを殺害した、というのも理にかなっているとは思うんだけど。ただね……」

「なんですか？」

「シルビアさんが亡くなって、エミリーさんの旦那さんも自殺して、一番得したのは、エミリーさんなのよね」

「どういうことですか？」

「エミリーさんは結局ファンクラブに戻るんだけど、ものすごくイキイキしていて、楽しそうだったって。それまでは、なにか暗いイメージだったのに、まるで嘘のように明るくなって、カラオケなんかも自主的に歌うようになって。……そんなことをマルグリットさんが言ってたわ」

マルグリット。お母さんのことだ。

「エミリーさん、旦那さんから解放されて、生まれ変わったんでしょうか？」

「どうなんでしょうね。……それと、保険金も手に入れたみたい」

「旦那さんの死亡保険？」

「ええ。エミリーさん、嬉しそうに言っていたって。以前、勧められるがままに入った保険が、今になって役に立ったって」

「いくらぐらいなんですかね？」

「さあ、それは聞いてないわ。ただ、結構な金額であったことは間違いないみたい。だって、服とかバッグとか、いきなりブランド品になったって。なんか、ちょっと成金趣味な感じでいやだわ……って、マルグリットさんが。マルグリットさん、もしかしたら、エミリーさんがシルビアさんを殺した犯人だと思っているのかも。シルビアさんだけじゃないわ、ミレーユさんを殺したのも――」

「ミレーユ、酒井稲子さんですか？」

「そ。ミレーユさんは、西伊豆に旅行にいったその直後に失踪しているのよ。で、その数ヵ月後、腐乱死体で発見されているわ。ゴミ袋に詰め込まれて。ああ、怖いわ」ニーナは、大袈裟に体を震わせた。「……実はね。その西伊豆旅行、エミリーさんも一緒だったみたいなのよ」

「いや、でも、それだったら、いくらなんでも、警察が……」

「うん、だから、一応、任意で警察の取り調べを受けたみたい。でも、死体が発見されたのは死んでから数ヵ月経ってからでしょう？　遺体の損傷も激しくて、殺害方法も犯人の手がかりもまったく分からなかったみたいよ。だものだから、証拠不十分ということで、すぐに帰されたみたいだけど。……ああ、そういえば、マルグリットさんも、警察に呼ばれたはずよ」

「え？　母も？」

「聞いてない？」

「はい」

「まあ、あなたに心配させたくなかったのね。どのみち、事情だけ訊かれて、すぐに帰されたみたいだけど」

ニーナは、ドーナッツをつまみ上げると、かぶりついた。「そうそう、ジゼルさんの事件もね」

「ジゼル、保科早苗さんですね」

「そう。ジゼルさん、美人だったけど、私はちょっと苦手だった。なんかお高く留まっている感じがして。上級公務員の妻を鼻にかけているというか。私なんか、あの人のせいで、結局、〝青い六人会〟には参加できなかったんだから。マルグリットさんが言うには、ジゼルさんが頑なに反対しているって。まったく、いやんなっちゃう。……あ、でも、私じゃないわよ、私は殺してないわよ、そんなことするはずないわよ」ドーナッツを口に押し込みながら、ニーナは繰り返した。「私は、違う。だって、ジゼルさんに恨みなんかないもの。犯人は、ジゼルさんに恨みを持っている人ね。それも、かなり病的な恨み。妬みといったほうがいいかしら」

「妬み？」

「そ。ジゼルさん、妊娠したのよ。それをエミリーさんが妬んでいるんじゃないかって、マルグリットさんが言ってた」

「なんで、妊娠したことを妬むんですか？」

「あなたは若いからまだ分からないかもしれないけれど、女にとって、仲間うちの妊娠はいろいろと波紋を呼ぶのよ。特に、もう子供が産めなくなった人なんかはね、仲間の妊娠が、羨ましくもあり、妬ましくもあるの」

「じゃ、エミリーさんは、子供が産めなかったんですか？」

「そうみたいよ。昔、なんかいろいろあったみたい。でね、ジゼルさんの妊娠を快く思ってなかったらしいのよ、エミリーさん。それで、発作的に、突き飛ばしちゃったんじゃないかって。確かに、事故現場で怪しい女の人が目撃されているのよね。どっかの週刊誌に書いてあったわ」

ニーナは、最後のドーナッツを手に取った。里彩子も、ここでようやくドーナッツを一口、かじった。甘い。甘すぎて、涙が出てくる。里彩子は、手にしたドーナッツを、そのままトレーに戻した。

「ところで、母、……マルグリットとあなたのご関係は？　仲がよかったんですか？」

「仲がいいというか。……古い知り合い。私たち、中学生の頃知り合ったのよ。ファンクラブのお茶会で知り合ったんだけど、……でも、マルグリットさんは、覚えてないかも」ニーナは、ここで意味ありげに、にやりと笑った。「マルグリットさんは当時から積極的で、すでに副代表なんかもやってたんだけどね、私は当時もその他大勢の平会員。生まれつき、縁がないのね、幹事会とかスタッフには。……そうそう。当時はまだジャンヌも連載中でね、秋月美有里先生もお茶会にいらっしゃったことあるのよ。一度きりだけど。めったに顔を出さない人だったから、そりゃ、大騒ぎだったわよ」

「じゃ、秋月美有里と会ったことがあるんですね？」

「うん、きれいな人だったわよ。でも」ニーナが、突然、口を噤《つぐ》んだ。

「なんですか？　そのお茶会でなにかあったんですか？」

「まあ、ちょっとしたことよ。ファンもみんな子供だったたし」

「なにが、あったんですか？」

ニーナは、軽く咳ばらいすると、ストローをくわえこんだ。しばらくはその状態を続けたが、はぁと息を吐き出すと、言った。

「……当時ね、ジャンヌの連載が私たちの予想とは違う方向に展開しだしたのよ。それで、ファンの中でも意見が真っ二つに分かれたの。で、熱心なファンの一部が……主にマルグリットさんだったんだけど、秋月美有里を激しく糾弾しだしたの」

「でも、母は、当時中学生だったんですよね？　中学生のファンが、作家を糾弾？」

「今じゃ考えられないかもしれないけど。……そういう時代だったのよ。暴走族とか校内暴力とか、つまり、エネルギーが有り余っていたのよね、当時の十代は。で、熱狂的なジャンヌファンだったマルグリットさんも熱くなっちゃって、秋月美有里を吊るし上げたってわけ。他のファンもそれに乗じて、激しい総括が行われたの」

「総括？」

「そ。過激派が行っていた、反省を求める行為」

「過激派……」

「まあ、はじめは秋月美有里も大人の対応で丁寧に受け応えしていたんだけど、だんだんと追い詰められてね」

「でも、ファンは、たかが、子供ですよね？」

「いくら子供とはいえ、多勢に無勢、それに十代特有の無責任な凶暴さが加わって、そりゃ、ひどい総括だったわよ。編集者もおろおろするばかり。あれは、一種のクーデターよ。で、秋月美有里はとうとう逃げ出してしまった。それからね、ジャンヌのストーリーと絵柄ががらっと変わったのは。そして、打ち切り。……本当、あの打ち切りのことを思い出すと、今でも体が震えて、涙が出てくるわ」

ニーナは、目元を押さえた。本当に、頰に涙が流れている。

「ごめんなさい、あのときのことを思い出すだけで、今でもこうなの。情けないわ、こんないい大人になって」

ニーナは、容器ごと口に持っていくと、残りの氷をすべて流し込んだ。母も、同じようなことをしていた。……この人も、体調がよくないのだろうか？　あるいは、更年期障害？　氷をこのように執拗に欲しがるのは、貧血や精神の不安定から来るものだと、なにかの本で読んだ。

「なに？」

ニーナの動きが止まった。まるで珍しい動物を見るように凝視していた自分に気がついて、里彩子は咄嗟に会話をつなげた。

「いえ、しかし、いろんなこと、よくご存知だな……って」

「あら、そう？　でも、会員のみんなといろいろと話していたら、このぐらいの情報は入ってくるわよ。今は、ネットもあるし。やっぱり、一番強力な情報源は口コミね。何人かとこうやってお茶するでしょう？　すると、それはそれはいろんな情報を得ることができるわ。しかも、かなり確かな情報が。やっぱり、マスコミより、口コミ。マスコミなんて、ほんと、的外れな嘘ばかり」

言いながら、ニーナが、腕時計をちらりと見た。

「あ、もう、お時間ですか？」

「今から、娘を塾に迎えに行かなくちゃ。受験を控えているのよ。ごめんなさいね」

「いえ、こちらこそ、お忙しいところ、ありがとうございました」

「お力に、なれたかしら？」

「はい。お話をうかがって、母は、たぶん、エミリーって人と一緒にいるような気がします。今から、ちょっと当たってみます」

「連絡先は、分かる？」

「はい。母のパソコンの中に、データが残ってました。今から、電話してみます」

「そう、頑張ってね。でも、あなたのような母親思いの娘さんが羨ましいわ。うちの娘なんて、私が一週間家を空けても、きっと、なにも思わないのよ。それどころか、せいせいするんじゃないかしら。……あ、写真、お持ちになる？」

「いいんですか？」

「ええ、デジタル画像をプリントしただけのものですから。……あ」

ニーナの言葉が途切れる。その視線は、テーブルに並べられた写真の一枚に注がれている。

「いたわ、いた。こんなところに、ガブリエルさんが。あ、ソフィーさんも」

その一枚が、里彩子の前に置かれる。

「二〇〇六年のお茶会のときね。ガブリエルさんが、入会したばかりの頃。これが、さっき言った、ソフィーさん」ニーナが、一人の女性を指差した。「元ファンクラブの代表。確か、市立病院の婦長さんだったわ。なんか、いかにも婦長さんって感じでしょう？　この厳しい表情。これでも、笑っているつもりなのよ。実際、ちょっと怖い人だったわ。融通がきかなくて」

「それで、どれが、ガブリエルさんですか？」

「この人よ」

ニーナの指が、その人を差す。

「え？　この人が、ガブリエル……？」

里彩子の思考が、一瞬、混乱する。「この人が？」

思考を整理しようと深呼吸すると、携帯電話がぶるっと震えた。母からだった。

「お母さん！」里彩子は、人目も気にせず、叫んだ。「今、どこにいるの？　ね、お母さん！」

——助けて。

「お母さん？　どうしたの？　お母さん？」里彩子の狼狽《ろうばい》ぶりに、ニーナの瞼も激しく瞬《まばた》きをはじめる。

——助けて、お願い、助けて！　ガブリエルさんが、ガブリエルさんが……！

「お母さん、落ち着いて、ね、お母さん、今、どこにいるの、お母さん！」

——池袋……池袋の……。

＊

絹江は、薄れゆく意識の中で、なにか音を聞いていた。なんの音かしら？　この規則正しい音。聞き覚えがある。なにかが、滴る音。……ああ、そうか、これは、点滴の音だわ。ということは、ここは病院？　そうね、病院ね。きっと、強い麻酔を打たれたんだわ。体がふわふわして、痺れている。とても、目を開けていられない。
ぽたん、ぽたん、ぽたん。
その音に誘導されるように、絹江は、瞼を閉じた。
誰かの声がする。誰？　誰の声なの？　あ……、その声は、……ソフィーさんね。

──ソフィーさん、どういうこと？　あなた、抜け駆けして、ガブリエルさんとふたりきりで会っていたでしょう？　なにを話していたのよ。え？　私に辞めろっていうの？　なんで？　分かったわ、私の代わりに、新しい人を入れるつもりね、あの人でしょう？　あの、絵が上手い人。あんな新参者、入れてどうするつもりなの？　そりゃ、私、最近、幹事会の仕事をサボっていたわ、でも、それにはちゃんと理由があるのよ、ちょっと、家がごたごたしているのよ。娘は受験に失敗していらいらしているし、夫が、ちょっと鬱病気味だし。降格されたの、それで、少し、落ち込んでいるのよ。でも、大丈夫、娘がK高校にさえ入ってくれれば、すべて解決するわ。他校からの編入枠があるのよ、それに合格さえすれば、そうすれば、夫だって、もっと働こうって気になるわ。大丈夫、娘は、必ずK高校に合格するわ。それまでは付きっきりで世話をしたいのよ。だから、その間だけよ。受験が終わったら、幹事会の活動に戻るわ。……だから、戻るって言っているでしょう、辞めないわよ、絶対、辞めないわよ、あなた、なにも分かってない、あなた、代表なんて偉そうにしているけど、運営の細かなことは、全部私がしてきたのよ、この三十年間、私が支えてきたのよ、このファンクラブは、あなただけのものじゃない、あなたが支えてきたんじゃない、私よ、私が支えてきたのよ、私よ！

今度は、誰？　その声は……シルビアさん？

——シルビアさん、シルビアさん、どういうことよ、あなた、K高校の理事長と知り合いだって言っていたじゃない、口を利いてくれるって、編入枠に入れるよう工作してくれるって、だから、私、百万円を出したのよ。なのに、なのに。

お礼をしようと理事長に連絡したら、あなたのこと全然知らないって、そもそも、今年は編入枠を設けないって。どういうこと、どういうことなの？　嘘だったの、全部嘘だったの？　信じられない、信じられない、この詐欺師、この人でなし、返せ、百万円、返せ、返してよ！

え？　ミレーユさん？　あなた、ミレーユさんね。あなた、相変わらず、ちょっと煩いわ、黙っていてくれる？

――ミレーユさん、だから、静かにして、今、運転中なのよ、ちょっと、ミレーユさん！ エミリーさん、この人をどうにか押さえつけてよ、ねぇったら、集中して運転できないのよ、私、今度違反したら、免停を食らうのよ、だから、集中して運転したいの。え？ 嘘、エミリーさん、電車で帰るって？ だから沼津駅で降ろせって？ だったら、ミレーユさんも一緒に連れて行ってよ、この人、頭おかしいわ、尋常じゃないわ、こんな人とはもう一秒もいたくない。ちょっと、エミリーさん、行かないでよ、ちょっと、ミレーユさんを私に押し付けていくつもり？ ねぇったら！ だから、ミレーユさん、黙って、あんたのせいで、ちっとも集中できない、煩い、煩い、煩い、黙れ、黙れ、黙れ！

ジゼルさん、あなたもいたのね。いやだ、なに、その目。あなた、どうしていつも、そんなにお高く留まっているの？ どうしていつも、そんなふうに人を見下しているの？ あなたにそんな資格はないわ。私、知っているのよ、あなたの秘密を。

——ね、ジゼルさん、本当のこと言って。誰にも言わないから。そのお腹の子、あの人の子供じゃないの？　だって、計算がぴったり合うもの。西伊豆旅行のときと。あの日、あの人はあなたの車で帰ったわ。あなたと二人っきりでね。そのとき、なにかあったんでしょう？　そうなんでしょう？　なんで黙っているの？　そう、それが答えね。分かったわ、これは誰にも言わない。だから、これだけは教えて。どちらが誘ったの？　あなたが誘ったのね、そうなのね。信じられない、人妻のくせして、誘惑するなんて、信じられない、この尻軽女、この淫売女、汚らわしい、汚らわしい、汚らわしい！　反省しなさい、反省しなさい、反省しなさい！

「反省しなさい！」

自分の声に驚いて目を覚ますと、ローズピンクの看護師が、腕から針を抜いているところだった。あれ？　ここは。あ、そうか、病院。

「点滴、終わりました。……大丈夫ですか？」

看護師が、顔をのぞき込む。「また、うなされていましたよ？」

「ええ、いやな夢を見たもんで」

「これは夢なんだ、これは夢なんだ……って、ちゃんと意識してみましたか？」

「はい、やってみました」

「で、どうでした？」

「……いや、効果があったのかどうか、ちょっとよく分かりません」

「そうですか。でも、慣れれば、必ず夢をコントロールすることができますよ」

そうですね。やってみます。

そうだ、これは夢なのだ。夢なのだから、自分の意志で、都合のいいように変えればいいのよ。どんなふうに変えれば、ハッピーエンドになるかしら。

……ううん、愛は、いつも涙で終わるものなのよ。そうなのよ。だからこそ、愛は美しい。そうでしょう？　ガブリエルさん。

さあ、ガブリエルさんも歌ってちょうだい、私と一緒に、歌ってちょうだい。私の大好きなこの歌を。あなたと歌いたかったのよ、ずっと歌いたかったのよ。


――できることなら　あなたを殺して　あたしも死のうと思った　それが愛することだと信じ　よろこびにふるえた……

絹江の頬に涙が流れ、そして手からフォークがするりと滑り落ちた。

＊

お母さん！

池袋東口、サンシャインシティ近くのカラオケボックス。しかし、そこは野次馬と警察関係者でごった返していた。けたたましいサイレンの音とともに、救急車が到着する。

お母さん、お母さん！

ビルの中に入ろうとする里彩子を、警察の腕章をつけた関係者が押さえつける。

入れてください、私、関係者なんです、確認させてください、お母さん！

ビルの出口から、人を載せた担架が出てきた。野次馬たちが一斉に、携帯のシャッターを押す。

無数のフラッシュの中、その血だらけの顔が浮かび上がる。

お母さん！

里彩子は、その顔を確認してみた。

……違う。お母さんじゃない。この人は、たぶん、……エミリーだ。里彩子は、ニーナからもらった写真とその顔を照らし合わせた。

そして、もう一人が担架に載せられ、出てきた。

お母さん!

……違う、この人も違う。この人は、この人は……、渡瀬。フリーライターの渡瀬晃。


ガブリエルさん!


そんな叫び声とともに、二人の警官に抱えられるように、女が出てきた。

……お母さん?

「ガブリエルさん、ガブリエルさん、愛しているわ、愛しているわ、あなただけを永久《とわ》に愛し続けるわ。それが、私の愛のかたちよ。私もすぐに行くわ、あなたの許《もと》に。すぐよ、すぐに行くわ、だから、待っててね。……待っててね!」

里彩子は、渡瀬の担架に向かって叫ぶ母の姿を、ただただ混乱する頭で眺め続けた。

*

口論になった相手の女性と仲裁に入った男性を殺害しようとしたとして、警視庁東池袋署は13日、東京都世田谷区松原七丁目、主婦、弘田絹江容疑者（46）を殺人未遂容疑で緊急逮捕した。

逮捕容疑は13日午後8時30分ごろ、豊島区東池袋のカラオケボックス『歌声横丁』で、埼玉県朝霞市、アルバイト社員、村上枝美子さん（42）、神奈川県川崎市幸区、フリーライター、渡瀬晃さん（32）のいずれも頭部をフォークで刺し、殺害しようとしたとしている。同署によると容疑を認めているという。2人は病院に運ばれたが、どちらも意識不明の重体だという。

＊

警視庁東池袋署は14日、弘田絹江容疑者（46）が、吉村淑子さん（当時47）を殺害したと発表した。

同署によると、2006年12月13日、吉村さんが自宅近くで車を運転中、待ち伏せしていた弘田容疑者が追跡し乗り込んだという。弘田容疑者は調べに対し、「サークルの幹事会を辞めさせられそうになった。カッとなり、首を絞めた。遺体を車に乗せたまま、自分で運転して秩父に運び、山中に埋めた。車も、山中に遺棄した」などと自供しているという。

吉村淑子さんは埼玉県の市立病院で看護師として働いていたが、２００６年12月中旬頃より行方が分からなくなっており、失踪届けが出されていた。

＊

東京都豊島区のカラオケボックスで13日、神奈川県に住むフリーライターの男性（32）が女にフォークで刺された殺人未遂事件で、警視庁東池袋署は15日、男性が同日午前5時すぎに病院で死亡したと発表した。

同署は殺人未遂の現行犯で逮捕した東京都世田谷区に住む主婦、弘田絹江容疑者（46）を、殺人容疑に切り替えて捜査するとしている。

ガブリエル

S「さて。スクープがあるんだって？」
W「うん。なんと、秋月美有里が復活だ！」
S「びっくりだね。しかも、〝青い瞳のジャンヌ〟の続きを描くという。連載開始するの、ファッション誌の『フレンジー』だっけ？」
W「うん。リニューアルの目玉にするみたい」
S「でも、こう言っちゃ何だけど、昭和の少女マンガとファッション誌って、ミスマッチな気もするんだけど」
W「これも、少子高齢化の影響じゃない？　ファッション誌も、これからは昭和世代も視野に入れないと部数を維持できない、とか考えてんじゃないの？　なにしろ、〝青い瞳のジャンヌ〟に熱狂した世代は、人口多いからね」
S「しかも、高度成長期もバブルも経験している、最も財布の紐がゆるい消費世代だ。そこをターゲットにするというのは、あながち間違ってはないかもね」
W「そうそう。それに、その世代は、更年期。昔を懐かしんで少女返りする季節の真っ只中だ。もしかしたら、平成版〝青い瞳のジャンヌ〟は、大ブームになるかもね。どこかの恋愛ドラマのように」
S「そんなことより、秋月美有里って、今までどこにいたの？」
W「川崎駅近くで、小さなバーを経営していた。〝ガブリエル〟という名前の」
S「〝ガブリエル〟か。確か、〝青い瞳のジャンヌ〟にも出てくるよね、そういう名前の男爵が」
W「うん。表向きは男爵、しかし実は反政府側《テロリスト》のパトロン。通称、紅薔薇の君。最後には、子飼いのテロリストたちに監禁リンチされて殺害されるんだよね」
S「ところで、秋月美有里は、なんで問題のシーンを描いてしまったんだろう？」
W「どうも、ファンとの確執の結果らしい。熱狂的なファンがしつこくつきまとって、話の展開をこうしろ、ああしろって、秋月美有里を脅迫していたらしいよ。はじめは手紙での脅しだったんだけど、どんどんエスカレートしてきて、直接電話してきたり、部屋を訪れたり、ポストに汚物を投げ込まれたり。しかも、そういうことをするファンは一人や二人ではなくて、何百人もいたという」

S「何百人も！　それは、深刻だ」
W「極めつきは、ファンクラブ主催のお茶会。編集部に強要されて出席したはいいんだけど、熱狂的なファンに、吊るし上げられたみたい」
S「マジで？　信じられない」
W「ちょうどそのとき、連載が佳境に入っていて、ファンが想定していたものとは違う展開になっていたらしい。で、ファンたちの間で賛否両論が巻き起こって。一部のファンが、お茶会の席で、質問という形で秋月美有里を激しく糾弾したらしいんだ」
S「なんだか、まるで、過激派の公開総括のようだな」
W「そうそう。まさに、それ。で、それが原因で秋月美有里はノイローゼになった。精神科のお世話にもなっていたみたい。で、とにかく早く連載を終わらせたくて、ああいう展開にしたらしいよ。ヒロインがめちゃくちゃに陵辱されたら、さすがに打ち切りになるだろうと思ったんだろうね」
S「なるほど。そういう理由で、あんな展開に。じゃ、打ち切りになったのは、秋月美有里の本意だったわけだ」
W「引退も覚悟していたらしい。実際、引退したわけなんだけど。でも、年月が経るにつれて、後悔が頭をもたげてきた。いくら精神的に参っていたからといって、あんな形のまま作品を終わらせるのはやはり間違っている、このままでは死ねない、ちゃんとした形で作品を終わらせたいって」
S「なるほど。それで、今回、連載を再開することにしたのか。あれ、ところで、秋月美有里影武者説というのは、どうなったの？」
W「ああ、それも、秋月美有里本人が答えていた。二十年ぐらい前に、〝青い瞳のジャンヌ〟の復刊が持ち上がったことがあって、そのときの担当編集者が話題づくりに影武者説を実《まこと》しやかに流したんだってさ。伝説の捏造《ねつぞう》ってやつ。でも、復刊じたいが流れてしまった。その出版社が、突然倒産してしまって」
S「じゃ、秋月美有里は、ひとりだったってことで落着？　でも、絵柄の違いは？」
W「当時の精神状態の影響らしいよ。どうも、彼女、当時は薬を飲みながら仕事していたみたいだから。薬の名前はっきり言ってなかったけど、たぶん、一種の向精神薬じゃないかな。それで、ハイになったりローになったりして、絵柄にブレが生じたみたい」
S「なるほどね。ドラッグの影響で、絵柄がやけに精密になったり、抽象的になったりするっていうもんな。それと似た現象だったというわけか」
W「そういうこと」
S「しかし、詳しいね」

W「実は、バー〝ガブリエル〟って、僕が以前から贔屓にしていた店なんだよね」
S「偶然？」
W「うん、偶然。ママが秋月美有里だってことも、はじめは全然知らなかった」
S「知ったのは、いつ？」
W「もう、本当につい最近だよ。サイン色紙がヒントになった」
S「サイン色紙？」
W「うん。まあ、この話をしたら長くなっちゃうから、今回は割愛するけど。で、話を戻すと、そのバーに『青い瞳のジャンヌ』が置いてあってね。読んでみたら、結構おもしろくて。ネットで検索してみたら、なんと、ファンクラブまである。なんか、おもしろいなーって。ちょうどそのとき、僕、本業のほうで『インターネット中毒と狂気』という仕事をもらっていて、で、このファンクラブはいいターゲットになるかもしれないって」
S「なるほど」
W「僕は、まず、ファンクラブを観察するところからはじめたんだ。まあ、なんというか、笑っちゃうぐらい稚拙なおままごと。いい大人がさ、何やってんだよって。で、僕は思った。そうだ、このファンクラブの生態を追ったドキュメンタリーを撮ってみたい。でも、ただ撮るだけじゃ駄目だ。彼女たちの心理状態の移り変わりを克明に記録しなくちゃってね」

S「なるほど。それで、ファンクラブに入り込んだわけか」
W「そう。まずは、ガブリエルというハンドルネームを使って、サイトを立ち上げた。ガブリエルというのは、言うまでもなく、あのバーからとった。適当な名前が浮かばなかったから、ちょっと拝借した」
S「ガブリエルというのは、男女両方に使える名前だしね。で、反応はどうだったの？」
W「はじめはね、さすがに警戒されたよ。男子禁制の花園だしね。でも、祖父がロシア系フランス人、以前は劇団にも在籍していたが、体を壊したのをきっかけに退団、今は芸能界でシナリオの仕事をしている……というプロフィールを公開したとたん、みんな食いついてきた」
S「ロシア系フランス人？　なに、それ」
W「なわけないじゃない。僕は生粋の日本人だ。劇団に在籍していたのは本当だけど、名もない小劇団だよ。なのに、彼女たち、超有名な某ミュージカル劇団だと勝手に認定してくれた」
S「それは、都合のいい誤解だね」
W「さて、いよいよ本番だ。僕はまず、ソフィーというボスを落とした」
S「落としたって。……さすが、元ホスト」

W「それからは早かったよ。僕は、たちまち崇拝者《アイドル》さ。僕の歓心を買おうと、おばさんたちが必死になりはじめた。ここまで、想定内。でも、このあとが、困った。おばさんたちが暴走をはじめてね。やっぱり、なんだ、おばさんの行動は想像の斜め上を行くね。まさか、本当に死人が出るなんて、思ってもなかった。僕は、ただ、ファンクラブに熱中するおばさんたちの生態を見たかっただけなのに。まさか、あんな事態になるなんて」
S「犯人の目星はついてるの？」
W「いまのところ、疑惑の人が二人いる。〝青い六人会〟で、残った二人。このどちらかが殺人鬼だ。間違いない。近々、それを突き止めるよ」
S「突き止めたら、警察に通報する前に、真っ先にこの座談会で明かしてくれよ」
W「もちろん！」

〈月刊『アングラカングラ』（二〇〇九年七月号）ゲラより〉

アングラカングラ編集部員のSこと、シノザキは、上がったばかりの校正紙《ゲラ》を、なんとも複雑な気分で眺めた。

たった今、Wことフリーライターの渡瀬晃が、死亡したという連絡を受けたところだ。

「ミイラとりがミイラになったか」

シノザキは、つぶやいた。

しかし、ここで感傷に浸ってばかりもいられない。これは、ある意味、チャンスなのだ。

シノザキは、名刺フォルダーをめくった。フリーライターの名刺が隙間なく並べられている。

「さて。次は誰に仕事を振ろうか？」

そして、一枚の名刺を抜き出すと、受話器をとる。

「あ、もしもし？　ちょっとおもしろい仕事があるんだけど、乗る？　〝青い瞳のジャンヌ〟って知っている？　それの原作者の秋月美有里についてなんだけど……」

青い六人会

「では、新生〝青い六人会〟の繁栄と皆様の末永い健康と安寧を祈って、……乾杯！」

ニーナの音頭を合図に、六つのワイングラスがテーブルの上で華麗に舞う。

若い給仕が、ちらちらとこちらを窺っている。

「では次に、〝青い六人会〟の新代表、エミリーさんからお言葉をいただきたいと思います」

ニーナに呼ばれて、枝美子は眼鏡をそっと押し上げた。

「こんな私が代表なんて……務まるかどうか分かりませんが、一生懸命、頑張ります」

枝美子の短い挨拶が終わると、一斉に拍手が沸き起こった。枝美子は、新しいメンバーを一人一人、確認する。テーブルには、すでに各々オードブルが並んでいる。

「では、これからは無礼講。皆さん、こころゆくまで、ランチを楽しみましょう」

副代表のニーナの言葉で、テーブルの上に様々な会話が花開く。しかし、その中心は、裁判だった。

「マルグリットさん、やっぱり、死刑かしら」

「そりゃ、そうよ。五人も殺したんですもの。死刑にならないほうがおかしいわ」

「被害者は五人だけじゃありませんわ。エミリーさんだって……」十個の視線が、枝美子の額を注目する。枝美子は、そっと、前髪をなでつけた。傷痕の感触が、まだ生々しい。

「エミリーさん、ちゃんと損害賠償を請求すべきよ」

「そうよ、そうよ」

「でも、マルグリットさんとこ、旦那さんもお仕事辞められて、かなり苦しいんですって。社宅も追い出されて、今、病院に入れられているって」

「あら、知らなかったの？　旦那さん、入院してすぐに自殺したのよ」

「嘘、全然知らなかった」

「先々週のことよ」

「まあ、お気の毒」

「一番お気の毒なのは、娘さんよ」ニーナが、テリーヌを刻みながら言った。「私、一度お会いしたことあるんだけど、なかなか可愛らしいお嬢様だったわ。……今、どうしているのかしらね」そしてテリーヌの一欠片を吸い込むように口に押し込むと、続けた。

「とにかく、こんな悲しい事件が二度と起こらないように、これからのファンクラブは男子禁制で行きましょうよ」

そうよそうよ、男がいるとロクなことにならないわ。私たちは純粋に、ジャンヌのファンであり続けましょう。ジャンヌの連載も再開されたわけだし、今度こそ、ちゃんとした最終回が迎えられるように、私たち、力一杯応援していきましょうよ、……そんな前向きな意見が飛び交う中、二ヵ月前に入会したばかりの新参者が、ナプキンで口を押さえながら言った。

「これは、噂なんですけれど……」

え？　なに？

「今のジャンヌを描いているの、本物の秋月先生ではないって話ですよ」

え？　どういうこと？　話を詳しく聞かせて。やっぱり、秋月美有里って二人いたの？え、うそ、影武者説って本当だったの？　どうりで、再開されたジャンヌって、なにか微妙な感じがしたのよ。昔とかなり雰囲気違うし。なにか偽物臭いと思っていたのよ。……じゃ、本物の秋月美有里って、今、どうしているの？

まるでどこかの給湯室のように、六人の女たちの話が続く。

こんな姦しい様子を、この若い給仕は、どんな気分で見ているのだろうか。その心中をうかがい知りたいところだが、残念なことに、彼のポーカーフェイスは崩れそうになかった。躾が行き届いている。さすがに、ランチ五千円のレストランだ。このあと行くティールームは、確か、一番安い紅茶が千五百円。

……でも、大丈夫。マルグリットさんの弁護士から、慰謝料がたんまり振り込まれたばかりだ。自殺した旦那様の保険金から工面したらしい。この慰謝料を餌に、情状酌量の証人に立つように言われたけれど。……でも、どのみち、マルグリットさんは死刑ね。お気の毒。

枝美子は、買い換えたばかりの眼鏡を、そっと押し上げた。

【参考文献】『黒い看護婦—福岡四人組保険金連続殺人』森功著（新潮社）
【歌詞引用】「同棲時代」作詞／上村一夫　作曲／都倉俊一
日本音楽著作権協会（出）許諾第1002735-001号

二〇一一年一二月
すべての更年期少女たちに捧ぐ

解　説――イヤミスの百パーセント濃縮原液。真梨幸子の集大成

千街晶之

最近、「イヤミス」という言葉をあちこちで目にする――というミステリファンは少なくないだろう。

これはミステリ書評などで使われる言葉で、人間のダークサイドを仮借なく描いているため、読み終えた時に厭《いや》な気分になるミステリを意味している。これを私なりに敷衍《ふえん》すれば、ただ単に救いのない結末や暗鬱な心理描写があるというだけでなく、それがあまりに極端なので、むしろ厭を通り越してどこかに突き抜けたような痛快感さえ漂わせる作品こそ、真のイヤミスと呼ぶに相応《ふさわ》しいと思うのである。正確な定義がまだ存在しない言葉なので、これはあくまでも私見であるということは断っておかねばならないが。

イヤミスの名に値するような作品は最近になって書かれ始めたわけではなく、ミステリの歴史を遡れば古くから存在するし（そういう作品を得意とした作家にはルース・レンデル、パトリシア・ハイスミスらがいる。日本で言えば江戸川乱歩の「芋虫」あたりはイヤミスの極北だろう）、少女虐待事件の陰惨な顚末《てんまつ》を描いたジャック・ケッチャムの『隣の家の少女』がロングセラーとなっている現状からも、そういう作品に対する需要が決して少ないわけではないことが窺える。しかし、その種の作品が「イヤミス」という括《くく》りで注目されるようになったのは近年の傾向である。二〇〇八年に刊行された湊かなえのデビュー作『告白』がベストセラーになったことがその契機と思われるが、湊をはじめとして、近年、優れたイヤミスを発表している作家には女性が多い。特に二〇一一年は、沼田まほかるの『ユリゴコロ』、水生大海の『善人マニア』、岸田るり子の『味なしクッキー』、そして新人・深木章子の『鬼畜の家』――と、女性作家によるイヤミスが有毒の花のように咲き競った年だった。

そんな女性作家たちの中でも、唯一無二の特異な存在感――敢えて言えば〝妖気〟を放っているのが真梨幸子なのである。デビュー作は二〇〇五年に第三十二回メフィスト賞を受賞した『孤虫症』だが、既にこの作品からして、生理的嫌悪感が溢《あふ》れる描写で読者を驚倒させた話題作だった。その後も『えんじ色心中』（二〇〇五年）、『女ともだち』（二〇〇六年）、『深く深く、砂に埋めて』（二〇〇七年）、『クロク、ヌレ！』（二〇〇八年）と、主に女性心理のダークな側面を抉《えぐ》り、イヤミス好きの期待を裏切らない作品を立て続けに発表してきた。ブレイク作である『殺人鬼フジコの衝動』（二〇〇八年）は、現在二十万部を超すベストセラーとなっている。

だが著者の作品中、イヤミスとして最大級の衝撃性を具えているのは、二〇一〇年三月に幻冬舎から書き下ろしで刊行された本書『更年期少女』（文庫化にあたり『みんな邪魔』と改題）に他ならない。複数の女性の表裏がある人間関係を描いている構成は『女ともだち』を想起させるものの、毒気の強さは本書が上回っている。水で割らないイヤミスの百パーセント濃縮原液であり、真梨幸子の集大成と呼ぶべき作品でもあるのだ。

単行本での初読の際は、中身に目を通す以前の時点で、『更年期少女』というタイトルがあまりにも強烈だった。「更年期」と「少女」という単語のあり得ない組み合わせ、それだけで何やら厭な予感がしないだろうか（個人的にはこのタイトルから、山岸凉子の傑作短篇コミック「天人唐草」のラストを思い出した）。

物語は、あるレストランでの六人の列席者の会話シーンからスタートする。彼女たちは互いをエミリーだのマルグリットだのといった名前で呼び合い、給仕に「パンのくず、はらってくださるかしら？」などと気取って指図している。といっても、舞台はルイ王朝時代のフランス貴族社会ではない。場所は池袋のフレンチレストラン、六人もれっきとした日本人、それも、三十代のひとりを除いて中高年のおばさんばかりなのである。一見上品ぶっていても、同席者が頼んだオマール海老を「じゃ、ちょっとだけ」と言いながらごっそり持っていくなど、性根の図々しさまでは隠しようもない。

この六人は、一九七〇年代に大人気だった少女漫画『青い瞳のジャンヌ』のファンクラブ「青い伝説」の幹事スタッフである「青い六人会」のメンバーたちだ。六人は幹事会では互いを本名では呼ばず、マルグリット、ジゼル、ミレーユ、シルビア、ガブリエル、エミリーと名乗っている。ただしこの六人、互いに仲良しというわけではない。それどころか、取り澄ました会話を交わしつつ、水面下では不信と嫉妬が渦巻いており、会員が一対一で顔を合わせると急に悪口大会になったりするのだ。

幹事会で一番の新参者であるエミリーは、『青い瞳のジャンヌ』の影響で漫画家になりたいという夢を抱いたこともあるが、実生活ではDV癖のある無能な夫に悩まされていた。「青い六人会」のメンバーに抜擢されてからは、会の中で最も若く優雅なガブリエルに胸をときめかせている。ところが、彼女はシルビアの口から衝撃的な情報を知らされてしまう。そしてシルビアに勧められるまま、一度は諦めた漫画家デビューの夢へと突き進んでゆくのだが……。

エミリーとシルビアをめぐる一件を発端として、会員たちの身に次々ととんでもない事態が降りかかる。それと同時に、「青い六人会」での気取ったやりとりからは想像もつかない彼女たちの悲惨な私生活が、グロテスクな筆致で暴かれてゆくのである。

若かりし日の夢にしがみつく中高年女性同士のえげつない確執を描いた作品というと、ヘンリー・ファレルの原作をロバート・アルドリッチ監督が映画化した心理サスペンス『何がジェーンに起ったか？』（一九六二年）が古典的作例として有名である。往年の人気女優ベティ・デイヴィスとジョーン・クロフォードが姉妹役で怪演の限りを尽くすこの恐ろしい作品がヒットしたため、その後似たような映画が立て続けに製作された。その点では、決して目新しいテーマというわけではない。

本書もそれらの先例を彷彿《ほうふつ》とさせる部分があるけれど、大きく違うのは、背後に現代日本の中高年女性が抱える諸問題がある点だ。彼女たちはそれぞれ、夫のＤＶ、貧困、姑との不和、家庭崩壊などの事情を背負っている。実際に顔を合わせる時には、そんなことはおくびにも出さず有閑マダムを装っているけれども、いざ家に帰れば、耐え難いほどに惨《みじ》めな現実に直面しなければならない。それを受け入れたくないばかりに、彼女たちは『青い瞳のジャンヌ』という夢の世界に自分の居場所を求め、虚飾に満ちた役柄を演じ続けようとする。だが、夢と実生活とのあまりにも大きな落差が、彼女たちをカタストロフィへと導いてゆく。

中でも特に強烈なのがミレーユの章だ。彼女には母と弟と妹がいるが、弟妹とは対立状態。

それぞれ家庭を持っている彼らの代わりに母と同居しているものの、老いた母にいつまでも寄生している状態で、そのくせ母に暴力をふるったり罵言《ばせい》を浴びせたりしている。仕事についても長続きせず、時間があればパチンコ三昧、ちょっとお金が入ったかと思えばすぐに浪費してしまう……という救いようのない駄目人間ぶり。そんな娘をもっと突き放して然るべき母も、現実から目を背けて未だに娘が立ち直ってくれるものと甘い夢を見ているし、しっかり者に見える弟や妹も実際には事態を悪化させる方向にしか動かない。最低の家族と言っていい状態ではあるけれども、ここに描かれた老親介護をめぐる問題は、ある程度の年齢に達した読者にとっては他人事ではない筈《はず》である。いや、ミレーユだけではない。その他の登場人物の境遇についても、どこかで自分と共通するものを感じる読者がいるのではないだろうか。

本書の登場人物はいずれも、スキャンダラスな事件を起こして（あるいは巻き込まれて）ワイドショーや週刊誌で騒がれるような、ある種典型的なキャラクターを、更に意地悪くデフォルメしたような印象がある。そのため彼女たちの言動は、時にブラック・ユーモアの域にまで突き抜けているけれども、多くの読者は、笑っていいのかどうか戸惑うのではないだろうか。というのも本書の登場人物たちの言動は、デフォルメされることでかえって強い迫真性を帯びているからだ。ワイドショーを愉しむように他人の不幸を覗き込むつもりでいた読者は、いつの間にか登場人物と自分の距離が意外と近いことに気づかされるかも知れない

――自分自身、おかれた環境への違和感に苦しみ、本書の新しいタイトルのように「みんな邪魔」と思ったことはないだろうか。それが本書の一番怖いところであり、究極のイヤミスたる所以《ゆえん》なのである。

さて当初、六人それぞれのエピソードは一話完結のように見えるが、やがてそれらを繋ぐ黒い意志のようなものが朧《おぼろ》に見えてくる。果たして、「青い六人会」のメンバーを狙う悪意は誰から発せられているのか？　『青い瞳のジャンヌ』が未完に終わったのはどんな事情によるものか？　そして、章のあいだに挟まれる雑誌記事は本筋にどう関わってくるのか？　幾つもの謎が複雑に絡み合い、やがて怒濤《どとう》のクライマックスへと雪崩《なだれ》落ちてゆく。グロテスクな描写に気を取られていると、その背後に張りめぐらされた企みを見落としてしまいかねないのでご注意を。

ミステリとしては最後に意外な真相が暴かれて決着がつくけれども、「青い六人会」をめぐる人間関係は終わらないあたりが、この物語の薄気味悪さを増幅する。主人公たちが奈落に堕ちても、「更年期少女」はこれからも尽きることなく現れ続ける――そんな予感が、どこかあっけらかんとした感さえあるブラックな余韻を漂わせて本書は幕を下ろすのである。

――ミステリー評論家

この作品は二〇一〇年三月小社より刊行された『更年期少女』を改題したものです。

みんな邪魔《じゃま》

真梨幸子《まりゆきこ》

平成23年12月10日　初版発行
平成23年12月25日　2版発行

発行人――石原正康
編集人――永島賞二
発行所――株式会社幻冬舎
〒151-0051東京都渋谷区千駄ヶ谷4-9-7
電話　03(5411)6222(営業)
　　　03(5411)6211(編集)
　　振替00120-8-767643
印刷・製本―中央精版印刷株式会社
装丁者――高橋雅之

幻冬舎文庫

ISBN978-4-344-41776-2　C0193　　ま-25-1